LI YU

DE LA CHAIR À L'EXTASE

Roman érotique traduit du chinois
par Christine Corniot

Éditions
Philippe Picquier

Du même auteur
Chez le même éditeur

A MARI JALOUX, FEMME FIDÈLE
Récits traduits du chinois par Pierre Kaser

Titre original : *Roupoutuan*

Le Mas de Vert
13200 Arles

55, rue du Temple
75004 Paris

En couverture : © Collection particulière

Conception graphique : Picquier & Protière

ISBN : 2-87730-064-1

INTRODUCTION

L'auteur très probable de ce roman se nommait Li Yu(*), et il avait trente-trois ans lorsque le dernier empereur Ming (ère Chongzhen, 1627-1643) acculé par l'armée rebelle, se donna la mort sur la colline Nord du Palais impérial, après avoir (nous dit la tradition) tracé ces mots avec son sang sur les murs du palais : « Au nouvel empereur, Li : n'opprime pas mon peuple ; n'emploie pas mes ministres. »

Li Yu est un homme de la Chine riante du Sud-Est : né en 1611 à Ru-gao au Jiangsu, d'une famille originaire de Lanqi au Zhejiang, à vingt-quatre ans il est reçu aux examens de district, mais il échoue ensuite de façon répétée aux examens provinciaux. Après le changement de régime (1644), il abandonne toute idée de carrière administrative et se consacre désormais à l'écriture et principalement à l'écriture dramatique. Il y fallait un certain non-conformisme, et le fait n'est pas sans évoquer le phénomène social qui avait vu, après l'avènement en Chine du pouvoir mongol au XIIIe siècle, de nombreux lettrés faire litière de leurs ambitions politiques et se tourner, pour vivre, vers la composition d'œuvres destinées au théâtre *zaju* alors en pleine vogue, avec pour résultat une floraison littéraire de tout premier ordre.

(*) Les éléments de la biographie de Li Yu sont extraits pour l'essentiel de la notice rédigée par Li Mangui pour le dictionnaire *Eminent Chinese of the Ch'ing Period* (Washington, 1943).

Il faut se représenter l'activité de Li Yu un peu à la façon de celle de Molière : tout ensemble auteur et directeur d'une troupe de comédiens itinérants, souvent en tournée dans telle ou telle partie du pays ; à la différence de Molière cependant, il joue non sur les places publiques mais dans les résidences de hauts fonctionnaires, lettrés comme lui.

Pour financer son activité il doit vendre le domaine de sa famille près de Lanqi. La période la plus féconde de son existence se situe entre 1657 (il a quarante-six ans) et 1673 (il en a soixante-deux). Pendant ces années, il est « basé » à Nankin où il a fait construire une maison et aménager un jardin auquel il donne le nom de « Jardin de la graine de moutarde ». Ce nom évoque l'exiguïté du jardin, mais il a également une forte connotation bouddhique : il se réfère à la sentence « Le mont Sumeru (l'axe mythique de l'univers, situé dans l'Himalaya, pour la pensée indienne) est contenu dans une graine de moutarde (l'une des plus petites choses imaginables) ».

Les principales tournées de Li Yu le conduisent : en 1657 à Pékin (la capitale) ; en 1666-1668 à Pékin, Xi-an, Lanzhou – tournée au cours de laquelle il fait, à Xi-an, la connaissance de Qiao-ji, actrice et chanteuse de talent qui devient l'étoile de sa troupe et qu'il ne tarde pas à épouser ; en 1670 dans le Sud, du Fujian au Guangdong ; en 1672 au Hubei ; en 1673 de nouveau dans le Nord (Taiyuan, Pékin).

Ses dernières tournées ne semblent pas avoir été couronnées de succès ; en 1674 s'amorce, sous le signe de la maladie et de la pauvreté, la dernière période de sa vie. Obligé de vendre sa propriété de Nankin, il achète à Hangzhou un vieux jardin où il emménage en 1677. Il ne se déplace plus guère que contraint et forcé, ainsi lorsqu'il accompagne ses deux fils allant se présenter aux examens. On possède de lui une préface au *Jieziyuan huazhan* en date du 24 décembre 1679. D'autre part, son inscription funéraire fut composée, nous dit-on, par Liang Yunzhi le magistrat de Qiantang ; or on sait que ce dernier quitta le district en 1680 pour devenir préfet de Yanping au Fujian. Il est donc probable que le décès de Li Yu intervint entre ces deux dates, dans le courant de l'année 1680.

On conserve de Li Yu une œuvre relativement importante. Pour le théâtre d'abord : pas moins de dix-huit pièces, dont les dix plus célèbres sont réunies en recueil ; en outre, il produisit des éditions révisées d'œuvres antérieures telles que le *Pipaji* de Gao Ming et le *Mingzhuji* de Lu Cai. Littérature narrative : deux recueils de contes (publiés en 1656 et 1658), le *Wushengxi* et le *Shi er lou*, deux romans qui n'ont pas été publiés sous son nom mais lui sont très généralement attribués, notre *Rouputuan* et une œuvre deux fois plus longue intitulée le *Huiwenzhuan*. Recueils de poèmes et d'essais : le *Liweng yijiayan* (publié en 1673, avec des suites en 1678 et 1684) et le *Xianqing ouji* dans lequel il livre ses idées sur la composition et le jeu dramatiques, le charme féminin, l'architecture, les voyages, le régime et l'hygiène. En outre, un dictionnaire de rimes et diverses anthologies.

Trois de ses livres ont été mis à l'index au XVIIIe siècle, peut-être en raison des références qu'ils contiennent aux ouvrages, condamnés sous Qianlong, de Qian Qianyi.

Le plus célèbre de ses livres, celui dont nous présentons ci-après une nouvelle version française, n'a jamais été publié sous son nom. C'est un ouvrage à part dans la littérature romanesque, non seulement en raison de son caractère érotique, mais de sa densité : vingt chapitres, c'est très court pour un roman chinois et c'est un premier paradoxe : voilà un livre qui ne semble pas outre mesure « commercial ».

De quoi s'agit-il ? De l'humanité moyenne (à une exception près), à travers un récit dont les personnages principaux sont typés sans être pour autant schématiques : deux lettrés, deux non-lettrés, un saint, des femmes...

Le héros : un jeune lettré intelligent, dont la lucidité précoce sur la façon dont « va le monde » et l'orgueil, lui font professer un individualisme jouisseur qui ne s'embarrasse de scrupules envers personne pour parvenir à ses fins du moment. Son appétit de puissance, qui se heurte à des obstacles invincibles dans la vie sociale, trouve à s'exprimer dans un registre que d'aucuns parmi ses pairs jugeraient inférieur. C'est un instinctif, qui fait fond sur ses instincts et les théorise. Ce n'est point un révolté – il s'attache seulement à écarter les entraves possibles à sa liberté. Ce qui le perd directement, c'est un excès de confiance en soi (il présume trop de son intelligence, de son charme, de sa chance) et l'entêtement à obtenir ce qu'il est venu chercher : ses défauts sont ceux de la jeunesse, poussés à un certain degré. L'auteur prend un malin plaisir à mettre en relief son égoïsme et la mesquinerie naïve de ses réactions : presque en toutes circonstances, il se compare défavorablement à ses accointances.

Son beau-père, « Porte-de-Fer » : un lettré d'âge moyen. L'auteur a peint d'après nature et il n'a pas eu à forcer beaucoup le trait. Malgré ses travers (un franc-parler si rude qu'il en est plaisant ; l'avarice aussi), Porte-de-Fer n'est jamais franchement ridicule, même quand il se fait berner par son gendre, qui déserte le domicile conjugal en invoquant la poursuite de ses études, ou par Quan le Brave qui gagne sa confiance en flattant son avarice, afin de coucher avec sa fille. L'histoire finit tout aussi tragiquement pour lui que pour Weiyangsheng : sa fille unique, qu'il a mis tous ses soins à élever, une fois séduite et enlevée par un domestique, il n'a d'autre ressource que de mentir à son gendre. C'est l'écroulement.

Son ami le « roi des voleurs », Sai-Kunlun : lui n'est pas un lettré. Envers la classe lettrée tout entière il éprouve ce que nous appellerions un complexe : il respecte à distance la culture, méprise les fonctionnaires, craint plus que tout d'être regardé de haut. Caractère haut en couleur, ses idées sont peut-être simples mais il vit en conformité avec elles : honneur, amitié sont tout pour lui. Il est la providence de celui qui l'ayant rencontré par hasard a noué avec lui, par calcul, un pacte d'amitié, et à qui il prodigue dès lors aide et conseil de façon désintéressée.

Son rival, Quan le Brave : un homme simple, facile à tromper de prime abord, effrayé par l'idée du danger, mais qui une fois déshonoré s'applique à ourdir sa vengeance avec une patience et un savoir-faire diaboliques. Il ne sait pas parler.

Son maître Gufeng : cet homme admirable se situe en dehors du récit principal, auquel il sert précisément de contrepoint. Le cœur humain n'a guère de secrets pour lui, mais la charité est sa caractéristique première, et il ne fait usage de son savoir que pour le salut des âmes.

Des femmes de Weiyangsheng, une seule fait montre d'une personnalité forte et indépendante et cela ne lui réussit guère : c'est sa maîtresse Yenfang, qui a la tête sur les épaules jusqu'au moment où elle rencontre le grand amour de sa vie. Elle prend l'initiative de s'enfuir avec lui. Délaissée ensuite, elle s'enfuira avec un autre plutôt que de ressasser sa déception.

La structure de l'ouvrage, explicitée par la division en quatre « saisons », est d'une surprenante simplicité. Trois ans sont censés s'écouler entre le début et la fin du récit : donc une intrigue volontairement resserrée dans le temps (on aurait pu l'étirer pratiquement à volonté). L'idée centrale est celle du bouddhisme chan (zen) : toutes les voies, même les plus improbables, peuvent conduire un jour ou l'autre à la prise de conscience (l'illumination) indispensable pour accéder au vrai et au bien. Tel est le sens du titre : « la natte de méditation en chair », donc, à partir des voluptés, qui sont la réalité apparente, s'élever à la méditation et à la compréhension de la réalité ultime. Printemps : notre héros, qui s'est donné comme but dans la vie une double carrière également grandiose côté cour et côté jardin, s'applique à réaliser son plan point par point. Comment donc il se marie, quitte sa femme sous couleur de voyage d'études, se lie avec Sai-Kunlun et commence à prospecter ses futures conquêtes. Eté : ne reculant devant rien pour parvenir à ses fins, il entreprend avec succès une opération de « chirurgie esthétique » destinée à faire de lui un amant fabuleux et irrésistible. Muni de ses nouvelles armes, il s'engage dans une intrigue sérieuse avec une femme mariée, Yenfang, à l'issue de laquelle, sans l'avoir vraiment voulu mais « pris au piège de la passion », il rachète sa belle grâce à un prête-nom et l'épouse, s'attirant ainsi la haine inexpiable du mari trompé. Weiyangsheng, qui se croit un homme libre, commet ici une suite d'actions qui seront pour lui lourdes de conséquences. Automne : c'est l'enclenchement de la mécanique de la rétribution (la vengeance de Quan), tandis que le héros est emporté toujours plus avant sur la pente du péché. Hiver : un châtiment extrême atteint Weiyangsheng, lui permettant de faire retour sur soi (il en était incapable autrement) et d'accéder à la rédemption : tout est bien qui finit bien.

Une telle intrigue vaut ce que vaut le talent du romancier à la rendre crédible. L'art du récit romanesque est un art de la variété : d'une part – c'est la loi du genre, le roman par nature vise large – parce qu'il en faut pour tous les goûts ; d'autre part, pour éviter toute lassitude au lecteur. Les épisodes narratifs, en style direct ou indirect, nourris de notations d'une grande précision psychologique, ne manquent ni d'humour, ni de fantaisie dramatique. Le merveilleux est intégré à la narration : qu'il s'agisse de la consultation préalable d'un immortel par l'entremise d'un devin, de l'opération magique de Weiyangsheng, de la « technique merveilleuse » dont Xian-niang fait bénéficier ses habitués, ou encore du miracle hautement symbolique de la « besace en haut du pin », il intervient plusieurs fois dans le récit sans rupture de ton. Il peut se combiner ou non avec cet autre ingrédient toujours attendu de la « soupe » romanesque, le scabreux : séquences érotiques d'une virtuosité rare, jamais vulgaires (là aussi, la frontière de l'invraisemblable est franchie par jeu) ; greffe contre-nature de Weiyangsheng, répugnante à dessein ; le macabre enfin, dans le récit de la reconnaissance par Weiyangsheng de sa femme morte – l'effet est ici aussi sommaire et saisissant qu'au théâtre (théâtre élisabéthain ou *kabuki,* s'entend). L'action est première ; le commentaire ne s'y substitue jamais. Mais les moments de tension extrême, comme dans la vie, sont l'exception : cette occupation de choix qu'est le dialogue, léger ou sérieux, voire philosophique, tient dans l'ouvrage une place non négligeable, et certains passages sont d'un exquis caractère littéraire (la récitation des poèmes de Li Bai). Finalement, nous semble-t-il, c'est le caractère extrêmement vivant des dialogues qui sert de clef de voûte à l'ouvrage, en nous obligeant à croire à l'intrigue. Un exemple frappant en est le dialogue entre Gufeng, « Pierre-dure » et Sai-Kunlun au dernier chapitre : malgré la nature extraordinaire des incidents rapportés, et d'ailleurs la tonalité spirituelle de tout le passage, c'est d'un bout à l'autre le ton d'une conversation véritable. Il en va de même pour les conversations avec la tenancière du bordel, Xian-niang : leur banalité même éclaire une situation qui pourrait être autrement confuse.

En effet, ce que le romancier cherche à cerner, ce qui l'intéresse bien davantage que la singularité des caractères de ses héros (sur lesquels il porte en général un regard sympathique mais amusé), ce sont les rapports existant entre eux. C'est là, et nulle part ailleurs, que se révèle l'être dans sa vérité ou son mensonge ; c'est là qu'il vaut quelque chose ou qu'il ne vaut rien. Deux métaphores, qui disent bien ce qu'elles veulent dire, courent d'un bout à l'autre de l'ouvrage : en chacune d'elles est contenu un modèle des rapports humains. La métaphore guerrière, tout d'abord, qui sert à décrire les relations amoureuses dans leur entier et dans leur complexité : l'amour, c'est une bataille entre deux adversaires ; guerre courtoise ou « corps-à-corps de sauvages », selon les goûts et les tempéraments. Toutefois (car ici le contresens est tout prêt), l'enjeu de la bataille est pour chacun, de faire ses preuves, et aucune citadelle ne saurait être acquise une fois pour toutes. C'est pourquoi l'idée est plus juste et plus profonde qu'il n'y paraît. Elle est reliée d'un lien logique à l'omniprésente (et pesante) métaphore scolaire : partout et en toutes circonstances, on ne voit qu'examens et examinateurs, qu'heureux lauréats et infortunés recalés.

A l'évidence, l'image est tributaire d'un système social où tout l'avenir d'un individu repose sur son aptitude à réussir aux concours, c'est-à-dire finalement à tenir à l'examinateur un type de discours qui lui agrée : forme subtile, ô combien civilisée de la flatterie, et tout aussi dégradante qu'elle. Trois cents ans de régime Ming ont redonné une assise bétonnée à l'Etat chinois et à son corollaire, la caste lettrée, dont la raison d'être est de fournir à l'Etat les cadres nécessaires à l'administration centrale et locale. Quoique le *Rouputuan* ne soit point un roman de mœurs, s'assignant comme but une description de la société, on y trouve néanmoins une peinture diversifiée des milieux sociaux et d'abord lettrés : l'éventail est large entre Porte-de-Fer d'une part, les maris de Rui-zhu et Rui-yu et leur maître, d'autre part. Au fil des pages est évoquée, par petites touches, la distance séparant les gens comme il faut (les lettrés) et ceux de catégorie inférieure : ce qui exprime adéquatement cette distance, c'est le préjugé de caste, qui naît de la réalité de modes de vie et d'éducation qui n'ont rien en commun. Weiyangsheng préfère à l'évidence, dans ses conquêtes amoureuses, avoir affaire à des femmes de son propre milieu ; c'est peut-être bien prudence élémentaire de sa part. Entraîné par son ami Sai-Kunlun à aller courtiser Yenfang, il connaît apparemment (il va pourtant bien vite en besogne !) le grand amour, mais cela se terminera fort mal pour tous deux. Se croyant surpris au lit avec elle, sa première supposition (chapitre X) est que le mari a fait exprès de se cacher et de laisser faire et qu'il se montre au bon moment, à seule fin de faire chanter le galant. Tordu, dira-t-on ? Non, préjugé de caste dans une forme typique : ces gens-là n'ont point d'honneur. La suite montrera ce qu'il en est réellement.

L'auteur se plaît à mettre en scène des situations complexes, empruntées à la vie réelle, et qui permettent de saisir sur le vif le comportement des personnages ; de ce fait, plusieurs passages ont pour nous un véritable intérêt sociologique. Il en va ainsi du rachat de Yenfang par Sai-Kunlun, de l'épisode où Quan le Brave se vend comme domestique, ou encore de l'enquête et de la transaction amiable entre Xian-niang et Weiyangsheng après la mort de Yuxiang. Domestiques, servantes et courtisanes représentent une humanité en-dehors des catégories sociales normales, hautes et basses, puisqu'étant attachés au service d'autrui ils ne sont pas censés jouir de leur libre arbitre et de la plénitude des droits de la personne. De fait, servantes et courtisanes n'entrent pas dans le compte que fait notre héros de ses amoureuses (aux chapitres VII et XIX). De même, dans la maison, les servantes sont des personnes de seconde zone, considérées comme indispensables à l'existence matérielle, et dont on se soucie seulement de temps à autre d'acheter le silence, sans grande difficulté du reste. La flagornerie du domestique est considérée comme chose normale. Dans la négociation subtile (chapitre XIII) qui aboutit à l'engagement de Quan au service de Porte-de-Fer, Quan dans son désir d'être pris, la pousse un peu loin. La réponse de Porte-de-Fer indique que son avarice non seulement n'anéantit pas en lui toutes les autres considérations, mais n'entre pas en conflit avec son caractère scrupuleux dès lors que l'équité est en cause.

Parmi les relations qui sont décrites dans quelque détail, figurent le rapport de maître à disciple et l'amitié. L'homme admirable qu'est Gufeng n'est pas « hors normes » : il se comporte comme un maître exemplaire, voilà tout. D'un abord aisé, affable et débonnaire (l'exact opposé de Porte-de-Fer !), sachant faire preuve d'une exquise politesse, il est capable ensuite (une fois entré « dans le vif du sujet ») des remarques les plus incisives, et en cela il est dans son rôle, qui exige une absolue franchise et la renonciation résolue à tout « respect humain », comme nous disons (et pratiquons) en France. Il en va de même dans l'amitié : si désagréable que soit sur le moment la franchise de Sai-Kunlun (chapitre VI), Weiyangsheng lui en sera ensuite reconnaissant ; finalement, de son ami, il accepte des critiques qu'il n'aurait acceptées de nul autre, et il en tient grand compte. Ce genre de franchise, remarquons-le, est étroitement liée à la notion de responsabilité morale conjointe. Aider ami ou obligé à commettre une mauvaise action, ou seulement le laisser faire sans intervenir, n'est pas très différent de la commettre soi-même et c'est en outre, manquer à tous les devoirs : tant Sai-Kunlun que le mage que vient consulter Weiyangsheng (chapitre VII) ou le révérend Gufeng (chapitre XX) insistent explicitement là-dessus.

Les relations individuelles entre sexes opposés, sans être le seul sujet du roman, y sont amplement développées dans tous leurs aspects. C'est assurément un thème suspect par lui-même (nous verrons plus loin ce qu'il en est de l'érotisme) tant est forte la contrainte sociale pesant sur les relations individuelles. Le scénario échafaudé spontanément par Sai-Kunlun (au chapitre VI) pour favoriser les amours de son ami, en dit long sur le caractère codé des relations d'homme à femme, et sur le rôle psychologique essentiel tenu par l'intermédiaire (il y en aura même deux ici : Sai-Kunlun et la voisine), alors qu'il s'agit d'une entreprise de séduction pure et simple, nullement d'une demande en mariage. La laide voisine de Yenfang aura à ce propos une remarque pleine de sens : « Un véritable gentilhomme (entendre : un homme intègre, d'excellente éducation) n'abaisserait même pas les yeux sur une femme, pas vrai ? » Au chapitre VIII, quand les deux compères mettent ledit scénario à exécution, les préliminaires oratoires une fois épuisés, la rupture de tabou se produit lorsque Weiyangsheng prend le rouleau de soie des mains mêmes de Yenfang ; quelques instants plus tard, c'est elle qu'il touche.

Quatre épisodes nous sont successivement relatés : la relation conjugale de Weiyangsheng et de Yuxiang ; la séduction de Yenfang qui devient après quelques péripéties sa « petite épouse » ; la relation nouée entre Weiyangsheng et quatre femmes avec qui le but avoué de part et d'autre est le plaisir ; la séduction de Yuxiang par Quan le Brave. Une progression, conforme à la structure générale de l'œuvre, est observée qui va de la normalité (la relation conjugale) à l'anomalie complète (l'adultère entre la maîtresse et le domestique). Même avant qu'il la connaisse, Yenfang n'est autre pour Weiyangsheng qu'un objet de plaisir, « sans obligation aucune » dit-il, et (*ipso facto* ?) sans attachement aucun : la suite le confirmera, si exaltés que soient par moments les sentiments des deux amants. Quant à Yuxiang, épousée selon les rites dans le but de procurer une descendance, elle a droit au respect et à l'affection conjugale de son volage époux, comme le prouvent les larmes qu'il répand sur elle quand il la croit morte, ainsi que l'accablement qu'il éprouve après son déshonneur. Comme tout homme normal, Weiyangsheng aime sa femme jusqu'au bout (à sa façon) et il se soucie de ses enfants même après que ses sentiments envers leur mère ont pris fin.

Il en va de même, mais de façon plus brutale et expéditive, dans la liaison de Yuxiang avec Quan le Brave, que celui-ci noue pour assouvir sa vengeance. La passion qui donne l'impulsion première (soif de vengeance et non de jouissance) diffère, le mécanisme est à peu de chose près le même. Si Yuxiang avait donné un enfant à Quan, il l'aurait peut-être gardée pour élever celui-ci ; cela n'arrive pas, et il la vend à un bordel. Voilà qui tranche avec les sentiments romantiques que témoignent tant Yenfang que Yuxiang à leurs amants.

Ce à quoi ceux-ci se sentent tenus envers elles, c'est à être de parfaits amants, au sens physique du terme. Weiyangsheng est un joyeux polygame, il ne cherche à blesser ni à tromper personne. Ses vues sur l'amour et le mariage ne s'écartent guère de la norme. Tout naturellement, il estime qu'une femme mariée qui prend un amant sait ce qu'elle fait, et le fait dans un but non équivoque : c'est comme un contrat qu'il s'applique, de son côté, scrupuleusement à remplir. On peut gloser à partir de là sur les décalages naturels ou non entre psyché masculine et féminine : ces décalages existent, produisent leur effet, et Weiyangsheng se retrouve plus engagé qu'il ne l'aurait souhaité par sa relation avec Yenfang. Sa philosophie n'en est pas modifiée : dès qu'elle ne peut plus le satisfaire physiquement (elle attend un enfant), il délaisse Yenfang, corps et âme, pour d'autres amours. Le discours qu'il tiendra à ce propos à Sai-Kunlun (chapitre XIX) est empreint du cynisme de don Juan.

Comme tout le reste, l'érotisme a une place fonctionnelle en Chine ; on aurait tort d'y voir une transgression en soi, ou un pur dessein individualiste. Il n'y aura rien d'anormal, par exemple, à offrir à une jeune mariée, pour la « taquiner », des images de ce type ; dans le cadre d'une relation conjugale régulière, il n'existe pas de prohibition ou de répression de la chair, c'est l'affaire des conjoints, et ce que répète notre auteur à ce sujet n'est en aucune façon original. Comme il arrive souvent, c'est moins l'érotisme en lui-même qui sera condamné, que son « mauvais usage ». Or les risques sont grands d'en faire mauvais usage, puisqu'on attend de la femme une chasteté sans faille tout au long de son existence : arriver vierge au mariage (notre auteur se permet à ce sujet des plaisanteries osées), être fidèle à son mari du vivant de celui-ci et même après sa mort, tel est le destin normal de toute femme honnête. Le plaisir est licite dans le cadre conjugal et pour tenir compte des réalités, la polygamie est admise de fait, au prix d'une profonde inégalité de statut entre l'épouse légitime et les autres. Les descriptions érotiques de ce roman répondent à une philosophie naturiste explicite (une loi de correspondance entre les faits cosmiques et les comportements humains), en harmonie avec le reste des idées chinoises. Quant à la mécanique qui se fait jour ici ou là, il est permis d'y déceler quelque satire : manque de naturel, ambition démesurée (« Soyons donc pour un moment les égaux des dieux immortels ») : au sens propre ici, « qui veut faire l'ange fait la bête », comme nous n'allons pas tarder à le voir.

On a parfois voulu voir dans ce roman (et ce point de vue n'est pas très éloigné de celui des censeurs qui l'ont mis à l'index dès le XVIIIe siècle) une œuvre où Li Yu aurait avant tout cherché à régler son compte à la morale confucéenne, tout en enveloppant le blasphème d'une hypocrite rhétorique axée sur l'édification du lecteur. Mais, comment les choses pourraient-elles être aussi simples ! Si notre auteur montre sans fard, avec l'exemple de Yuxiang, les conséquences désastreuses d'un certain genre d'éducation, la critique, si critique il y a, ne va pas très loin puisqu'en d'autres endroits, l'accent est mis sur les mérites de ce même système d'éducation. Il laisse certes Weiyangsheng émettre quelques idées sacrilèges, mais c'est à la façon dont Molière fait parler don Juan : il serait abusif d'en déduire qu'il les partage telles quelles, et même chez son héros, ce sont audaces purement verbales. (Le dilemme qui apparaît ici en filigrane n'a pas cessé d'être d'actualité : comment convient-il d'apprécier le legs historique du confucianisme ? Un Chinois, sage en cela, donnera en général une réponse nuancée.) A aucun moment dans le livre, les normes morales existantes ne sont réellement mises en cause par qui que ce soit ; moins encore menacées par les frasques extra-conjugales d'un séducteur et de quelques jolies filles de milieux lettrés. Non seulement, donc, ce roman ne contient rien de réellement sulfureux (hors le simple fait de traiter de sujets habituellement tabous), mais il incorpore bel et bien un enjeu moral que nous résumerons ainsi : une condamnation de la démesure en général, et de son cas particulier, la luxure.

Prenons le cas de Yenfang. Voilà une femme qui veut tout avoir, et que l'expérience n'instruit pas : ayant enterré prématurément un premier époux doué en tout « sauf en l'essentiel », puis remariée et apparemment heureuse, elle s'entiche d'un jeune lettré doué en tout « y compris l'essentiel », le prend pour amant et s'enfuit avec lui. Elle qui ne perdait pas une occasion de se gausser des femmes entraînées par amour dans des situations embarrassantes, ou carrément catastrophiques, la voilà éprise, languissante, machinant son départ, épousant son galant, abandonnée de lui, s'enfuyant de nouveau avec un malandrin, puis retrouvée et châtiée de son inconduite par le bras vengeur de Sai-Kunlun.

La démesure dans le comportement a sa source dans un excès d'assurance : l'arrogance appelle sa punition. Qu'on songe à Sai-Kunlun, bandit d'honneur, qui va dépouiller de préférence à tous autres les pingres qui se prémunissent de leur mieux contre les voleurs, à seule fin de « leur donner une leçon ». Un tel excès de confiance en soi est le trait principal du caractère de Weiyangsheng. Quand il arrive à la porte de son beau-père, après une longue absence, il se fait aussitôt la réflexion qu'il aurait pu différer de quelque temps encore son retour, sans que la vertu de sa femme coure le moindre risque pour autant : il ne tardera pas à être détrompé. Il est par nature insatiable : à peine admis dans l'intimité de Xiangyun, que pourtant il estime proche de la perfection, il ne songe déjà qu'à de nouvelles conquêtes et les remords tardifs qu'il éprouve quand il se croit responsable de la mort de sa femme, ne le poussent nullement à s'amender. C'est un orgueilleux, toujours intimement sûr de son bon droit et prêt à toutes les extrémités pour obtenir ce qu'il désire. Pas un instant, lorsqu'il se heurte à un obstacle, il n'y trouve matière à réflexion : de même que la soif de vengeance domine Quan et lui donne énergie et ténacité pour parvenir à ses fins, l'appétit de jouissance est chez Weiyangsheng si obsessionnel qu'il asservit entièrement ses facultés de raisonnement. Son entêtement orgueilleux (« J'ai payé assez cher le droit de la voir ») à poursuivre Yuxiang conduit directement à l'irréparable, en ne laissant à cette femme d'autre issue que la mort. Même après sa conversion, cette impulsivité sûre de son bon droit trouve occasion de se manifester, quand il exprime devant Gufeng le désir d'aller sur-le-champ supprimer ses filles pour leur épargner les malheurs qui les attendent.

Sur ce point comme sur les autres, son ami Sai-Kunlun lui est supérieur, qui, repris par Gufeng avec toute la fermeté et la douceur requises en de tels cas (« Il ne faut pas parler ainsi »), se laissera convaincre de changer de principes et d'existence avant d'avoir subi le châtiment de ses péchés.

La luxure est une forme de la démesure, consistant à « sortir du lot qui est imparti à chacun », à la fois en en demandant trop et en s'affranchissant pour y parvenir des normes régissant ce qui est licite. Elle entraîne dans son sillage, inévitablement, la corruption du cœur humain : c'est ainsi que Yuxiang (chapitre XIV) en vient à souhaiter la mort d'un père auquel elle était très attachée peu de temps auparavant. C'est ici que prend tout son sens le thème, récurrent dans le roman, de la bestialité : ce qui guette l'homme asservi à la luxure, c'est la dégradation au niveau du porc ou du chien. L'image surgit tout naturellement à propos des femmes possédées par le démon de la chair : la voisine de Yenfang, ou encore Hua-chen qui, punie par où elle a péché (chapitre XVII), hurle comme un goret qu'on égorge. Quant à Weiyangsheng, son cas est pire puisqu'en toute connaissance de cause, il a décidé de se faire greffer le membre d'un chien, afin d'accomplir les prouesses rêvées. C'est seulement après sa conversion et son entrée au monastère que le véritable caractère de son acte se dévoilera à lui.

On le voit, nonobstant sa réputation scandaleuse, le *Rouputuan* est une œuvre classique (par ses dimensions, sa progression rigoureuse), ambitieuse par les sujets traités, la virtuosité du récit et de l'analyse. La parenté existant avec des thèmes que Li Yu a traités par ailleurs sous forme d'essais (la beauté féminine, par exemple !), autant qu'une certaine tournure d'écriture et d'esprit, rendent extrêmement probable la paternité du livre. Il résume dans son ton souriant et désabusé comme dans sa lucidité incisive, son aptitude à comprendre tous les types d'humanité, une expérience de la vie : c'est à coup sûr une œuvre de la maturité, probablement même, à notre sens, des dernières années. Comme tout bon roman, celui-ci cherche d'abord à divertir, mais il le fait en posant des questions profondes. L'auteur joue en artiste de la transgression, pour donner le frisson au lecteur (ainsi quand Weiyangsheng, dans une scène d'une précision cinématographique, est amené à surmonter sa répugnance et à dénouer le chignon de la morte afin de s'assurer de son identité), ou pour le malin plaisir de prendre un instant, par la bouche d'un irresponsable, le contrepied des idées reçues (quand le même Weiyangsheng proclame qu'il souhaite n'avoir pas d'enfant). Le récit lui-même est un tissu de fictions arbitraires, qui tiennent ensemble par la magie d'une écriture ; la vérité de l'œuvre se situe dans le matériau humain (« psychologique ») dont elle est construite, dans le jeu incessant entre de multiples niveaux de sens, dans l'interrogation toujours présente sur la validité des références, leur *actualité*. L'auteur n'était pas un iconoclaste, loin de là ; autant qu'on puisse en juger, c'était un esprit libre et pénétrant, à qui son art donnait moyen de s'adresser à ses pairs, alors même qu'il écrivait pour tout le monde – il nous rappelle en cela La Fontaine. Qui dit mieux ?

La version française que nous donnons ci-après est une version intégrale, établie sur la base des deux textes qu'il nous a été matériellement possible de consulter : celui conservé à la Bibliothèque nationale au Département des manuscrits orientaux sous la cote JA2762 et celui conservé à la Bibliothèque de l'Institut national des langues orientales sous la cote CHI8304, ces deux textes étant conformes entre eux.

Dans les dialogues, le passage constant du « tu » au « vous » ne doit pas étonner. Les pluriels de politesse qu'on trouvera dans ces pages représentent sans exception, dans le texte, des adresses à la troisième personne trop peu naturelles en français. Quand on veut être déférent en chinois et en général envers une personne qu'on rencontre pour la première fois, on emploie la troisième personne.

L'adresse à la deuxième personne du singulier, d'autre part, ne convoie en chinois qu'une familiarité modérée et qui n'est jamais impolie ou grossière. Elle peut s'employer dans tous les cas de figure, autrement dit, du moment que deux personnes peuvent se parler, elles peuvent aussi se tutoyer. Nous ne jugeons pas utile de censurer cette forme pour nous conformer à la politesse classique européenne. On se souviendra, donc, qu'il s'agit de dialogues chinois et non européens.

Première partie

Printemps

Chapitre 1

Pour freiner la licence des mœurs,s'appuyer sur la leçon des faits ;
pour discourir sur le sexe, partir du désir sexuel.

Le poème, en vers irréguliers, dit : « Cheveu noir ne se peut conserver ; les roses ont tôt fait de se faner, destinée d'homme n'égale pas le pin toujours vert. Le renom est voué à s'éteindre, l'intérêt est sans lendemain. Le vent a regret des fleurs tombées ; celui qui tue un jeune homme n'en éprouve point de joie. La vieillesse nous chasse du jardin des plaisirs, tandis que le jeune seigneur, ivre de chants, goûte au poison délicieux du premier amour. (*Deuxième strophe*) Précaires sont les joies de ce monde ; rester chez soi ne vaut pas chercher occasion de gloire. Au plaisir succède le chagrin ; sachons goûter, aurore après aurore, les délices du sommeil après le festin nocturne. Craignons d'être éveillés en sursaut par la cloche matinale ! Ouvrons plutôt les yeux sur une peinture exaltant la puissance d'Eros : là se trouve la demeure de l'éternel printemps. »

Ce poème est composé sur la mélodie dite « Parfums emplissant la cour ». Il développe l'idée que cette vie n'est qu'une vallée de larmes, une suite de souffrances, qui n'est pour nous d'aucun avantage. Encore sommes-nous heureux qu'au commencement des temps, celui qui créa l'univers ait établi la relation d'homme à femme comme remède et délassement à nos malheurs, nous épargnant ainsi une complète décrépitude. Même les confucéens les plus bornés l'admettent : ce que les femmes ont sous la ceinture, c'est par là que nous naissons et c'est par là que nous mourons. Selon les sages, sans cette affaire pour agrémenter l'existence, notre chef blanchirait quelques saisons plus tôt et notre carrière serait écourtée de plusieurs années. Pour ceux d'entre vous qui ne me croiraient pas, qu'ils songent à ceux des moines de ce siècle, qui à quarante ou cinquante ans ont encore le cheveu bien noir, ou qui atteignent quatre-vingts ans sans être physiquement diminués. Certains disent : bien que les moines fassent vœu de chasteté, il est pour eux des échappatoires ; tel, par fraude, se procure une épouse ; tel autre assouvira ses penchants auprès d'un novice. Cependant, il en est d'eux comme des gens restés dans le monde : qui ne parvient pas à conserver son intégrité physique ne saurait aspirer à la longévité.

Veuillez considérer le cas des eunuques qui servent l'empereur dans la Cité interdite : non seulement, à la différence des moines, il ne leur est loisible ni de prendre femme, ni de sodomiser les novices ; mais ayant perdu pour jamais l'instrument pour ce faire, ils en sont réduits pour le restant de leurs jours à une existence de petits enfants. Quand on pourrait vivre de la sorte plusieurs siècles, quel intérêt ? Comparés aux hommes ordinaires, les eunuques ont le visage un peu plus ridé, la tête plus précocement chenue. On les nomme respectueusement « seigneurs », tandis qu'ils font plutôt penser à de vieilles femmes. D'ailleurs, parcourez les cimetières de la capitale et vous serez frappé d'une chose : parmi les inscriptions signalant des longévités phénoménales, toutes sans exception se rapportent à des gens ordinaires, aucune n'a été composée en mémoire d'un eunuque. Ce fait prouve que le commerce des femmes n'est pas nuisible par lui-même. Seulement, parce que la célèbre *Pharmacopée* de Li Shizhen[1] ne dit mot là-dessus, les opinions divergent extrêmement. Les uns prétendent que le commerce des femmes fortifie la santé et prolonge la vie ; les autres, au contraire, qu'il nuit à l'intégrité physique. Il s'agit pourtant d'un médicament, et il convient d'en user de même que du ginseng et des graines d'aconit. Je m'explique. Le ginseng, comme les graines d'aconit, sont un fortifiant excellent pour le corps, pourvu qu'on les absorbe à petite dose, sur une longue période, ainsi qu'il convient s'agissant non d'un aliment, mais d'une drogue. Si l'on ne se conforme pas aux quantités voulues, qu'on ne respecte pas les heures prescrites, et qu'on s'en emplit tout bonnement le ventre, on pourrait s'en trouver mal. Il en va de même avec les femmes. Les pratiquer sur une longue période a sur l'organisme un effet tonique, grâce à la synergie du yin et du yang ; les pratiquer avec excès aboutit à l'effet inverse, savoir que le froid et le chaud se contrarient. Le remède, si c'en est un, a un pouvoir revigorant, qui dissipe chagrins et fatigues. Comme aliment, c'est un poison qui lèse le principe vital et vicie le corps. Si l'homme, saisissant cette raison, s'obligeait à regarder le commerce des femmes à la façon d'un médicament, il ne les tiendrait pas à distance, ni ne les approcherait avec excès ; il ne se refuserait pas à les aimer, et il ne les aimerait pas avec passion. Celui qui s'est jusqu'à présent abstenu d'elles, devrait se dire en soi-même : « C'est un médicament, non un poison : qu'y a-t-il à craindre ? » Quant à celui qui les fréquente assidûment, il devrait se dire : « C'est un remède, non un aliment : gare à l'excès. » Ainsi, l'organisme de chacun préserverait son équilibre et tout le monde s'en porterait mieux.

Toutefois, prenons garde ici à un point. Quoique ce « remède » soit analogue dans son principe au ginseng et aux graines d'aconit, il en diffère par les lieux où on le récolte et par la bonne façon de l'absorber. Tous ceux qui recourent à la pharmacie, savent que le ginseng et les autres plantes utiles à la santé doivent être cultivées et récoltées suivant certaines règles ; à l'état sauvage, elles sont dépourvues de vertu médicinale. Les femmes, tout au contraire, sont précieuses à l'état naturel ; celles qui sont par trop « cultivées » ne peuvent procurer aucun bienfait, elles peuvent même avoir une influence nocive. Mais, qu'appelle-t-on ici « à l'état naturel » ou « cultivées » ? Les femmes qu'on a épousées et qu'on garde sous son toit, point n'est besoin d'aller les rechercher au loin, ni de les acquérir à prix d'argent ; il suffit d'étendre la main, suivant son bon vouloir. C'est là le médicament « en son état naturel » : libre à moi d'en user, nul obstacle à mon désir. Charbonnier est maître chez soi, et l'importun peut bien frapper à la porte : je n'en ai cure, et n'éprouve aucune frayeur. Partant, mon souffle vital demeure intact, et de surcroît j'augmente mes chances de procréer un fils qui sauvera de l'extinction le nom familial. Quand les dispositions des époux s'accordent, les corps peuvent s'unir et parvenir au bien-être suprême : comment nier qu'il en résulte un bienfait pour la santé ?

Cependant, dira-t-on, la beauté ne croît que dans les demeures luxueuses ; un visage de rêve ne se rencontre point, sinon derrière une porte aux tentures brodées. D'autre part, « comparée au canard sauvage, bien fade est la volaille de basse-cour ! » Le teint d'une vieille épouse a perdu son éclat ; comment pourrait-elle rivaliser en attrait avec les jeunes herbes qu'on élève jalousement à l'abri des regards ? Parlons donc, si vous le voulez, de cette catégorie de femmes. On songe à elles en dormant, on les voit en rêve, on n'a de cesse qu'on ne les obtienne. Pour parvenir au but, on use d'abord de la force persuasive des sentiments, ensuite, de la magnificence des présents. Il est des amants qui sautent le mur pour se rendre auprès de leur belle ; d'autre vont jusqu'à percer ce mur, pour aller lui parler sans témoins. Ah, de quoi ne serait-on capable dans ces cas-là ! Mais, en définitive, on est encore aussi timide qu'une souris. Même si personne ne vous a vu, il vous semble toujours que quelqu'un vient, et on transpire davantage de peur que de plaisir. Tant la jeunesse est prodigue en sentiment, mais peu soucieuse d'affronter le danger ! On s'éprouve jusqu'à des profondeurs insoupçonnées, et on se jette tête baissée dans des catastrophes peu ordinaires. En privé, on offense la vertu, et en public, on contrevient aux lois. Puis on se fait tuer, et c'est là un mal sans remède connu. Si votre femme vous survit, elle risque fort de perdre son honneur. Voyez quels inconvénients, et comme ils l'emportent sur ce que vous aurez gagné dans l'aventure ! En un mot comme en mille, pour ce qui touche les femmes, mieux vaut ne pas chercher au loin ce qu'on possède auprès de soi, et ne pas s'asservir en vain à l'attrait de la nouveauté.

L'auteur de ce roman, dont la sollicitude s'exprime en paroles sévères à l'instar d'une grand-mère aimante qui vitupère sans relâche, s'est donné comme but d'aider les hommes à suivre le droit chemin et à mettre la bride à leurs penchants, au lieu de s'y abandonner ; il a en vue de les détourner de la débauche, non de les y inciter. Que le lecteur ne se méprenne donc pas sur nos intentions ! Mais, dira-t-on, s'il en est ainsi, pourquoi n'avoir pas composé un ouvrage d'édification, plutôt qu'un roman qui flatte les mœurs mêmes que l'on prétend combattre ? Cher lecteur, il y a quelque chose que vous ne comprenez pas. En général, le moyen d'amener les hommes à s'amender consiste à chercher dans le penchant même qui les porte au mal, l'occasion d'une leçon salutaire qui frappera les esprits. Les hommes de ce siècle répugnent à lire les anciens livres qui montrent le chemin de la vertu ; ils sont friands, au contraire, de la littérature d'anecdotes et de la petite histoire, qui décrivent en grand détail toutes sortes de turpitudes. Même dans cette dernière sorte de livres, ils ne veulent pas entendre parler de loyauté du cœur, de dévouement filial, de chasteté ou d'esprit de justice ; ils préfèrent les passages où il est question de comportements débauchés, pervers ou déshonnêtes. Tel est l'état des mœurs présentes ! Dans ces conditions, composer un traité de morale de plus, c'est aller droit à l'échec. Quand bien même une bonne âme accepterait d'en payer l'impression, la pagination, la couture et le coffret, avant d'offrir le tout enrubanné à l'homme de la rue, celui-ci n'y jetterait pas un coup d'œil, mais se servirait du papier pour boucher sa carafe ou pour allumer sa pipe. Il est plus avisé, selon moi, de captiver d'abord son esprit par une histoire leste, puis au moment le plus palpitant de l'action, lancer adroitement quelques banderilles qui le feront s'exclamer plein d'effroi : « Ces plaisirs si doux qu'on trouve auprès des femmes, est-il possible qu'ils soient à ce point éphémères ! Qui s'y adonne, à la longue deviendra fantôme sous les pivoines. C'est bien là délaisser le réel pour des chimères ! » Parvenus au châtiment final, on glissera au lecteur, dans le creux de l'oreille, une ou deux phrases qui l'inciteront à faire retour sur lui-même. Alors il dira, comme au sortir d'un rêve : « Voilà bien où mène la luxure ! » Comment, ensuite, ne resterait-il pas sagement auprès de sa femme ou de ses concubines, pour jouir d'elles en toute quiétude, au lieu de s'amuser à de coûteuses lubies et se charger étourdiment de dettes dont il lui faudra un jour s'acquitter avec usure ! Arrivé à ce point, il serait étonnant qu'il ne marche pas droit pour le reste de ses jours. Le mari s'attachera à sa femme, qui de son côté le respectera davantage. Ce résultat, après tout, n'est-il pas aussi celui recherché dans les deux premiers livres des *Poèmes canoniques*[2] ?

C'est là ce qu'on appelle écrire à bon escient et gouverner les hommes au moyen de la nature humaine. Non seulement les auteurs de romans à deux sous connaissent cette raison, les sages de l'ancien temps l'ont mise en pratique les premiers. J'en veux pour preuve l'anecdote remontant aux « Royaumes Combattants » qui met en scène le sage Mengzi[3], venu chapitrer le roi Xuan de Qi au sujet des devoirs d'un roi. Ce roi Xuan vivait pour les plaisirs matériels, se désintéressant du gouvernement. En écoutant Mengzi, il laissa échapper un : « Voilà qui est bien dit ! » Mengzi répliqua : « Puisque vous approuvez ce que je dis, que ne le mettez-vous en pratique ! » « Hélas, rétorqua le roi, j'ai une infirmité. J'aime les richesses ! » Mengzi répondit en lui contant l'histoire du « duc Liu qui aime les richesses ». Le roi reprit : « J'ai une autre infirmité. J'aime les femmes ! » Ce disant, il se flattait en lui-même de ressembler aux Sardanapale de la légende, et n'avait qu'une envie, suivre l'exemple de ces souverains oublieux de tous leurs devoirs. Si Mengzi l'avait sermonné là-dessus, lui démontrant par d'anciens exemples que la concupiscence ôte à l'homme du commun la liberté ou la vie, aux dignitaires leur rang, aux rois leur royaume, et au Fils du Ciel l'empire – le roi Xuan n'aurait peut-être rien dit, mais il aurait pensé à coup sûr : « Mon infirmité n'est pas traitable, et ce que dit ce maître ne m'est d'aucune utilité. » Mais Mengzi ne dit rien de tel, tout au contraire il enchaîna sur l'anecdote de « Tai-wang amateur de femmes », que son hôte écouta avec intérêt. Tai-wang, donc, qui était roi, au moment de prendre à cheval, à la tête de son peuple, la route de l'exil, emmena avec lui une partie de son harem ; il aimait si fort les femmes que, de sa vie, il ne put se séparer d'elles, même temporairement. On pourrait s'attendre, n'est-ce-pas, qu'un souverain pareil, en des circonstances aussi critiques, entraîne immanquablement, avec sa propre ruine, la perte du royaume ? Que nenni. Ce roi, versé dans la nature humaine, ordonna à tous ceux qui s'apprêtaient à le suivre d'emmener leurs épouses avec eux. Ainsi, lorsqu'il prenait du bon temps avec ses femmes, ses sujets en faisaient autant avec les leurs, de sorte que ni aigreur ni jalousie ne venaient ternir leurs relations. Le peuple chantait les louanges du souverain, et nul ne songeait plus à relever ses travers. Quand le roi Xuan eut ouï cette histoire, il se sentit d'humeur joyeuse et plus enclin à assumer ses devoirs qu'il ne l'avait été de sa vie ; plus jamais, en tout cas, il n'invoqua « ses infirmités » à sa décharge.

C'est à un résultat de ce genre que s'efforce précisément l'auteur du présent ouvrage. On n'a qu'un souhait, que le public en retire même profit que de la lecture des anciens livres, au lieu du plaisir creux qui est le salaire ordinaire de la lecture des romans. Quant aux passages qui s'adressent directement au lecteur, ils sont destinés soit à attirer son attention lors d'un moment décisif, soit à faire ressortir la morale de l'histoire. L'intrigue elle-même n'est pas exempte de ressemblance avec les ouvrages licencieux : il s'agit d'amener le lecteur, de chapitre en chapitre, jusqu'au dénouement, qui lui tiendra lieu de leçon et l'avertira de se bien conduire. On peut aussi comparer cette morale de l'histoire à une olive qui laisse un arrière-goût dans la bouche. Si, dès qu'on y mord, on en perçoit la saveur âcre et acide, personne ne veut aller plus loin. Les descriptions qu'on trouvera dans l'ouvrage tiennent lieu du fruit à chair sucrée qui enrobe l'olive, afin d'inciter à la savourer et en faire connaître l'arrière-goût : de la sorte, personne n'en éprouvera de déplaisir. Ce que j'avance sera vérifié dans les prochains chapitres.

---

1. La *Pharmacopée* de Li Shizhen (1518-1598) ou *Bencao gangmu* : encyclopédie médicale composée entre 1552 et 1578.

2. Les *Poèmes canoniques* ou le *Livre des Poèmes* : le plus ancien recueil de poésie chinoise (trois cent cinq poèmes), compilé dès l'époque des « Annales » (770-476 avant notre ère), puis remanié et commenté par l'école confucéenne au cours des siècles. Un des « classiques » servant à l'enseignement élémentaire.

3. Mengzi ou Mencius : philosophe chinois du troisième siècle avant notre ère. Son enseignement, moral et oral, s'exprimait par paraboles ; ses disciples nous en ont conservé une relation assez étendue *(Livre de Mengzi).*

Chapitre 2

Le vieil ermite déploie en vain sa besace de sagesse ;
le disciple pressenti lui préfère la « natte de prière en chair ».

On dit qu'en l'ère Zhi-he (« la Paix parfaite ») de la dynastie mongole des Yuan[4], vivait sur le mont Guacang un ermite dont le nom officiel en religion était Zheng-yi, et le nom usuel Gufeng. Il avait été un élève distingué de l'école de Chuzhou, dans la province méridionale de Zhejiang. Son excellent naturel se manifesta de bonne heure au grand jour : il était encore dans les langes qu'on pouvait l'entendre marmonner à la façon d'un écolier qui récite son livre, ce qui ne laissait pas d'intriguer ses parents. Un beau jour arriva à leur porte un moine mendiant. Il aperçut dans les bras de la petite bonne cet enfant qui émettait des sons qui n'étaient ni rires, ni pleurs. Ce moine tendit l'oreille et il déclara : « Il récite le sûtra « lengyan » des secrets de l'univers ! Je vous le dis, cet enfant est un saint homme réincarné. » Et de supplier les parents qu'on lui permette de l'élever au sein de la religion. Les parents n'en crurent mot. Quand l'enfant grandit, on lui enseigna la lecture, qu'il pratiqua bientôt avec aisance ; mais il ne semblait pas avoir de goût pour la carrière administrative. Plusieurs fois, il lui arriva de délaisser les livres confucéens pour s'intéresser au bouddhisme, mais ses parents l'empêchèrent de continuer dans cette voie. Ne pouvant suivre sa vocation, il alla à l'école, où on l'employa comme répétiteur. A la mort de ses parents, il observa le deuil pendant deux ans, puis il distribua ses biens aux gens de sa famille. Ensuite il cousit de sa main une besace de peau assez grande pour contenir une claquette de bois, des livres bouddhiques et les autres objets qui lui étaient nécessaires. Il se rasa la tête et il alla vivre dans la montagne la vie d'un anachorète.

Ceux qui connaissaient son histoire l'appelaient le révérend Gufeng ; les autres, le moine à la besace. Il n'était pas un religieux comme les autres. Non seulement il observait rigoureusement l'abstinence d'alcool et de viande, et menait une vie chaste et régulière, mais encore, il s'interdisait trois pratiques habituelles dans sa profession : demander l'aumône, expliquer au tout-venant les Ecritures bouddhiques, résider sur une montagne renommée. Quand on lui demandait pourquoi il ne sollicitait pas la charité, il répondait : « Pour suivre l'enseignement du Bouddha, il faut commencer par adopter l'austérité comme son mode de vie et infliger continuellement à son corps fatigues et privations ; c'est seulement quand on est pressé constamment par la pensée de la faim et du froid, que tarit en soi la source des pensées mauvaises ; alors, on peut tourner la page sur une vie souillée et entamer une existence pure. En persévérant dans celle-ci, à la longue on deviendra Bouddha. Mais si l'on a de quoi manger sans labourer, si l'on a de quoi se vêtir sans tisser, s'en remettant pour tout cela à la générosité des croyants, alors, le ventre une fois rassasié, la pensée oisive vagabonde au hasard ; le corps une fois au chaud se prélasse dans le confort et s'abandonne au sommeil. Quand la pensée vagabonde, elle rencontre des objets désirables ; quand on dort sur ses deux oreilles, l'imagination surgit dans le rêve. Non seulement on deviendra impuissant à gravir le chemin spirituel, mais on tombera inopinément dans toutes sortes de péchés mortels. C'est pourquoi je pourvois à mes besoins par le travail et ne quête jamais l'aumône. »

Quand on lui demandait ensuite pourquoi il n'enseignait pas le sens des Ecritures, il répondait : « Les saintes paroles sont sorties de la bouche du Bouddha ; qui donc, sinon lui-même, les saurait expliquer ? Tout le reste n'est que galimatias d'ignorants. Il y a douze siècles, quand le poète Tao Yuanming lisait les anciens livres classiques, il ne cherchait déjà pas à les comprendre. Ainsi donc, un Chinois qui lisait des livres chinois avait renoncé à en saisir le sens ; que dire alors d'un Chinois s'essayant à lire des livres étrangers et, pis encore, s'imaginant pouvoir les expliquer en chinois ! Pour moi, je n'oserais me prévaloir de tels mérites devant le Bouddha ; j'éviterai, autant que je le puis, de l'offenser de la sorte. C'est pour ces raisons que, connaissant mon ignorance et acceptant ma sottise, je m'abstiens d'enseigner les Ecritures. »

D'autres enfin lui demandaient pourquoi il n'allait pas plutôt vivre sur une montagne célèbre. Il répondait à cela : « L'ascète doit éviter toute chose désirable, afin d'obtenir la sérénité de l'âme. Or, les choses désirables ne se bornent pas aux trésors, aux femmes et à la musique : une brise fraîche délasse les membres, le clair de lune pousse à la rêverie, un chant d'oiseau ravit l'oreille, les saveurs sauvages surprennent délicieusement : ce sont là toutes choses qu'on se prend à chérir, à adorer, et à désirer. Rochers pittoresques et cascades féériques vous poussent à composer des poèmes ; quand l'inspiration vous tient, elle ne vous lâche plus. Aussi, choisir un endroit de ce genre pour aller étudier, c'est s'exposer à toutes sortes de tentations, et finalement à voir avorter l'entreprise. Pour qui s'y installe dans une pensée d'élévation spirituelle, il est difficile de demeurer dans l'isolement nécessaire pour dépouiller toute vanité mondaine. On croise à toute heure de belles filles venues brûler de l'encens, accompagnées de beaux jeunes gens ; il n'est pas difficile de deviner ce qui s'ensuivra. C'est pourquoi j'évite les montagnes splendides ; si je recherche le désert, un endroit aride et sauvage, c'est afin que rien ne vienne distraire mes sens. »

Ceux qui l'avaient questionné, impressionnés par de telles réponses, voyaient en lui un sage parmi les sages. Ces trois particularités de sa règle de vie lui valurent une réputation qui croissait de jour en jour, et les disciples venus de près comme de loin ne tardèrent pas à affluer. Lui, cependant, ne les acceptait pas à la légère. Il passait au crible les candidats, scrutant chacun pour déterminer s'il avait une nature portée au bien, capable de tirer fruit de son enseignement, et plus aucune pensée tournée vers la poussière mondaine ; en ce cas seulement, il l'acceptait avec lui. S'il avait le moindre doute, il refusait de le garder. Aussi, après de nombreuses années de vie monastique, n'avait-il encore que fort peu de disciples. Au flanc d'une vallée de montagne, il avait construit de ses mains un ermitage de quelques pièces ; il labourait lui-même un champ dont il tirait sa subsistance ; il se désaltérait de l'eau des sources.

Un jour que le vent d'automne mugissait, dépouillant les bois de leur parure estivale, l'ermite se leva au point du jour, balaya le pas de la porte, puis il alla renouveler l'eau pure déposée en offrande devant le Bouddha et disposer l'encens. Cela fait, il déroula sa natte de prière et s'assit dans la grand'salle. Il était plongé dans la méditation, quand un jeune homme ayant l'apparence d'un lettré apparut sur le seuil, suivi de deux domestiques. Ce jeune homme avait une physionomie ouverte et intelligente, une démarche vive et légère. Mais ce qui le distinguait surtout du commun des mortels, c'étaient ses yeux. Ce n'étaient pas des yeux qui aimaient à regarder en face et, en fait, ils n'étaient bons qu'à regarder les femmes à la dérobée. Il suffisait à leur possesseur, se tenant à quelque distance, d'un seul coup d'œil pour reconnaître si la femme était belle, ou non. Si elle était belle, il lui décochait un regard aguicheur. Si c'était une femme honnête, elle baissait la tête et passait son chemin, de sorte que le regard aguicheur tombait dans le vide. Mais si la femme était d'un esprit frivole et d'une disposition semblable à la sienne, elle lui renvoyait son message par la même voie, sans qu'il soit nécessaire de se compliquer la vie à échanger des lettres d'amour. Homme ou femme, si la nature vous a doté d'une paire d'yeux de ce genre, cela n'augure rien de bon ; le déshonneur, la perte de la chasteté, sont les maux qui en résulteront. Lecteur, si tu as des yeux faits de la sorte, sois sur tes gardes !

Le jeune homme étant entré dans la salle, se prosterna à quatre reprises devant le Bouddha, puis il en fit autant devant l'ermite ; s'étant relevé, il se tint modestement debout sur le côté. L'ermite, absorbé dans sa méditation, ne lui rendit pas son salut de suite. C'est seulement quand il eut achevé son exercice qu'il quitta la natte et à son tour, s'inclina respectueusement à quatre reprises. Le visiteur ayant pris place, l'ermite lui demanda son identité. Le jeune homme répondit : « Je viens de loin et je suis de passage dans la région ; on m'appelle 'Wei-yang-sheng'. Votre haute réputation est parvenue à mes oreilles. C'est pourquoi, m'étant purifié, je viens humblement m'entretenir avec vous. » Puisque, dira-t-on, l'ermite avait demandé à ce jeune homme son nom, pourquoi celui-ci ne voulut-il pas répondre directement, mais préféra-t-il se présenter sous un pseudonyme ? Lecteur, sache qu'au temps des Mongols, qui est celui où se déroule cette histoire, les lettrés chinois n'aimaient pas se faire connaître sous leur vrai nom ; tous usaient de noms d'emprunt et de pseudonymes choisis pour correspondre à leur personnage. Ainsi, les jeunes gens se disaient-ils « lettrés » (sheng), les hommes d'âge moyen « maîtres » (zi), les hommes âgés « sages » (daoren) ; à part cela, chacun décidait à sa guise d'un nom, en y insérant souvent une allusion littéraire incompréhensible pour le tout-venant. Le jeune lettré dont nous parlons, étant galant de nature, préférant la nuit au jour, et le début de la nuit à la fin de la nuit, avait tiré du *Livre des Poèmes* le vers « Ye wei yang », c'est-à-dire « Il n'est pas encore minuit », pour s'attribuer à lui-même ce nom, « Wei-yang-sheng », ou « le lettré d'avant minuit »[5]. Sur le moment, l'ermite pensa qu'il avait affaire à une personne haut placée, et il répondit à ses civilités du mieux qu'il pouvait.

A ce moment, on annonça que le repas était prêt. Le maître des lieux en profita pour inviter son visiteur à déjeuner. Assis l'un en face de l'autre, tous deux entrèrent en conversation sur le sujet de la méditation, faisant assaut de pénétration et de vivacité. Le jeune lettré, que nous appellerons désormais, selon son désir, « Weiyangsheng », était d'une nature extrêmement intelligente. Il connaissait en profondeur les trois grandes philosophies (le taoïsme, le confucianisme et le bouddhisme), ainsi que les différences entre les diverses écoles. Sur la méditation, sujet que d'autres ne parviennent pas à pénétrer, quelque soin qu'on prenne de le leur expliquer, il suffisait que l'ermite énonçât une phrase pour que le jeune homme en comprît aussitôt toutes les implications. L'ermite se dit en lui-même : Voilà un garçon drôlement cultivé. Dommage que le Créateur se soit ainsi fourvoyé en lui attribuant son lot physique. Pourquoi avoir assemblé une âme tournée vers les enseignements du Bouddha avec une enveloppe charnelle portée au péché ! Autant qu'on peut s'en rendre compte, d'après son attitude et sa physionomie, il s'agit d'un amateur invétéré de femmes. Si je ne parviens pas à le sauver en le recueillant dans ma besace, il fera du dégât et détruira la tranquillité de plus d'un foyer, instillant son venin pernicieux chez je ne sais combien de femmes de par le monde. Puisqu'aujourd'hui il m'est donné de parler avec lui, si je ne m'efforce pas d'endiguer ce flot et prévenir les désordres que je prévois, ce sera certes manquer au devoir de charité envers mes semblables. Sur ce, il dit au jeune homme :

« Depuis que j'ai adopté la vie monastique, j'ai observé maintes gens. Les uns sont stupides et refusent mordicus de se réformer ; il n'y a rien de plus à en dire. Parlons des étudiants qui arrivent ici, animés d'un désir sincère de s'instruire de la méditation. Parmi les serviteurs du pouvoir, ceux qui s'intéressent à la Loi de Bouddha ne parviendront jamais à dépasser une compréhension superficielle ; très peu de gens, en fait, sont capables d'en acquérir une connaissance approfondie. Qui eût cru que vous aviez une telle intelligence ! Il ne vous faudrait que quelques années pour entendre à fond la doctrine. En ce monde, un corps physique est donné à tout un chacun, tandis que la nature spirituelle est réservée à quelques-uns. Les jours de notre vie passent rapidement, seules sont permanentes les lois de la nécessité. Puisque vous possédez en vous[6] la nature propre à devenir Bouddha, n'allez pas sur la voie des démons. Pourquoi ne pas décider, ici et maintenant, de renoncer aux passions et de franchir la porte du vide ? Je suis un homme ordinaire fait de chair et d'os, mais je peux vous aider à vous élever ; je m'engage à vous expliquer l'enchaînement des causes et des effets. Dans cent ans vous serez au ciel en compagnie des saints moines, délivré comme eux des servitudes de cette terre. Que vous semble ? »

« Depuis longtemps, répondit le jeune homme, j'aspire à fuir le monde, et dans l'avenir un jour viendra où je retournerai ici pour de bon. Mais pour le moment présent, j'ai deux aspirations que je n'ai pas encore satisfaites, il me coûterait trop d'y renoncer. Je suis encore jeune. J'ai le temps d'aller dans le monde réaliser ces ambitions, et si dans quelques années je reviens ici pour prendre la tonsure et l'habit, il ne sera pas trop tard. » « Permettez-moi donc, dit l'ermite, de vous demander à quoi vous aspirez. Serait-ce que vous désirez couronner vos études en faisant carrière comme magistrat, puis, ayant bien servi le trône en de lointaines provinces, être présenté à l'empereur ? » Le jeune homme secoua la tête, et dit : « Il ne s'agit pas de cela. » « Alors, dit l'ermite, de quoi s'agit-il ? » « Les choses à quoi j'aspire, dit le jeune homme, je suis capable de les obtenir par moi-même, et ce ne sont pas des rêves irréalisables. Je vous parlerai sans feinte. Que ce soit sous le rapport de la mémoire, des facultés d'analyse ou de synthèse, ou de l'aptitude à rédiger, je ne crains personne. Les gens en vue de ce siècle-ci se donnent bien du mal pour retenir leurs auteurs, puis, après en avoir changé quelques virgules, ils les réécrivent sous forme d'essais ou de poésie de leur cru, entendant ainsi planter leur drapeau sur l'autel des lettres ! Ainsi va le monde. Selon moi, cela revient à se parer des plumes du paon. Qui veut acquérir une réputation qui ne soit ni empruntée ni falsifiée, doit d'abord lire les grands livres, fréquenter les hommes remarquables, et aller voir de ses yeux les lieux importants. Alors il pourra faire retraite, s'enfermer dans son cabinet, pour composer des ouvrages dignes de passer à la postérité. Si on a la chance de trouver son nom affiché parmi ceux des lauréats aux examens impériaux, on aura de surcroît l'occasion de mettre son talent au service du pays ; sinon, on n'aura pas à rougir de demeurer fidèle aux études en son privé, selon l'exemple antique. J'ai, inscrits dans mon cœur et ignorés des autres hommes, deux vers qui expriment mon dessein. Ils sont ainsi conçus :

« Si l'on est le premier homme de talent au monde... »

Il se tut brusquement. « C'est le premier vers, dit l'ermite, et le second ? » « J'allais l'énoncer aussi, dit le jeune homme, quand un scrupule m'a fermé la bouche. A vrai dire, je rougirais de dire de telles choses devant vous. » « Puisque vous n'osez parler, répliqua l'ermite, laissez-moi compléter le distique à votre place. » Le jeune homme se récria : « Comment donc sauriez-vous mon secret ? » « Si je me trompe, dit l'ermite, j'accepte d'être mis à l'amende. Si, en revanche, je tombe juste, il ne convient pas de nier. » « Si vous tombez juste, dit le jeune homme, c'est que vous êtes un Bodhisattva ou un être divin déguisé aux regards des mortels. Comment alors, oserais-je faire l'innocent ! » L'ermite alors, sans hâte et le plus posément du monde, récita :

« ...Il faut épouser la plus belle fille du monde. »

Le jeune homme demeura bouche bée, les yeux écarquillés. La stupeur passée, il déclara : « Vous êtes vraiment extraordinaire ! Je me répète ces paroles en moi-même, et c'est comme si vous les aviez entendues de ma bouche : vous êtes tombé juste du premier coup. » L'ermite répliqua : « N'avez-vous jamais entendu dire que ce qui est secret pour les hommes, résonne au ciel comme le tonnerre ? » « En réalité, dit le jeune homme, je trouvais peu décent de parler de telles choses devant vous. Mais puisque vous m'avez deviné, je ne songe pas à nier. Je suis encore léger et fort occupé des choses terrestres. Depuis toujours, on a associé 'belle fille' et 'homme de talent'. S'il existe quelque part un homme de talent, il doit y avoir une belle fille pour faire la paire, et réciproquement. Je me connais, et ma beauté n'est pas inférieure à mes capacités ; je suis, pour le moins, un nouveau Pan An ou un nouveau Wei Jie[7]. Puisque le Ciel a donné naissance à un homme tel que moi, comment n'aurait-il pas créé une femme qui me corresponde ! S'il n'y en a pas, n'en parlons plus ; s'il y en a une, qui la demanderait en mariage, sinon moi ? J'ai dépassé vingt années et je ne me suis pas fiancé, de peur de commettre une alliance indigne de moi. Permettez-moi de retourner dans le monde pour y chercher la femme qui m'est destinée : je l'épouserai et j'aurai d'elle un fils pour perpétuer ma race. A ce moment je n'aurai plus de désirs profanes et rien ne me détournera de venir vous rejoindre. Même, je gagnerai l'adhésion de ma femme et nous viendrons ensemble aborder à cette rive et la gravir, échappant ainsi au fleuve des apparences. Que vous en semble ? »

Ayant écouté jusqu'au bout, l'ermite dit avec un rire froid : « De votre part, je n'y trouve rien à redire, la faute en est au Créateur. S'il vous avait accordé la grâce d'un physique ingrat et rebutant, votre claire intelligence vous eût guidé jusqu'à l'accomplissement qui vous est réservé. C'est pour cette raison que, depuis l'Antiquité, il n'a pas manqué de vérolés, d'épileptiques, d'infirmes des mains ou des pieds, à qui ces disgrâces apparentes ont servi de marchepied pour accéder à la condition des êtres immortels. Quand le Ciel vous a créé tel que vous êtes, il a été par trop fier de son ouvrage, ainsi que ces parents qui chérissent leur fils. Tant qu'il est petit, ils ne craignent rien tant que de blesser sa chair ou d'offenser ses sentiments, et ils ne peuvent se résoudre à le battre ni à le réprimander. Quand l'enfant grandit, son corps comme son caractère, donnés par la nature, ont été développés et parachevés par l'éducation qu'il a reçue ; c'est pourquoi il fait le mal à sa guise. Arrive le jour où il commet un crime et subit la bastonnade par décision de justice ; alors seulement il maudit ses parents pour leur indulgence coupable, qui l'a conduit dans l'infortune où il se voit. Dans la vie, une peau délicate et un caractère orgueilleux ne sont guère un avantage. Vous êtes le premier des hommes de talent et vous trouvez normal de rechercher la plus belle femme pour en faire votre épouse. Je ne discuterai pas ici si vous pourrez l'obtenir ; mettons que vous le pourrez. Il est à craindre qu'elle ne porte pas écrit sur le front qu'elle est vraiment la plus belle ; si vous en rencontrez une qui vous paraît la surpasser, quitterez-vous la première pour vous attacher aux pas de la seconde ? Passe encore pour cela. Si cette seconde femme est de dispositions semblables aux vôtres, elle voudra chercher sans relâche un homme digne d'elle, en clair, le premier des hommes de talent ; quant à vous, vous ne pourrez faire d'elle que votre concubine. Et si elle a déjà un époux de son côté, que ferez-vous ? Si vous la voulez à toute force et quel qu'en soit le prix, il en résultera pour vous plus d'un péché mortel. Arrêtons là le scénario.

« Maintenant, désirez-vous tomber en enfer ou aller au ciel ? Si cela vous est égal de tomber en enfer, partez donc à la recherche de la plus belle femme. Si vous préférez aller au ciel, finissez-en avec ces désirs futiles et entrez en religion avec moi. »

Le jeune homme répondit : « Ce couplet sur le ciel et l'enfer me déçoit, venant de vous. La pratique de la méditation vise à l'éveil personnel, de façon à atteindre un état situé hors du cycle des réincarnations, et qui est l'état même de Bouddha. Il ne s'agit pas de monter en paradis ! Même si l'on commet le péché de luxure, on ne fait qu'enfreindre les lois humaines et l'enseignement formel de la vertu. Il ne s'agit pas de tomber en enfer ! »

L'ermite répliqua : « Celui qui fait le bien va en paradis, celui qui fait le mal ira en enfer ; vous avez raison, c'est une notion extrêmement banale. Vous autres intellectuels, vous pensez pouvoir vous affranchir d'une moralité dépassée, vulgaire à vos yeux, pour ne conserver que l'élévation personnelle. Et cependant, il ne peut pas en aller ainsi. Ne débattons pas ici de l'existence du ciel et de l'enfer ; même s'il n'existe pas de paradis, on ne peut se passer du paradis comme d'une échelle en vue de l'élévation spirituelle. Même s'il n'existe pas d'enfer, on ne peut se passer de l'enfer pour dissuader l'homme de commettre le mal. Puisque tu es fatigué d'entendre cette rengaine, je n'en dirai pas davantage pour aujourd'hui sur le chapitre de la rétribution future, et je ne parlerai que des conséquences de nos actions en ce monde même. Là aussi, je n'éviterai pas des notions que tu juges vulgaires, par exemple l'adage bien connu : 'Si je ne couche pas avec la femme d'autrui, autrui ne couchera pas avec la mienne'. Quel refrain éculé, n'est-ce pas ! L'ennui, c'est qu'en ce monde quiconque se laisse aller à la luxure ne peut échapper à cette logique. Quiconque pousse à la débauche la femme et la fille d'autrui se verra puni par la débauche de sa femme et de sa fille. Le seul moyen d'échapper à cette fatalité, c'est de s'abstenir du péché de chair. Voulez-vous donc vous soustraire à cette loi, ou, au contraire, l'illustrer ? Pour l'illustrer, il vous suffit de partir à la recherche de la plus belle femme. Pour vous y soustraire, veuillez mettre un point final à ces pensées futiles et entrer en religion avec moi. »

Le jeune homme reprit : « Vous parlez d'or, mais c'est là ce qu'on prêche au vulgaire ignorant. On est obligé d'en user de la sorte pour lui donner la chair de poule, frapper son esprit et lui inculquer le respect. Cependant, envers les gens de mon espèce, ce genre d'argument est de peu de poids. La nature établit des règles rigoureuses, mais elle les applique avec mansuétude. Bien des fornicateurs, à la vérité, ont dû payer le prix que vous dites ; toutefois, le cas n'est pas rare où le fait est demeuré impuni.

Si l'on se livrait à une enquête sur ce sujet, en allant de maison en maison, on trouverait sans doute que le Ciel est bien négligent. D'une façon globale, les principes du *karma* et de la rétribution sont bien avérés, et ceux qui font le mal ne peuvent les ignorer : c'est d'ailleurs le thème par excellence de tous les sermons. A quoi bon revenir là-dessus ! »

« Contrairement à ce que vous semblez penser, dit le moine, je crains que la loi de rétribution s'applique à tous sans exception, nonobstant cette générosité du Ciel que vous instituez en faveur de certains coupables. Les récits historiques, comme la tradition orale, ne sont pas avares d'exemples. Veuillez réfléchir à ceci : séduire la femme d'autrui est comme une bonne affaire, dont un homme aimera en général à se vanter ; les récits qui en transpirent sont légion. Pour une femme qui a été séduite, l'affaire est beaucoup moins glorieuse et par conséquent, il est peu probable qu'elle la chante ensuite sur les toits. En général elle s'arrange pour la cacher à son mari et à ses propres yeux, elle déguise la vérité ; est-ce une raison pour nier que la luxure reçoive son châtiment ? Est-ce seulement quand le couvercle du cercueil se sera refermé sur vous, que vous admettrez la véracité de l'adage ? A ce moment, vous ne risquerez plus de faire bénéficier quiconque de votre découverte. Ne débattons pas ici si dans chaque cas, le séducteur sera puni par l'adultère de sa propre femme : il suffit que la pensée de l'adultère existe chez l'homme, pour que mainte idée germe aussi, involontairement et pour ainsi dire innocemment, chez sa femme. Ainsi, prenez un homme dont la femme est laide. Quand il l'embrasse pendant la nuit, pour augmenter son ardeur, il pense à la belle fille qu'il a rencontrée dans la journée et il parvient à ses fins en l'imaginant à la place de sa femme. Que sait-il si dans le même moment, sa femme n'en use pas de même avec lui ! C'est une chose des plus communes. Bien que dans de tels cas la morale soit sauve, ces pensées n'en offensent pas moins la sensibilité, et elles constituent la rançon des pensées de luxure de l'homme. S'il en est ainsi quand l'adultère demeure au niveau de l'intention et du fantasme, quand il se commet en réalité, les esprits seront-ils aveugles et le créateur indifférent ? Permettront-ils que la femme de l'adultère demeure irréprochable ? Ce que je vous dis là n'est pas simple rabâchage d'idées reçues. Qu'en pensez-vous ? » Le jeune homme répondit : « Vous parlez de façon très sensée, je l'avoue. Toutefois j'ai encore une question à vous poser. Si l'adultère de l'époux est puni par celui de l'épouse, comment le Ciel a-t-il prévu de châtier l'homme qui, sans être marié lui-même, séduit la femme d'un autre et couche avec elle ? En outre, le nombre des femmes auxquelles on est uni par mariage est forcément limité, alors qu'innombrables sont les occasions de luxure. Comment le Ciel s'y prend-il pour résoudre cette question ? »

En entendant ces mots, l'ermite sut qu'il avait affaire à un esprit fort. Il répondit donc : « Vous discourez si adroitement que je n'ose vous contredire ; ce dont je n'ai pu vous convaincre, la vie elle-même vous en instruira. Allez donc, épousez cette belle fille et à force de prier sur un tapis de chair, peut-être prendrez-vous conscience de certaines choses. Vous avez en vous tout ce qu'il faut pour quitter le fleuve des apparences et accéder à la sainteté ; je ne vous laisse pas aller sans regret. Peut-être, ayant expérimenté à vos dépens la vérité, vous plaira-t-il de revenir me voir, pour réfléchir sur la voie à suivre. Quant à moi, je vous attendrai chaque jour. » Sur ce, il prit une feuille de papier, et levant le pinceau, il traça l'un après l'autre quatre vers de cinq pieds, formant un petit poème qui disait :

Laissez la besace de cuir,
Sur tapis de chair adorez ;
Viendra le temps du repentir,
Déjà le cercueil est scellé.

Ayant achevé, il dit au jeune homme : « Je suis un moine grossier et inculte, j'ignore l'euphémisme et je m'exprime sans détour. Grande est ma déception, cependant je ne vous veux que du bien. Veuillez conserver pardevers vous ce petit poème, pour vous y reporter plus tard. » Il se leva, montrant que l'entretien était terminé. Le jeune homme prit une contenance modeste, baissant la tête, et il dit : « Ma nature, présomptueuse et obstinée, m'empêche de recevoir votre enseignement. Quand le moment se représentera, je vous supplie de m'accepter encore comme disciple. »

Cela dit, comme à son arrivée, il salua à quatre reprises. L'ermite lui rendit son salut, puis il le reconduisit audehors, où ils se quittèrent. Nous aussi, allons quitter en ce lieu le révérend Gufeng ; il n'apparaîtra plus dans l'histoire, et nous suivrons au contraire en détail les péripéties des égarements multiples qui attendent notre ami si friand d'aventures galantes, le lettré d'avant minuit. Quant aux prédictions de l'ermite, si l'on veut savoir comment elles s'accomplirent, l'issue n'en sera dévoilée qu'au tout dernier chapitre.

---

4. La dynastie mongole des Yuan : fondée par Gengis-Khan, elle dura en Chine de 1279 à 1368. Epoque de paix civile et de tolérance religieuse, mais où la population chinoise et ses élites lettrées subirent atteintes aux coutumes et humiliation nationale.

5. Outre ce sens évident, qui s'appuie sur une citation (*Livre des Poèmes*, poème n°182), le nom de Weiyangsheng peut revêtir d'autres significations : « celui qui n'est pas invité », ou encore « qui manque de maturité ».

6. Pour comprendre ce passage, il convient de se souvenir qu'il n'existe pas en Chine de cloison étanche entre l'être moral et l'être intelligent, réunis ici sous le nom de « nature spirituelle ». L'intelligence au vrai sens du terme englobe forcément en elle le vaste champ de la moralité.

7. Pan An (ou Pan Xue) et Wei Jie (surnommé « l'homme de jade ») vivaient tous deux à l'époque Jin du Sud (265-316 de notre ère).

Chapitre 3

Un vieux lettré donne sa fille par erreur à un gendre libertin ;
la vertu de l'épouse se dissipe au contact d'un mari léger.

Weiyangsheng, ayant pris congé de Gufeng et tout en s'éloignant, marmonnait en chemin : « Quelle guigne ! Moi, un jeune homme de vingt et quelques années, bouton de fleur à peine éclos, il veut que j'aille me mortifier à ses côtés et m'enterrer dans son maudit monastère. Est-il au monde un être à ce point déraisonnable ! Si j'ai désiré faire sa connaissance, c'est parce qu'une personne vouée à l'étude recèle forcément des points de vue neufs, propres à nourrir mes réflexions. Mais qui aurait cru qu'il me marquerait une telle froideur et, pour comble, ferait ce poème à la noix pour me dire ce que j'ai à faire ! A moi ! Si j'entre dans l'administration, je prendrai part au gouvernement de l'empire ; et je ne parviendrais pas à gouverner ma propre épouse ? Si je rencontre une femme qui me plaise, je ne laisserai certes pas passer l'occasion, et je n'en surveillerai que mieux ma maisonnée ; on verra bien si un homme viendra réclamer ma 'dette' ! Au surplus, la femme qui aura épousé un mari de si belle tournure, ne daignera même pas jeter un regard sur le séducteur, si d'aventure il s'en présente un ; mais je suis assuré que cela n'arrivera pas. En bonne logique, j'aurais dû sur-le-champ déchirer ce fichu poème et le rendre à son auteur, mais si nous nous revoyons par la suite, je serai bien aise d'avoir ce moyen de lui clore le bec. Pour le moment, gardons ce chiffon de papier par-devers nous ; voyons si ultérieurement le moine en aura regret. » Sur ce, il plia proprement le poème et le glissa dans sa ceinture.

De retour chez lui, sans perdre de temps, il dépêcha des gens dans toutes les directions chez les marieuses, pour se mettre en quête de la plus belle fille du monde. Il était fils de bonne famille, et – on l'a vu – doté d'un physique séduisant et d'un esprit des plus distingués, de sorte qu'il ne lui était pas difficile de trouver un parti. Il ne se passait pas de jour sans que les marieuses vinssent lui en proposer : jeunes filles de famille modeste, qu'il pouvait aller examiner comme bon lui semblait, ou demoiselles de condition avec lesquelles on pouvait, en toute innocence, arranger une rencontre apparemment fortuite à l'occasion de la visite d'un temple ou d'une promenade dans la campagne. Plus d'une jeune fille, à la suite d'une telle rencontre, s'en retourna chez elle pensive et troublée.

Lui, cependant, n'en trouvait aucune qui fût digne d'attention. Une des marieuses finit par lui dire : « A ce que je vois, aucune femme ne te conviendra sinon la fille de 'l'ermite Porte-de-Fer'. Le nom de la belle est Yuxiang. Seulement, son père est de la vieille école et il ne permettra sûrement pas que le prétendant vienne examiner la fille. Comme tu tiens fort à juger par toi-même, ce mariage aussi est irréalisable. » « Pourquoi donc, dit Weiyangsheng, l'appelle-t-on l'ermite Porte-de-Fer ? D'où sais-tu que sa fille est celle qu'il me faut ? Et si elle est aussi belle que tu dis, pourquoi refuse-t-il de la laisser voir ? »

La bonne femme expliqua : « C'est un lettré célèbre qui vit de ses rentes, retiré en sa maison, sans dépenser un sou de trop. Il n'a besoin de rien ni de personne, et de sa vie il n'a eu un seul ami. Il passe son temps à lire et il n'ouvre à personne. Une fois, un visiteur distingué, qui l'estimait sur sa réputation, vint exprès pour le voir. Il eut beau frapper, la porte ne s'ouvrit pas et personne ne répondit. Cet homme, n'en pouvant mais, composa un poème qu'il traça sur la porte avant de s'en aller. Ce poème comprenait les deux vers suivants :

'Je savais que le sage avait portail d'épines ;
Qui l'eût cru ? Votre porte est de fer, pour le moins.'

Quand le maître des lieux en eut pris connaissance, le mot lui plut tant qu'il se fit appeler désormais 'l'ermite Porte-de-Fer'. Cet homme n'a qu'une fille, un parangon de beauté, et en outre fort cultivée, son père ayant pris soin lui-même de son éducation. Elle est capable de composer des poèmes dans tous les genres connus. La maison est tenue avec sévérité et elle ne sort pas de chez elle, même pour aller au temple ou à la foire. A seize ans, elle n'a encore montré son visage à personne. Les matrones ne sont pas davantage admises dans la maison. Hier, j'ai aperçu le vieux devant sa porte ; il est venu à moi et m'a dit : 'N'es-tu pas marieuse ?' J'ai répondu que oui. Il m'a fait entrer et me montrant sa fille, m'a dit : 'Voici ma fille. Il me faut un gendre honorable qui puisse être pour moi comme un fils ; fais ton possible pour me trouver quelqu'un.' C'est alors que j'ai mentionné ton nom. 'Certes, a-t-il dit, j'ai entendu parler de lui comme d'un garçon fort capable, mais qu'en est-il de sa moralité ?' Naturellement, j'ai protesté qu'en dépit de ton jeune âge, tu étais d'une maturité rare et d'un caractère pour ainsi dire sans faille. Seulement, ai-je ajouté, il tient à voir la fiancée avant de s'engager. A peine avais-je prononcé ces mots, qu'il s'emporta : 'C'est insensé ! Je ne suis pas un homme de Yangzhou, ayant élevé une maigre jument, pour la faire voir au maquignon ! Aucune jeune fille bien élevée ne souffrirait pareil examen.' Je n'ai pas osé aller plus loin et je l'ai quitté sur ces entrefaites. C'est pourquoi je sais que cette union est impossible. »

Weiyangsheng, pendant ce récit, se disait en lui-même : « Je n'ai plus mes parents, et je n'ai pas de frères ; si demain je prends femme, il me faudra la surveiller moi-même. Comment ferai-je alors pour aller et venir à mon gré ? Si le père est aussi vieux jeu, quand j'aurai élu domicile chez lui, il surveillera ma femme sans même que j'aie à l'en prier ; je serai tout à fait libre. L'ennui, c'est qu'il ne permet pas de visite préalable, et je ne puis pourtant me marier les yeux fermés, sur la foi d'une entremetteuse. » Alors, il dit : « Sur ton rapport, ce parti est excellent. Il faut à tout prix t'arranger pour que j'aie au moins un aperçu de cette jeune fille. Si mon impression s'accorde avec les renseignements, je n'en demanderai pas davantage. » La bonne femme repartit : « C'est tout à fait impossible. Si tu ne me crois pas, tu n'as qu'à aller voir un devin et interroger un immortel par son entremise ; si cela doit se faire, cela se fera, sinon, tant pis. » « Voilà qui est parler sagement, dit Weiyangsheng. J'ai justement un ami capable de consulter les dieux pour aider à décider d'une affaire ; je vais lui demander de venir, ensuite, nous verrons. » La marieuse acquiesça et s'en fut.

Le lendemain, Weiyangsheng jeûna et fit une grande toilette, puis il envoya chercher son ami le devin. Ayant brûlé de l'encens et frappé le sol du front, il pria à voix basse : « J'ai appris que la fille de l'ermite Porte-de-Fer, Yuxiang, est d'une beauté incomparable, et je désire la prendre pour femme. Mais je ne la connais encore que de réputation. C'est pourquoi je viens prendre conseil de vous, puissant Immortel : si elle est vraiment telle qu'on le dit, je conclurai ce mariage ; si elle a quelque défaut, j'y renoncerai. J'attends que vous me renseigniez précisément sur ce point. » Son invocation achevée, il se prosterna à quatre reprises, puis s'étant relevé, il attendit pendant que le devin dessinait avec un stylet, sur du sable, des signes inintelligibles. Peu après, la main du devin traça ces vers :

« La plus belle entre toutes les femmes –
Ne mets pas en doute l'oracle divin.

Seul ennui, trop de beauté incline à la débauche –
Entre ce qui est permis et défendu, la frontière est aisée à franchir. »

(Premier oracle)

Ayant lu ce poème, Weiyangsheng se dit en lui-même : « A n'en pas douter, elle est très belle. Cependant, le dernier vers m'avertit clairement d'un danger. Se pourrait-il qu'un autre ait déjà, avant moi, ouvert la pastèque ? Mais, attendons la suite : puisque ceci est le premier oracle, un autre va suivre. » En effet, après un moment, le devin traça un second quatrain :

« La chasteté ne se commande pas,
Le mari doit savoir gouverner sa maison.
La porte fermée hermétiquement aux mouches,
Comment viendraient-elles ternir le jade ? »

(Second oracle)
« Hui-dao-ren »

Notre lettré n'eut aucune peine à reconnaître, dans les trois caractères de la signature, un des surnoms de l'immortel Lü Chunyang et tout jubilant, il se dit : « En voilà un qui s'y connaissait sur ces deux chapitres, le vin et les femmes ! S'il dit que ce mariage est excellent, c'est qu'il l'est. Le second poème dissipe mes doutes ; le premier contenait une simple mise en garde. La garder est un emploi dont le père s'acquittera idéalement ; je pourrai me reposer entièrement sur lui, il ne se passera rien. D'ailleurs, les deux derniers vers sont une allusion à cette 'Porte de Fer'. Ne balançons pas davantage. » Tourné vers l'espace vide, il salua profondément Lü Chunyang et prit congé de lui. Ensuite, il fit venir la marieuse et lui dit : « L'oracle indique que cette union est des plus désirables ; je renonce à la voir au préalable. Va donc, sans plus tarder, la demander pour moi à son père. »

La marieuse, ravie, se rendit chez Porte-de-Fer et elle lui transmit la demande en mariage. Le père dit :

« D'abord, il a objecté qu'il lui fallait la voir avant toute chose : cela prouve que le physique de sa fiancée l'intéresse davantage que sa vertu. Je veux pour ma fille un homme de valeur et non ce genre d'hurluberlu. » La marieuse, qui craignait pour son salaire, s'efforça de l'apaiser. Elle lui dit : « S'il voulait la voir, ce n'était pas tant désir d'apprécier son physique que crainte d'avoir affaire à une jeune étourdie. Je l'ai rassuré en lui détaillant l'éducation qu'elle a reçue, et il a été satisfait puisqu'il m'a priée spécialement de venir vous trouver. » Le père, rasséréné par ces paroles qui lui paraissaient raisonnables, donna son accord. On convint d'un jour faste pour les noces, et tout fut accompli selon les rites.

Weiyangsheng avait été séduit par l'éloge qu'avait fait la marieuse de la beauté de Yuxiang ; il avait ajouté foi à l'oracle qui allait dans le même sens ; mais tout de même, comme il ne l'avait jamais entrevue, il était sur des charbons ardents. Le soir des noces, les festivités achevées, les nouveaux époux se retirèrent dans leur chambre, et alors il put l'examiner à son aise : il fut ravi de bonheur. Un poème seul pourra décrire adéquatement les charmes de la mariée :

(*Première strophe*) « Que de grâces en elle ! Sa personne, son visage sont une suite de perfections. Sourire éclatant, et froncement de sourcils, inimitable.

(*Deuxième strophe*) « Les chagrins de la vie n'oppriment pas son front ; taille, membres si fins – comment les enlacer ! Si douce, si fragile, on ne lui voit pas d'os – on craint de la blesser si jamais on l'effleure. »

(Poème sur la mélodie dite « Regret d'une beauté de Qin »).

Comment rendre compte du bonheur des époux pendant leur nuit de noces ? Un autre poème en portera témoignage :

« D'entre les yeux mi-clos fuse un trait de colère –
Sur les coussins, la fleur de pêcher referme ses deux pétales.

De toutes parts désire fermer bouche / fard-parfum
Mais, attaquées de vive force par la langue, les lèvres s'entrouvrent.

« En des pleurs de tendresse s'achève le combat –
Qui marquera une limite à la passion !
La sueur perle à la poitrine délicieuse.
Quatre prunelles, s'ouvrant, échangent un regard –
Deux âmes sont embrasées comme charbons dans la fournaise. »
(Poème sur la mélodie « Printemps à l'étage de jade »).

Revenons à notre héroïne, Yuxiang. Quoique sa beauté fût sans égale, son comportement dénotait une certaine froideur, ce qui décevait quelque peu son époux. Elle avait été élevée entre la rigueur paternelle et la vertu irréprochable de sa mère. Jamais ses oreilles n'avaient ouï de musique légère, jamais ses yeux n'avaient contemplé de spectacle indécent. Les livres qu'elle avait lus étaient remplis d'exemples de filles se dévouant pour leur père ou se sacrifiant pour leur époux et les sentiments développés dans ces livres étaient tout à l'opposé des préoccupations de Weiyangsheng. Enfin, ses manières rappelaient celles de son père. Aussi son mari, pour la taquiner, l'appelait-il sa petite prêcheuse. S'il tentait avec elle quelque badinage, elle rougissait et quittait la pièce. Pour les ébats amoureux, Weiyangsheng aimait fort la clarté du jour ; contempler la nudité de sa partenaire renforçait puissamment ses dispositions. Plusieurs fois, il tâcha d'attirer Yuxiang avec lui et de lui retirer ses pantalons, mais elle se mettait aussitôt à crier comme si on eût voulu la violer ; chaque fois il avait dû en rester là. Pendant la nuit, elle se laissait faire, sans plus. Quant aux positions qu'il voulait lui faire prendre, elle ne se prêtait pas aux excentricités. S'il voulait l'aborder par derrière, elle disait que c'était une horreur de tourner ainsi le dos à son mari ; s'il voulait la faire venir sur lui, elle disait que c'était contraire à la nature ; pour l'amener simplement à poser les pieds sur ses épaules, il devait encore dépenser une énergie considérable. Jamais elle n'émettait de cris capables de stimuler l'ardeur du mari. Dans ces moments-là, il pouvait s'époumonner à crier « Mon amour ! Mes entrailles ! Ma vie ! » et autres douceurs semblables, c'est tout comme si elle eût été sourde et muette ; elle ne disait mot en retour. Weiyangsheng, mortifié à l'extrême de cet état de choses, se dit enfin qu'il ne lui restait d'autre ressource que d'instruire lui-même sa femme, afin de transformer sa nature.

Le jour suivant, il se rendit chez un libraire et il fit l'acquisition d'un album, fort habilement illustré par un nommé Zhao Zi-ang de trente-six peintures sur le thème des « trente-six palais » dont parle le poème Tang ; toutes ces peintures, on l'aura compris, avaient pour sujet les jeux de Vénus. De retour à la maison, il montra l'album à Yuxiang et voulut le feuilleter en sa compagnie. » Tu verras que toutes ces positions, ce n'est pas moi qui les ai inventées : dans l'Antiquité, certains les mettaient déjà en pratique. »

En prenant l'album, la jeune femme n'avait aucune idée de ce qu'il renfermait. Elle l'ouvrit pour se rendre compte. Les deux premières pages portaient écrit en grands caractères « Images des palais Han ». Elle se dit : « Dans les palais Han ont vécu nombre de femmes remarquables. Ce sont sans doute leurs portraits. Voyons donc à quoi elles ressemblaient. » Tournant la page, elle vit alors un homme qui enlaçait une femme ; tous deux, nus comme des vers, étaient à l'ouvrage dans un coin de jardin, une rocaille au bord d'un lac.Tandis que le rouge lui montait au visage, Yuxiang dit avec humeur : « D'où sort cet objet de malheur ? C'est une chose immonde qui souille mon appartement. Allons, qu'on appelle une servante et qu'elle aille le brûler. » Weiyangsheng bondit pour la retenir : « C'est une antiquité qui vaut cent onces d'or ! Je l'ai empruntée à un ami. Si tu peux le dédommager, emporte le livre et brûle-le ; sinon, laisse-le ici. Je le garderai encore un ou deux jours pour me distraire, puis je le rendrai. » « A quoi bon, dit Yuxiang, lire des choses aussi dépravées ? »

« Si c'était là chose dépravée, repartit son mari, le peintre n'aurait pas pris la peine de la peindre et les collectionneurs ne l'auraient pas achetée à prix d'or. C'est bien parce que, depuis l'origine du monde, c'est la chose la plus morale et la plus normale qui soit, qu'un peintre lettré s'est évertué à la peindre de ses plus belles couleurs, et qu'il a revêtu le tout de la soie la plus fine, pour aller ensuite proposer le livre aux libraires et lui faire prendre place parmi les ouvrages de l'esprit, à l'intention de la postérité. Sans de telles bonnes actions, le grand principe de l'amour universel courrait risque de tomber en décadence, et même de se perdre tout à fait ; on arriverait inéluctablement à un état de moeurs où le mari abandonne sa femme, la femme trahit son mari, et par conséquent, la source même de la vie ne tarderait pas à s'interrompre. Si j'ai emprunté cet album, ce n'est pas seulement pour mon plaisir, mais aussi pour te faire comprendre cette grande loi de la nature, et te permettre de concevoir et de mettre au monde de beaux enfants, ma petite prêcheuse ; tandis que les principes élevés de ton père auraient pour résultat de nous laisser vieillir tous deux sans descendance. Pourquoi cela devrait-il te fâcher ? »

« L'union des sexes, répliqua Yuxiang, n'est pas chose si morale que tu dis. Sinon, pourquoi les anciens, qui ont fondé et établi toutes choses, n'ont-ils pas ordonné de la faire au grand jour, au vu et au su de tous ? Pourquoi ont-ils prescrit de la faire quand l'obscurité de la nuit, qui enveloppe tout, aveugle tout le monde, et pour ainsi dire à la façon des voleurs ? » « Si tu parles ainsi, dit en souriant son époux, ce n'est pas ta faute, mais celle de ton père ; il t'a tenue si étroitement enfermée, sans même une compagne avertie des choses de l'amour et qui aurait pu te mettre au courant, que tu as grandi dépourvue de lumières sur la vie réelle. Crois-tu qu'il y ait un seul couple au monde qui ne se livre à ces jeux à la clarté du jour ? Sinon, comment aurait-on observé ces positions pour les dépeindre, mieux, comment les aurait-on représentées de façon aussi expressive, de sorte qu'au premier coup d'oeil on en est troublé ? » « Et, dit Yuxiang, mes parents, pourquoi n'ont-ils rien fait de tel ? »

« Et d'où sais-tu, je te prie, dit son mari, qu'ils n'ont rien fait de tel ? » « S'ils avaient fait cela, dit Yuxiang, forcément, un jour ou l'autre, je les aurais surpris. J'ai seize ans, et je ne les ai pas surpris une seule fois. Non seulement je ne les ai jamais vus de mes yeux, mais je n'ai jamais rien entendu. »

Weiyangsheng dit en souriant : « Voilà un grand mystère ! C'est une chose que les enfants ne peuvent ni voir, ni entendre. Mais, hormis les enfants, des gens de la maisonnée, tous la voient et l'entendent. Quand tes parents y étaient disposés, ils choisissaient un moment où tu n'étais pas avec eux, et ils prenaient soin de fermer la porte avant toute chose. Ils craignaient qu'en les voyant, tu n'en viennes à songer aux garçons et à tomber malade de langueur. C'est pourquoi ils le faisaient à ton insu. » Yuxiang dit : « Dans la journée, mes parents fermaient leur porte pour dormir. En profitaient-ils pour faire l'amour, je n'en sais rien, c'est possible après tout. Mais quelle honte ! Quand on se voit ainsi tout nus l'un l'autre, comment ne serait-on pas paralysé, incapable de faire un seul geste ! » « Pourtant, dit Weiyangsheng, je t'assure que le plaisir pris dans la journée est décuplé, du seul fait que se pouvant regarder tout nus, l'ardeur de chacun s'en trouve fort augmentée. Il n'y a au monde, en tout et pour tout, que deux sortes de couples à qui l'amour diurne soit interdit. » « Lesquels ? » demanda Yuxiang. Son mari répondit : « Laid mari et belle femme, ou bien laide femme et beau mari. » « Et pourquoi donc ? » dit innocemment Yuxiang. « Parce que, dit Weiyangsheng, il faut que l'attirance soit réciproque et que les dispositions de l'âme et du corps se correspondent. Supposons une femme avec une peau blanche comme neige, belle et douce, tout comme un jade parfait poli avec soin ; si le mari lui retire ses vêtements, l'attire contre lui, et se met à l'oeuvre sans cesser de la regarder, naturellement son ardeur en sera décuplée, et sa verge deviendra d'elle-même rigide et ferme, grosse et volumineuse. Seulement, dans le même temps, si cette femme en regardant son mari, découvre un monstre hideux, avec une peau noire et rude au toucher (quand il était vêtu, elle n'y prêtait pas attention), comment n'éprouverait-elle pas de répugnance ? Même si elle s'applique à dissimuler ses sentiments et qu'elle modèle ses réactions sur celles du mari, celui-ci s'en apercevra et toute son ardeur s'en ira en fumée ; de gros et rigide, son organe redeviendra mince et flasque ; la joie et le plaisir auront disparu. Pour un tel couple, mieux vaut cent fois l'obscurité de la nuit. Si l'on prend la situation inverse, celle d'un bel homme affligé d'une laide femme, le résultat ne sera pas différent, inutile de me répéter. Cependant, n'en va-t-il pas tout autrement avec un couple comme le nôtre, lorsque la blancheur de la peau, l'éclat du teint, la primeur de la beauté dans sa fleur se répondent chez les deux époux ? Si nous refusons de montrer notre corps à la clarté du jour, pour nous cacher éternellement sous les couvertures et nous chercher mutuellement à l'aveuglette, cela ne revient-il pas à se condamner soi-même à vivre enterré, et alors quel avantage réel avons-nous sur un couple difforme ? Si tu ne me crois pas, essayons et tu verras bien si l'intérêt n'en est pas augmenté. »

La chaleur de ce plaidoyer produisit son effet. Si Yuxiang résistait encore en paroles, ses dispositions intérieures étaient déjà sensiblement différentes. Elle sentait ses joues s'empourprer, et un trouble se faisait jour sur son visage. Weiyangsheng se dit : « Elle commence à avoir envie, et n'attend que de passer aux actes. Seulement, chez elle le désir s'éveille à peine, il n'est pas encore impérieux. Se mettre à l'ouvrage sans plus attendre, serait agir comme un goinfre qui, apercevant nourriture ou boisson, les engloutit d'une bouchée sans en connaître la saveur. Mieux vaut la chauffer tout doucement, la faire griller d'impatience avant de monter avec elle en scène. » Alors, étant allé chercher un fauteuil, il s'assit, puis prenant Yuxiang contre lui, il ouvrit l'album pour lui en montrer les images une par une ; chaque tableau était accompagné d'une légende détaillée qui commençait par une description de la scène et finissait par un éloge de l'artiste. Weiyangsheng dit à Yuxiang de se pénétrer du sens de chacun des tableaux, afin de pouvoir s'en inspirer par la suite. Puis, il commença la lecture à haute voix, phrase par phrase.

Premier tableau : *Le papillon à la recherche des sucs.*

Légende : Une fille est assise, jambes écartées, au bord d'un lac. La main du garçon introduit la « poudre de jade » dans les profondeurs ; elle y pénètre en tâtant et furetant de part et d'autre, afin de sonder la fleur. Les deux partenaires en sont au début de l'engagement, ils n'éprouvent pas encore de plaisir ; aussi leurs traits sont-ils détendus et leur physionomie peu différente de l'ordinaire.

Second tableau : *Encourager l'abeille à confectionner son miel.*

Légende : La fille est étendue sur une couche garnie de brocart. Ses mains sont occupées, ses cuisses dressées en l'air sont prêtes à recevoir la « poudre de jade », elle guide les efforts de son partenaire. Son expression est altérée et avide ; une émotion intense se lit sur le visage du garçon. Ainsi l'art du peintre donne-t-il vertige et nausée.

Troisième tableau : *L'oiseau vagabond trouve le chemin de la forêt.*

Légende : La fille étendue sur le lit est immobile et comme assoupie. Les pieds tournés vers le ciel, elle tient à deux mains les cuisses du garçon pour éviter qu'il ne perde son chemin ; l'action est entrée dans la phase délectable. La virtuosité de l'artiste a su rendre l'intensité des émotions des deux partenaires.

Quatrième tableau : *Le cheval affamé fonce au galop vers sa mangeoire.*

Légende : La fille, assoupie sur le lit, enlace le garçon de ses deux bras. Le garçon a les pieds de la fille posés sur ses épaules. La « poudre de jade » est dans le sexe de la fille qu'elle remplit entièrement, et les deux partenaires approchent du paroxysme de la volupté. Les yeux, mi-clos, regardent encore, la langue quête encore une satisfaction qui sera bientôt sans objet. Les deux physionomies n'ont qu'une seule et même expression – tel est le talent du peintre !

Cinquième tableau : *Les dragons, à bout de forces, interrompent le combat.*

Légende : La tête de la fille tombe sur le côté du coussin ; ses bras sont inertes et sans forces. La tête de l'homme gît de travers sur la nuque de sa compagne ; tout son corps est alangui et sans forces. Tous deux sont dans l'assoupissement qui succède à l'extase, dans le néant situé entre le moment exquis qui s'achève et les rêves bienheureux qui ne se forment pas encore. Les membres sont presque détendus, vidés de tout influx. Seules les jambes de la femme, restées sur les épaules du garçon, donnent encore à l'ensemble une touche de vie ; sans quoi, on pourrait penser qu'ils dorment tous deux du dernier sommeil. Dans ce tableau se trouve puissamment suggérée l'idée de la mort et de l'union des amants dans cette mort même.

Arrivés là, Yuxiang ressentit une bouffée de chaleur. Son mari tourna la page pour passer au tableau suivant. Mais Yuxiang, repoussant l'album, se leva tout en disant : « Un livre fabuleux, vraiment ! Le regarder vous met mal à l'aise. Continue seul, moi, je m'en vais dormir. » Weiyangsheng répondit : « Il y a d'autres scènes qui sont tout aussi intéressantes. Dès que nous aurons terminé, nous irons ensemble dormir. » « Est-ce à dire, répliqua Yuxiang, qu'il ne fera pas jour demain, pour que tu veuilles absolument en finir ce soir avec ce livre ? » Il vit qu'elle ne pouvait attendre ; il la prit dans les bras et la baisa sur la bouche. D'ordinaire, Yuxiang tenait ses dents fermées de sorte qu'il ne pût faire passer la langue. Depuis un mois qu'ils étaient mariés, il ignorait encore tout de la langue de sa femme. Cette fois, dès qu'il eut touché ses lèvres, il sentit cette langue venir d'elle-même. Il dit : « Mon amour, nous n'avons pas besoin de lit, ce fauteuil nous tiendra lieu de jardin et de rocher, que dirais-tu de faire un essai à l'exemple du livre ?... » Yuxiang parut ennuyée, disant : « Fi donc ! Ce sont façons indignes d'un être humain. » « En effet, repartit son mari, elles sont dignes des dieux seulement. Soyons donc pour un moment les égaux des dieux immortels ! » Et joignant le geste à la parole, il défit la ceinture de Yuxiang, qui le laissa faire, appuyée à son épaule.

En retirant les pantalons, Weiyangsheng s'aperçut qu'ils étaient humides à l'entrejambe, si vive avait été l'impression produite sur Yuxiang par les scènes regardées en peinture ! Le jeune homme ayant retiré son propre pantalon, attira à lui Yuxiang, l'installa sur le fauteuil, les pieds écartés, et il introduisit la « poudre de jade » dans les profondeurs. Ensuite, il acheva de dévêtir Yuxiang. Pourquoi, dira-t-on, enlever d'abord les pantalons et ensuite seulement le haut ? Il faut savoir que Weiyangsheng, dans le domaine de la galanterie, n'en était plus à ses premières armes. Il n'ignorait pas que, s'il avait voulu dévêtir sa femme en commençant par le haut, la pudeur de celle-ci se serait récriée, et qu'en dépit de l'impatience qui la possédait intérieurement, elle aurait encore fait mille manières. D'où il suit que, si l'on s'empare d'abord du principal, ensuite il ne coûtera guère de s'assurer du reste ; en matière militaire, c'est le principe bien connu de « capturer le chef des brigands pour pénétrer dans son repaire ». De fait, Yuxiang se laissa docilement dévêtir, ne conservant sur elle que les chausses plissées qu'elle avait aux jambes. Et voici pourquoi son mari les lui laissa : ces chausses, comme on sait, sont destinées à revêtir les pieds bandés. Or, quand une femme habille de bandages ses petits pieds, quelque soin qu'elle prenne de disposer la bande régulièrement autour des orteils, les doigts étant malgré tout de longueur inégale, l'ensemble n'est pas du meilleur effet. D'autre part, les petits pieds ne sont jolis à voir que les jambes une fois habillées de ces chausses plissées ; sans quoi, ils ressembleraient à des fleurs dépourvues de feuilles.

Weiyangsheng, au fait de ce détail, enleva tous les vêtements de sa femme à la seule exception des chausses, puis il ôta ses propres vêtements sans en garder un seul ; après quoi, il fourbit ses armes, écarta les petits pieds, les appuya sur le fauteuil, redressa son organe et le dirigea vers les profondeurs, tâtant et furetant, tout comme indiqué sur le premier tableau, vers le centre de la fleur. Après un moment, Yuxiang étendit les bras et repoussa le fauteuil à deux mains ; elle ouvrit la porte pour recevoir la « poudre de jade » et se mit à la suivre dans ses mouvements. Soudain, à un certain détour, elle éprouva intérieurement une sensation qui ressemblait à une douleur, ou à une piqûre, sans être ni l'une ni l'autre, et qui était tout ensemble intolérable et agréable. Elle dit : « Il suffit ; ne bouge plus, tu me ferais mal. » Weiyangsheng sut qu'il était arrivé au point névralgique ; il obéit, concentrant son attaque de plus en plus profondément et de plus en plus précisément. Il opéra ainsi plusieurs centaines de fois. Il sentit que Yuxiang, inconsciemment, lui mettait les mains aux fesses et les serrait fermement, tout en se soulevant d'une façon très voisine de celle décrite dans le « second tableau ». Alors, Weiyangsheng mit les petits pieds sur ses épaules et enserrant la fine taille à deux mains, il y alla de toutes ses forces. La verge devint grosse et volumineuse, occupant entièrement le vase ; elle se redressa encore plusieurs centaines de fois. Alors, Weiyangsheng remarqua qu'un voile s'étendait sur les yeux de Yuxiang et que sa chevelure retombait en désordre, comme si elle allait s'endormir. La tapotant légèrement, il lui dit : « Mon amour, le but est proche. Ce fauteuil n'est pas confortable, allons terminer sur le lit. » Yuxiang était dans le moment le plus délicat de l'action ; elle craignit que dans le déplacement, la verge ne quittât sa gaine et que prît fin, abruptement, le plaisir. En outre, à ce moment, ses bras et ses jambes étaient à ce point sans forces qu'elle n'aurait pu se mouvoir, moins encore se déplacer jusqu'au lit. C'est pourquoi elle ferma les yeux et secoua la tête. Weiyangsheng reprit : « Mon amour, serait-ce que tu ne peux pas bouger ? » Yuxiang hocha la tête affirmativement. « Eh bien, laisse-moi te porter », dit-il et il ajusta les petits pieds sur ses épaules. Tandis que Yuxiang enserrait son mari de ses bras, tenant sa langue vermeille dans sa bouche, Weiyangsheng la souleva, tenant sa verge au chaud dans les profondeurs, et il s'avança ainsi sans interrompre l'action, selon la figure appelée « le cheval galope en regardant les fleurs ».

Arrivé au lit, il déposa Yuxiang sur les coussins, renversée, et se remit à l'ouvrage. Après quelques autres centaines de manœuvres, Yuxiang cria soudain : « Mon amour, cela ne va plus » et elle le serrait plus étroitement contre elle ; sa voix n'était qu'un râle, on eût dit qu'elle s'apprêtait à rendre l'âme. Weiyangsheng comprit qu'elle avait émis sa liqueur, et plantant fermement la verge au centre de la fleur, il frotta énergiquement, l'accompagnant dans cette demi-mort. Tous deux, enlacés, sommeillèrent un moment. Yuxiang s'éveilla et, se tournant, dit : « Tout à l'heure, j'étais morte. T'en es-tu rendu compte ? » « Et comment, dit Weiyangsheng, ne m'en serais-je pas rendu compte ! Cela ne s'appelle pas mourir, cela s'appelle 'se pâmer' ou 'succomber'. L'homme émet une liqueur séminale ; la femme aussi émet une autre liqueur. Quand tous deux parviennent à la phase ultime du plaisir, ces liqueurs se répandent. Auparavant, le corps tout entier s'engourdit jusqu'à l'os, comme s'il succombait au sommeil. C'est le moment du plaisir suprême, celui même décrit dans le cinquième tableau. » « Ainsi donc, repartit Yuxiang, d'après toi, ce n'est pas une vraie mort. » « L'homme et la femme, dit Weiyangsheng, normalement ont chacun un orgasme. Il y a aussi des femmes qui ont des émissions rapides ; quand l'homme jouit une fois, elles jouissent plusieurs dizaines de fois. Cela, c'est le plaisir. Qui parle de mourir ! » « Puisqu'il en est ainsi, dit Yuxiang, dorénavant, je veux connaître le plaisir chaque jour et chaque nuit. » Weiyangsheng partit d'un grand rire. « Tu vois bien, dit-il, que j'ai eu raison d'insister. N'est-ce pas que cet album est un trésor ? » « Assurément, dit Yuxiang ; si nous pouvions l'acheter et le conserver à la maison, pour le consulter à loisir, ce n'en serait que mieux. Je crains que ton ami ne vienne bientôt le récupérer. »

« Je t'ai menti, dit Weiyangsheng, en réalité, ce livre, je l'ai acheté. » Yuxiang fut au comble de la joie. Ayant tenu ces propos et d'autres, tous deux enfilèrent quelques vêtements et ils retournèrent feuilleter l'album ; et parvenus à l'endroit le plus suggestif, ils firent de nouveau l'amour.

A dater de ce jour, leur amour réciproque s'accrut ; chez Yuxiang, la pruderie disparut et elle fit place à la sensualité. La nuit, pour faire l'amour, elle préférait désormais les postures inhabituelles, et elle devint peu à peu experte à stimuler de la voix l'ardeur de son partenaire. Weiyangsheng, à qui ce changement agréait fort, voulut engager Yuxiang plus avant dans cette voie ; il retourna chez le libraire et il acheta un certain nombre de classiques de la littérature érotique, tels que la *Petite Histoire de la Couche brodée,* la *Chronique d'une Pauvre Folle* et l'*Histoire véridique de Monsieur Sans-Gêne* ; en tout, une vingtaine d'ouvrages qu'il déposa sur un bureau, pour que Yuxiang puisse les feuilleter et consulter tout à son aise. Quant aux livres dont elle s'abreuvait naguère, on en fit un paquet qu'on envoya au grenier.

Les époux ajoutaient chaque jour aux délices qu'ils partageaient sur l'oreiller, de sorte que même en trois cent soixante tableaux, on ne saurait épuiser leur répertoire. Une telle harmonie, quelle musique de chambre saurait l'exprimer dans l'intimité ; un tel bonheur, quels tambours, quelles cloches réussiraient à le proclamer sur les toits ![8]

Weiyangsheng pouvait être considéré comme un homme heureux, sauf sur un point. Si un accord parfait régnait entre mari et femme, le gendre et le beau-père ne s'entendaient guère. Porte-de-Fer était un vieux monsieur imbu des anciens usages, goûtant par-dessus tout la simplicité antique, ayant en horreur le brillant, excluant de sa conversation toute phrase grivoise ou simplement équivoque, et discourant par prédilection de morale. Depuis que Weiyangsheng était entré sous son toit, ayant pu constater sa mise élégante et ses manières désinvoltes, il en était ennuyé et soupirait à part lui : « Ce garçon est tout en surface, il n'a pas de fond ; avec lui, on n'aboutira à rien, et ma fille ne pourra compter sur lui. Cependant, toutes les règles ont été observées, le mariage est consommé ; erreur ou pas, ce qui est fait est fait. Il ne me reste qu'à le prendre en main avec la juste sévérité d'un père, et travailler à en faire un homme digne de ce nom. »

Il appliqua sa résolution à la lettre : le jeune homme disait-il un mot de travers, son beau-père se croyait tenu de le reprendre haut et fort et de lui faire la leçon. A tout propos il trouvait matière à critiquer. Weiyangsheng, ayant tout jeune perdu ses parents, avait grandi sans être tenu en lisières : comment aurait-il accepté sans broncher ces tracasseries continuelles ? Plusieurs fois, il avait failli faire un éclat, mais s'était retenu par égard pour sa femme ; il craignait de la mettre dans l'embarras et de troubler leur harmonie conjugale. Obligé de ravaler son irritation, il arriva un moment où il n'y put tenir et se dit en lui-même : « Par amour pour sa fille, je me suis plié à ses exigences et je suis venu habiter avec lui. Maintenant, il en profite pour m'écraser de toute la puissance paternelle. Un vieillard aussi borné, ce n'est pas moi qui songerais à le réformer ; c'est une bataille perdue d'avance. Mais ne voilà-t-il pas qu'il s'est mis en tête de m'aligner sur lui ! Moi, un jeune homme doué et aimant la vie, devrai-je renoncer à avoir un nom dans le monde, faire mon deuil de toute ambition, pour me contenter de sa fille ! Au train dont il y va, je ne puis ni faire un pas de travers, ni risquer une parole de trop. Une intrigue amoureuse, de son point de vue, ne serait rien de moins qu'un crime capital ! Je ne suis pas en position de me quereller avec lui, et la vie qu'il me fait est intolérable. Je ne vois qu'une issue possible : le laisser monter la garde auprès de sa fille en lui parlant d'un voyage d'études, et m'esquiver d'ici au plus vite. Mes affaires ne vont pas mal : voici que j'ai déjà épousé la plus belle fille du monde. Si j'en rencontre une autre qui puisse lui disputer la palme, je ne pourrai pas la demander en mariage, mais il me restera la ressource de la séduire et de passer avec elle quelques nuits mémorables, sans obligation aucune. Bien, très bien ! » Ayant arrêté sa décision, il songea encore : « Si j'en parle d'abord à Yuxiang, étant donné ses dispositions actuelles, je crains qu'elle refuse tout net ; ce désaccord une fois installé, il me sera difficile d'aller trouver mon beau-père. » Il décida donc d'agir à l'insu de sa femme, et il alla voir Porte-de-Fer à qui il tint ce discours :

« Votre gendre se trouve dans un lieu retiré où rares sont les occasions de s'instruire, de trouver des maîtres ou seulement des amis ; c'est pourquoi mes études ne progressent pas. J'ai le désir de prendre congé de vous et de voyager un temps pour élargir mon horizon et me lier avec des gens de valeur. A la première occasion, je me présenterai aux examens de la province ; peut-être réussirai-je et me rendrai-je digne ainsi de la confiance dont vous m'avez honoré. M'autorisez-vous à partir ? »

Porte-de-Fer répondit : « Depuis six mois que tu es ici, voici la première parole de toi qui me soit agréable. Ce projet est excellent. Quelle raison aurais-je de me mettre en travers ? » « Cependant, reprit Weiyangsheng, je crains que ma femme me fasse des reproches : marié depuis peu de temps, je veux déjà m'en aller loin d'elle. Si vous m'en croyez, il faudra dire que l'idée vient de vous et non de moi ; de cette façon elle n'aura pas moyen de s'y opposer, et de mon côté je pourrai prendre la route sans inquiétude. »

Le père approuva. Comme convenu, peu après, Porte-de-Fer en présence de sa fille conseilla à son gendre de partir en voyage dans l'intérêt de ses études. Comme Weiyangsheng résistait, le père prit son air le plus sévère pour l'admonester, et Weiyangsheng alors s'inclina. Yuxiang, en entendant que son mari devait partir, se trouva prise au dépourvu et aussi désemparée qu'un petit enfant au moment du sevrage. Mais en guise de compensation, elle entreprit de lui faire payer d'avance la dette qui allait se constituer en son absence. De son côté, Weiyangsheng savait que long voyage rime avec solitude, et qu'un certain temps s'écoulerait sans qu'il dispose d'une femme. Si bien qu'il en alla comme du banquet d'adieu offert à un ami : celui qui régale y trouve aussi son compte. Ce que furent les nuits qui leur restaient à passer ensemble avant le départ, on s'interdit d'en faire le conte à leur place : il suffit que les deux intéressés s'en souviennent, voilà tout. Le grand jour arriva ; Weiyangsheng prit congé de son beau-père et de sa femme, puis escorté de ses deux serviteurs accoutumés, il s'en fut. La suite de ce récit lui réserve beaucoup d'aventures ; attendez seulement le prochain chapitre.

---

8. Ces deux phrases, « naturellement », font allusion au premier des *Poèmes canoniques* (cf. plus haut note n° 2). Image conventionnelle du parfait bonheur.

Chapitre 4

Dans une auberge de campagne,
le voyageur écoute le voleur narrer ses aventures.

Après avoir quitté les siens, Weiyangsheng remit ses pas au hasard. Il n'avait pas de destination particulière ; il était résolu à s'arrêter où et quand il aurait trouvé chaussure à son pied. Son idée était de demeurer quelque temps dans chaque ville importante. Etant un jeune lettré distingué, plein d'avenir, féru de société et s'entendant comme personne à graver les sceaux[9], son nom ne tardait pas à faire le tour du pays, et à peine arrivé quelque part il était assailli d'invitations. Lui, cependant, n'était préoccupé que de sa quête galante. Chaque jour, levé dès l'aube, il parcourait rues et ruelles. Mais à son désappointement, toujours il n'apercevait que femmes ordinaires.

Une fois, comme il était descendu dans l'auberge d'une petite localité, ses deux serviteurs tombèrent simultanément malades et durent garder le lit. Plutôt que de sortir dans la rue seul comme un pauvre diable et faire piètre impression sur une éventuelle rencontre, il descendit s'asseoir dans la salle commune. Il était là tout morose, quand il vit venir à lui le voyageur qui logeait dans la chambre contiguë à la sienne. Cet homme lui dit : « Je devine que vous vous ennuyez ici. J'ai sur ma table une gourde de vin. Que diriez-vous de la boire avec moi ? »

« Je suis ici par hasard, protesta Weiyangsheng, comment oserais-je vous déranger ainsi ! » « Allons, reprit l'autre, on m'a toujours dit que les gens cultivés aimaient la simplicité. A quoi bon ces manières ! Je suis, à la vérité, de basse condition, cependant je ne manque jamais une occasion de me faire un ami. Vous avez devant vous un brillant avenir, et je ne me permettrais pas normalement de vous importuner. Cependant nous voici tous deux dans cette auberge, rencontre improbable s'il en fut jamais. Asseyons-nous donc et causons un moment, quelle importance ! » Weiyangsheng, qui regrettait justement de n'avoir pas de compagnie, acquiesça.

L'homme le fit monter dans sa chambre, et d'abord, l'ayant fait asseoir à table, il prit place poliment sur le côté. Weiyangsheng ayant protesté avec énergie, il finit par se laisser vaincre et ils s'assirent l'un en face de l'autre. « Quel est votre nom ? » demanda l'inconnu pour entrer en conversation. Le jeune homme répondit, selon sa coutume, en énonçant son pseudonyme, puis il fit la même question. Son compagnon dit : « Je suis un homme du commun, je n'ai pas de pseudonyme aussi distingué que le vôtre, seulement un sobriquet : on m'appelle 'Sai-Kunlun'. » « Pouvez-vous me l'expliquer ? » demanda Weiyangsheng. « Si je le fais, repartit l'autre, vous prendrez peur et ne voudrez plus de ma compagnie. » « Et pourquoi donc ? reprit Weiyangsheng piqué. Nonobstant mon jeune âge, j'ai le coeur bien placé, et je ne crains ni dieu ni démon. Pour ce qui est de la noblesse et de la bassesse, de l'intelligence et de la sottise, ce sont matières complexes dont je ne débattrai pas ici. Pourvu que les caractères s'accordent, pourquoi se marquerait-on du mépris ? » « Fort bien, dit Sai-Kunlun, je vous parlerai donc sans détour : je suis un voleur. Cloisons et murailles, si hautes ou si épaisses soient-elles, ce n'est qu'un jeu pour moi de les franchir, ensuite je vais droit à la chambre à coucher et je dérobe adroitement ce qui s'y trouve de précieux, non sans remettre tout le reste en sa place accoutumée, de sorte que le propriétaire ne s'aperçoit de rien avant le lendemain, sinon plus tard. Il paraît qu'il y eut jadis un nommé Kunlun[10] qui entra incognito dans le palais du gouverneur Guo et y déroba une pièce de soie rouge. Il a laissé son nom dans l'histoire et cependant il n'a commis qu'un seul larcin, tandis que j'en ai commis je ne sais combien de centaines ! C'est pourquoi j'ai pris ce nom, Sai-Kunlun 'qui soutient la comparaison avec Kunlun'. » Weiyangsheng fut frappé d'étonnement. « Comment, dit-il, tu es voleur de longue date, qui plus est renommé partout à la ronde, et tu n'as jamais eu de démêlés avec les autorités ? »

« Si je m'étais mis à dos les autorités, répliqua le voleur, mes affaires ne seraient pas ce qu'elles sont à présent. Ne dit-on pas depuis toujours : On ne peut à la fois attraper les voleurs et attraper les richesses. Même si j'allais de moi-même chez le magistrat pour lui raconter mes méfaits, il n'oserait pas lever le petit doigt contre moi ; les fonctionnaires de tout grade me respectent et ils craignent plus que tout de m'offenser. D'ailleurs, j'ai des principes, et je ne vole pas sans réflexion. Dans cinq cas, même, je m'abstiens de voler : je ne vole personne dans l'affliction, personne dans la joie, personne que je connais, personne que j'aie déjà volée, personne qui ne se garde des voleurs. » « Voilà qui est amusant, dit Weiyangsheng, explique-moi cela. »

Le voleur reprit : « Des gens qui viennent de perdre un des leurs, ou qui ont un malade à la maison, ou qu'a atteints un désastre quelconque, sont déjà dans l'affliction ; je ne vais pas en rajouter (NdT : cela risquerait ensuite de se retourner contre moi). Des gens qui célèbrent un mariage, ou qui ont une naissance chez eux, ou qui achèvent de construire une maison, sont au milieu des festivités. Les voler dans ces circonstances risque de leur porter malheur ; donc, je ne le fais pas. Si on vole un homme qu'on n'a jamais vu, on n'est pas fautif envers lui ; en revanche, celui que je fréquente quotidiennement, que je salue dans la rue vingt fois par jour, si je vais le voler alors qu'il ne se méfie aucunement de moi, je ne pourrai le rencontrer par la suite sans éprouver un sentiment de honte ; donc, je ne le vole pas. Un richard plein aux as, si je vais une fois le dévaliser, c'est de bonne guerre, où est la faute ? Mais si je l'ai déjà détroussé une fois avec succès, y retourner ensuite serait me montrer insatiable (NdT : cf. ci-dessus), donc, je ne le fais pas. Les gens toujours sur leurs gardes, qui pensent chaque nuit aux voleurs, qui n'ont que voleurs à la bouche, je les traite comme ils le méritent : en les volant une fois, je leur donne une leçon de modestie et je leur apprends qu'il n'est pas aisé de se prémunir contre mon savoir-faire. Mais les gens insouciants, à l'esprit large, qui traitent à juste raison les biens matériels comme chose secondaire, subalterne, et extérieure à soi-même, qui n'y font pas attention et vont jusqu'à oublier de fermer la grand'porte, si j'en profite pour les voler, à quoi ressemblerai-je à mes propres yeux ? Je ne peux pas non plus le faire. Tels sont les cinq cas où je ne vole pas. Ces détails, et d'autres, ne sont pas ignorés du public ; aussi, même s'ils connaissent exactement mon métier de voleur, les gens ne me traitent-ils pas comme tel et ils ne dédaignent pas de me fréquenter. Puisque, enchaîna le voleur, vous n'avez pas encore renoncé à m'écouter, que diriez-vous de devenir, ici même, mon frère juré ? Si par la suite vous avez besoin de moi, je n'épargnerai ni ma peine, ni ma vie pour vous venir en aide. »

Tandis que cet homme parlait, Weiyangsheng s'était exclamé en lui-même : « Qui aurait cru trouver, parmi les voleurs, un si galant homme et de si bonne compagnie ! Si, par la suite, je rencontre une belle tenue sous haute surveillance, qui ne puisse recevoir et envoyer de lettres, ou qui ne soit pas libre de ses mouvements et ne puisse à son gré entrer et sortir de chez elle, je saurai bien employer les talents de ce monte-en-l'air. N'est-ce pas le Ciel qui me l'envoie ! » Mais, quand il entendit la proposition du voleur, il se sentit aussitôt réticent et, tout en approuvant du bout des lèvres, il était extrêmement mal à l'aise. L'autre ne manqua pas de s'en apercevoir. « Vous dites que l'idée vous plaît fort, mais votre coeur ne parle pas de même. Serait-ce que vous craignez de tremper un jour ou l'autre dans quelque affaire sordide ? Je m'arrange toujours pour être en règle avec l'autorité ; mais, admettons que je me fasse prendre. S'il faut mourir, je n'entraînerai pas dans ma chute un innocent, soyez-en bien assuré. »

Cette franchise dissipa les craintes de Weiyangsheng ; il donna son accord sans arrière-pensée. Les deux hommes mirent quelque argent en commun pour procéder à la cérémonie. Ayant choisi et mis par écrit un jour propice, dans l'auberge même ils oignirent leurs lèvres de sang frais, et se jurèrent alliance à la vie et à la mort. A Sai-Kunlun, comme au plus âgé des deux, échut l'appellation de « Frère aîné » et à Weiyangsheng, en conséquence, celle de « Cadet ». La cérémonie terminée, ils festoyèrent une partie de la nuit avec les viandes offertes en sacrifice. Le repas achevé, ils allaient se séparer pour aller dormir, quand Weiyangsheng dit : « Si, en un tel jour, nous allons maintenant dormir chacun de son côté, chacun se sentira plus seul qu'auparavant. Que dirais-tu de venir dans ma chambre, nous pourrions causer ensemble jusqu'au matin ? » « Bonne idée », dit Sai-Kunlun. Tous deux ôtèrent leurs habits et ils s'installèrent dans le lit de Weiyangsheng.

Comme celui-ci se mettait au lit, ses pensées coutumières lui revinrent et sans même y songer, il laissa échapper ces mots : « Quel malheur de ne trouver par ici aucune femme digne d'être regardée ! » Sai-Kunlun, intrigué, demanda : « Que veux-tu dire par là ? Serait-ce que tu n'as pas encore pris femme, et que tu es présentement en quête d'une épouse ? » « A la vérité, dit Weiyangsheng, j'en ai déjà une ; cependant, comment un homme digne de ce nom se satisferait-il d'une femme, pour rester toujours avec elle, en tête-à-tête, jusqu'à la vieillesse ? On ne peut faire moins que se trouver quelques maîtresses en-dehors du toit conjugal. Je ne veux point te mentir : je suis, par nature, fort enclin aux joies de la chair. Les études ne sont que le prétexte de mon voyage ; mon intention véritable est de découvrir de belles femmes. J'ai parcouru je ne sais combien de villes, et je n'y ai rencontré jusqu'ici que noiraudes fardées à outrance et figures desséchées portant parures de reines. Je désespère de trouver la beauté véritable, sans fard, telle que l'a faite la nature ! Si tout à l'heure j'ai laissé paraître mes préoccupations, c'était sans y penser, excuse-moi. » Sai-Kunlun lui dit : « Il y a dans ton raisonnement un défaut capital. Où que ce soit, une femme digne d'être estimée ne se laisse point rencontrer dans la rue. Même chez les filles de petite vertu, seules les plus laides, celles qui ne trouvent pas aisément preneur, vont dans la rue s'exposer, avec un sourire vénal, aux regards du passant. Celle qui vaut un tant soit peu de chose attend chez elle qu'on vienne la voir, et alors seulement elle consent à se montrer. Pour faire court, si tu veux faire la connaissance de femmes de réelle qualité, rien de plus simple, il suffit de me demander. »

Weiyangsheng parut perplexe. « Voilà, fit-il, qui est étrange. Toi dont la profession ne touche ni de près ni de loin à ces choses, comment t'y connais-tu suffisamment pour me conseiller ? » « Bien que ma profession n'y touche pas directement, répliqua le voleur, je n'en ai pas moins des yeux pour voir et des oreilles pour entendre. Permets-moi de te poser une question : les belles que tu cherches, selon toi, se trouvent-elles plutôt sous le toit des riches et des puissants, ou sous celui des pauvres bougres ? » « Plutôt chez les riches, naturellement », dit Weiyangsheng. « Et, continua Sai-Kunlun, ces belles qui ornent les riches demeures, à ton avis, quand est-il le plus commode de les examiner : lorsqu'elles sont habillées et fardées, ou lorsqu'elles ont retiré leurs habits et nettoyé leur visage ? » « Bien sûr, dit Weiyangsheng, c'est lorsqu'elles ont ôté leur maquillage qu'il est possible de les voir au naturel et sous leur vrai jour. » « Je crois, dit Sai-Kunlun, que tu saisis où je veux en venir. Nous autres voleurs, nous ne fréquentons guère les pauvres bougres ; nous avons plus souvent affaire chez les gens cousus d'or. En outre, quand nous leur rendons visite, c'est au plus profond de la nuit. A ce moment, la personne peut avoir retiré ses habits et être assise au clair de lune, près de la fenêtre, ou encore, derrière les rideaux entrouverts de son lit, s'endormir lentement sous la lueur d'une lampe. Quand j'arrive et la trouve ainsi, je crains toujours qu'elle ne soit pas complètement endormie et j'attends dans l'ombre, ne la quittant pas des yeux, et guettant le moindre geste de sa part. Quand elle dort pour de bon, alors seulement je peux passer à l'action. C'est pourquoi j'ai le temps de la détailler : non seulement son visage et sa peau ne peuvent se dérober à mon attention, mais même ses rondeurs les plus intimes, jusqu'à l'abondance ou la rareté de sa toison pelvienne. A cent lieues à la ronde, je connais par cœur la liste des belles et des laides. C'est pourquoi je te dis : si cela t'intéresse, il suffit de me demander. »

Pendant ce discours, Weiyangsheng était demeuré à tendre l'oreille, blotti sous les couvertures. Arrivé à ce point, il n'y put tenir ; il se redressa sur son séant et s'écria : « J'y suis ! Les dames comme il faut, personne quel qu'il soit ne les aperçoit jamais que de loin et vaguement. Il n'y a que vous, les gens de cette profession, qui ayiez ce privilège. Mais, encore une question : quand tu es devant une femme merveilleusement faite, avec un sexe ravissant, si jamais tu te laisses émoustiller, que faire ? » Sai-Kunlun repartit : « Quand j'étais plus jeune, il m'est arrivé plus d'une fois de ne savoir résister à de tels spectacles, et de m'adonner aux plaisirs solitaires, dans la pénombre, tourné vers l'objet de mes désirs. Ensuite, à force d'en voir de semblables, je m'y suis fait et cette vue ne provoque plus en moi d'émotion particulière, exactement comme il arrive chez les serviteurs qui vont et viennent dans la maison et que rien ne surprend plus, ils en ont vu d'autres. C'est seulement quand j'assistais à des ébats conjugaux en bonne et due forme, en entendant tout près les râles de plaisir, en voyant le frémissement des chairs, que je ne pouvais me contenir. »

Arrivé à ce détour palpitant du récit, Weiyangsheng se retourna et il inclina la tête de côté pour mieux entendre.

Sai-Kunlun continua : « Si tu ne me traites pas de menteur, je peux t'en raconter une ou deux qui valent leur pesant d'or. Es-tu partant pour écouter ? » « Et comment ! s'écria Weiyangsheng. Une nuit de conversation avec toi vaut plus que dix années de lectures assidues. Je suis tout ouïe ! » « Cependant, dit Sai-Kunlun, j'en ai vu de toutes sortes et je ne sais vraiment par quoi commencer. Pose une question et j'y répondrai, cela vaut mieux ainsi. » Weiyangsheng demanda : « Quelles sont les plus nombreuses, les femmes sensuelles ou les frigides ? » « Les premières, naturellement, dit Sai-Kunlun. Sur cent femmes, il n'y en a qu'une ou deux qui soient frigides. Seulement, certaines admettent qu'elles ont du plaisir et font volontiers l'amour, les autres attendent que le mari les force à entrer en matière. De ces deux sortes de femmes, les premières sont les moins difficiles à contenter. Une fois, tapi dans l'ombre, je vis ainsi une femme faire maintes avances à son mari. A demi-résigné, je me dis alors : Voilà sûrement une femme extrêmement lascive, que la perspective d'une nuit de caresses ne doit pas effrayer. Qui aurait cru qu'après quelques passes, elle rendrait subitement les armes et, l'esprit épuisé, ne songerait plus qu'à dormir, que le mari continue ou non de son côté. Quant aux femmes qui feignent d'être frigides, avoir commerce avec elles n'est pas de tout repos. Une fois, étant entré pour voler dans une maison, je pus voir le mari entraîner au lit sa femme qui résistait. Il lui monta sur le corps, mais elle le repoussa. Le mari renonça et se mit à ronfler. Cette femme se mit alors à se tourner et à se retourner, et pour réveiller son mari elle poussa un grand cri : 'Au voleur !' qui aurait certainement mis en fuite un voleur moins chevronné que moi ; sachant ce qu'il en était, je me tins coi. Comme je l'avais prévu, le mari une fois éveillé en sursaut, la femme s'excusa, disant qu'elle avait eu peur en entendant un bruit mais que probablement c'était seulement le chat qui avait attrapé un rat. Tout en parlant, elle se rapprochait de lui de façon tellement suggestive que le mari, de nouveau enflammé de désir, se remit à l'ouvrage. Pendant les premiers ébats, elle se contrôlait et il ne lui échappait nul son inconvenant. Mais, quand le mari y fut allé de plusieurs centaines d'attaques, elle faiblit : un gémissement lui échappa ensemble avec l'émission de liqueur intime. Ayant dûment besogné jusqu'à minuit, le mari succomba. Mais le désir de la femme venait justement de s'éveiller pour de bon ; n'osant exiger de lui qu'il se remette en selle, elle poussa quelques cris de douleur et obligea son mari à la masser un moment, afin de le tenir éveillé. La manœuvre réussit : ne pouvant dormir, il finit par se rendre à ses invites. Leurs ébats cette fois les menèrent jusqu'à l'aube, après quoi ils prirent quelque repos. Quant à moi, après une nuit entière passée à monter la garde, je m'apprêtais à en venir enfin à l'objet de ma visite, quand je réalisai qu'il faisait jour. A mon grand dam, il me fallut m'éclipser. C'est pourquoi je sais que cette sorte de femme n'est pas d'un commerce facile. »

« Dis-moi, reprit Weiyangsheng, quand les femmes font l'amour, expriment-elles tout haut de la passion ? » « La plupart le font, naturellement, dit Sai-Kunlun. Elles le font même de trois façons différentes et cela, il n'y a que nous, voleurs, qui l'entendions nettement ; l'homme qui est avec elles n'en sait rien. » « Et peut-on te demander, dit Weiyangsheng, quelles sont ces trois façons ? » Sai-Kunlun répondit : « Dans les premiers moments de l'engagement, une femme n'éprouve encore rien de particulier et elle n'a donc rien à exprimer par la voix ; cependant, à ce moment, elle feint de la passion à seule fin de stimuler son mari. J'en ai entendu s'exclamer de la sorte ; les mots s'entendent fort distinctement. Quand le jeu entre dans la phase agréable, le ravissement intérieur répond à la passion qui est sur les lèvres, à l'émotion qui anime membres et organes. A ce moment, les paroles qui échappent à une femme sont hors de son contrôle, confuses et indistinctes. Arrivée à la phase ultime, celle de l'extinction du plaisir, quand l'esprit est épuisé, les membres amollis et sans force, les paroles ne peuvent plus se former et s'expriment en un râle qui demeure dans la gorge. Une fois que j'étais entré dans une maison pour voler, je vis ainsi un couple en action. Au début, ils faisaient du bruit comme quatre ; mais quand leurs ébats s'approchèrent de la fin, la femme demeura inerte et silencieuse, tout comme morte. M'étant rapproché pour entendre, un gémissement me parvint qui ressemblait à des paroles informulées, à des soupirs inachevés. Cette voix, qui disait éloquemment le summum du plaisir, m'émut à tel point que je ne pus me tenir ; je n'avais pas encore levé la main, que ma semence se répandait déjà. C'est pourquoi je sais que les femmes ont une troisième manière d'exprimer la passion. » Weiyang-sheng, captivé par ce récit, sentit alors seulement qu'il était victime de la même mésaventure. Il avait encore des questions à poser, sans s'inquiéter qu'il faisait déjà jour. Tous deux se levèrent et allèrent au seau se laver, puis ils retournèrent au chaud achever leur entretien.

Quelques jours passèrent et leur amitié ne fit que croître. Weiyangsheng dit à son nouvel ami : « Ma destinée est de me vouer aux femmes. C'est pour moi la chance de trois vies de t'avoir rencontré. Dis-moi un peu, de toutes celles que tu as vues, laquelle est la plus belle, et procure-moi une occasion de la rencontrer. Si mon opinion s'accorde avec la tienne, je te le dirai sans fausse modes-tie : de ma vie, chaque fois que j'ai rencontré une femme à mon goût, ce n'est pas moi qui suis retourné la voir ; c'est elle qui d'elle-même est revenue me chercher. Qu'en dis-tu ? » Le voleur secoua la tête et il répondit : « Tu me demandes l'impossible. Je te l'ai dit, je ne vole pas ceux que j'ai déjà volés, même quand il ne s'agit que d'objets de valeur. A plus forte raison n'y retournerai-je pas pour dérober la vertu d'une femme. Tout ce que je peux faire pour toi, c'est de t'aider dorénavant dans tes recherches et te servir de limier à ma façon. Si, au hasard de mes voleries, une belle femme me tombe sous les yeux, je ne déroberai rien, et je trouverai moyen de te la faire voir. Voilà ce qui est possible. » « J'ai des yeux, dit Weiyangsheng, et j'avais jusqu'à présent méconnu la fermeté de tes principes ; je crains d'avoir parlé bien légèrement. Encore un seul mot. Tu dis que pour me rendre service, tu te priveras toi-même du fruit de tes peines ; j'en ai vraiment scrupule. Si ma quête réussit grâce à toi, sache que je ne serai pas ingrat. » Le voleur répliqua : « En parlant de la sorte, tu aggraves ton cas. Si j'étais homme à agir dans l'espoir d'une récompense, je préférerais certainement, pour les mêmes raisons, un gain immédiat à un bénéfice futur. Même si tu deviens un jour un magistrat haut placé et en position de m'obliger, tu ne pourrais me dédommager du produit d'un seul de mes vols ordinaires. C'est pourquoi, nous pouvons nous dispenser tous deux de cette idée de récompense. Si je te promets aujourd'hui de te faire rencontrer une belle, sois tranquille, je ne manquerai pas à ma parole. Puisque donc tu peux compter sur moi, inutile d'aller prospecter en d'autres lieux. Reste ici tranquillement, loue un appartement, occupe-toi de lectures sérieuses ou va toi-même à la recherche de ce qui t'intéresse. Pour moi, dès que j'aurai repéré une personne susceptible de te plaire, je viendrai t'en parler sans faute ; ainsi tes chances seront multipliées par deux, pour le moins. » Weiyangsheng, tout heureux, envoya ses domestiques à la recherche d'un logement. Au moment de se quitter, son ami et lui se firent de grandes salutations. Qu'advint-il de leur pacte et quelles bonnes fortunes échurent à Weiyangsheng, vous le saurez au chapitre suivant.

---

9. Graver les sceaux : activité socialement prisée qui, requérant la connaissance de l'écriture ancienne, signale d'emblée un lettré d'un certain niveau.

10. Kunlun : nom d'esclave ou de barbare « de l'Ouest". Il s'agit de la grande chaîne de montagnes des confins occidentaux de la Chine, formant le contrefort nord du massif tibétain, culminant à plus de 7500 mètres, et d'où s'écoulent entre autres le Fleuve Jaune (Huang-he) et le Chang-jiang ("Yang-tsé").

Chapitre 5

L'amateur de beauté constitue un répertoire de fleurs sélectionnées ;
prévoyant, il fait choix d'une belle aux tempes grises.

Après avoir quitté Sai-Kunlun, Weiyangsheng prit ses quartiers dans l'enceinte d'un temple dédié à Zhang l'Immortel. Ce temple, aux bâtiments de proportions modestes, n'hébergeait pas normalement de voyageurs ; mais le loyer élevé que consentait à payer celui-ci eut raison des scrupules du religieux qui desservait les lieux. Vous saurez aussi pourquoi notre ami Weiyangsheng était disposé à se montrer aussi généreux. L'immortel, patron de ce temple, jouissait dans le public d'une grande vénération et sa consultation étant réputée fort efficace, les femmes en mal d'enfant s'y pressaient en foule d'un bout à l'autre de l'année. C'est ce qui avait incité Weiyangsheng à jeter son dévolu sur ce temple. L'événement ne déçut pas son attente. Après son installation, il put constater que chaque jour, qu'il pleuve ou qu'il vente, plusieurs groupes de visiteuses défilaient dans le temple pour prier et faire offrande d'encens. En outre, d'après ce qui vient d'être dit, la majorité d'entre elles étaient de jeunes femmes, et sur dix d'entre elles, une ou deux méritaient certainement le coup d'œil. Chez les femmes, qu'elles soient belles ou laides, la fleur de la jeunesse (de la quatorzième à la vingtième année) est une saison privilégiée de la vie, dont la fraîcheur touche et émeut particulièrement.

Weiyangsheng, donc, se levait dès l'aube et il faisait toilette avec un soin minutieux, puis il allait et venait dans le temple, guettant une arrivée. Quand il apercevait une visiteuse, il courait dans le sanctuaire se cacher derrière la statue, et là, il était aux premières loges pour suivre de près toute la cérémonie : les prières dites par le ministère du religieux, l'offrande des baguettes d'encens par la personne en prière ; il ne perdait rien de son visage, de sa coiffure, de son expression. Quand le religieux était parti, il sortait au dépourvu de sa cachette. Son apparence magnifique, autant que la surprise, confondait la femme, qui doutait si elle n'était pas témoin d'une apparition de l'immortel, maître des lieux, ressuscité en chair et en os par la sincérité de l'invocation, et venu en personne exaucer le vœu. Quand il avait descendu les degrés de l'autel, elle se convainquait alors seulement qu'elle avait affaire à un homme. Mais à ce moment, la mise en scène avait produit son effet : l'esprit était désormais occupé par cet « immortel Zhang » bien vivant. L'âme égarée, le feu de la passion couvant déjà dans les yeux, la femme ne se résolvait qu'avec peine à quitter les lieux. Certaines allaient jusqu'à laisser tomber leur mouchoir en gage d'amour. Quand il vit que sa ruse réussissait si bien, Weiyangsheng devint dans son comportement, léger et insouciant, et dans son cœur, vain et frivole ; et il se dit que toutes les belles lui appartenaient.

Depuis son arrivée dans le temple, Weiyangsheng avait commencé à tenir un carnet des « trésors dans sa manche », un inventaire des beautés remarquables dont il avait fait ainsi la connaissance. Il le gardait sur lui dissimulé dans une poche de son habit. Il l'avait intitulé « Collection des couleurs printanières » et il enregistrait scrupuleusement, au jour le jour, celles de ses rencontres qui l'avaient impressionné. Chaque notice comprenait les éléments suivants : nom, âge, épouse d'un tel, domicile situé à tel endroit. Weiyangsheng inscrivait le nom à l'encre rouge et il l'encadrait d'un, deux ou trois traits suivant la note qu'il attribuait mentalement à l'intéressée : catégorie B, catégorie A, « hors-catégorie ». Les mentions obligatoires étaient suivies d'une appréciation en quelques phrases.

Comment Weiyangsheng pouvait-il être si bien renseigné sur l'état-civil de toutes ces femmes ? Il faut savoir que le religieux qui formulait la prière commençait par les interroger : nom de famille, nom personnel, âge, épouse de quel croyant, domicile. La requérante répondait elle-même, ou c'était une personne de sa suite qui le faisait à sa place. Weiyangsheng n'avait aucune peine à retenir tout cela par cœur, et il notait les renseignements après le départ de la belle. Il ne lui fallut guère de temps, par ce moyen, pour dresser un catalogue des perles locales.

Cependant, toutes celles qu'il avait recensées rentraient dans les catégories A et B, aucune n'était une « hors-catégorie » digne des trois traits à l'encre rouge. Weiyangsheng se dit en lui-même : « Mon désir était d'épouser la plus belle femme du monde et, de fait, j'en ai épousé une en croyant qu'elle répondait à cette définition. Je vois à présent qu'il n'en était rien, puisque j'en découvre tous les jours qui ne lui sont pas inférieures. La plus belle existe sûrement quelque part, mais je ne l'ai pas rencontrée par ici. Bah ! faute de grive, on mange des merles ; si je ne la déniche pas, je me rabattrai sur ce que j'aurai vu de mieux. » Sur ce, il redoubla de vigilance dans ses recherches et de sévérité dans ses appréciations.

Un matin qu'il reposait encore, exténué des fatigues de la veille, l'un de ses serviteurs entra en courant et dit : « Levez-vous tout de suite, vous ne le regretterez pas. » Arraché de la sorte aux bras de Morphée, le jeune homme s'extirpa du lit, ceignit une coiffe neuve, endossa un costume élégant, et il prit encore le temps de vérifier sa tenue au miroir. Quand il sortit enfin, il aperçut deux jeunes femmes revêtues, l'une d'un habit rouge à fils d'argent, la seconde d'un habit rose, et accompagnées d'une belle dame d'âge moyen. Ayant accompli toutes leurs dévotions, elles s'apprêtaient à partir. Séparé d'elles, comme il l'était, par la largeur de la cour, Weiyangsheng n'en fut pas moins ébloui : les jeunes femmes lui parurent des fées, semblables pour le moins à la nymphe de la rivière Luo[11] dont parle l'ancien poème ; tout à fait différentes du commun des mortelles, et même des belles qui composaient son ordinaire.

Voyant qu'elles allaient sortir, saisi d'une inspiration subite, il courut comme un fou au-dehors et salua jusqu'à terre, à la stupeur de ses serviteurs et du religieux, qui assistaient à la scène. Il avait calculé que ces femmes, quelles qu'elles fussent, ne lui en voudraient pas de cette démonstration d'admiration ; au surplus, pour parer à toute éventualité, comme il n'était jamais avare de boniments, il débita quelques phrases bien tournées dont il ressortait qu'il était un pèlerin, et que surpris par cette apparition merveilleuse, il avait été cloué sur place. Les trois femmes écoutèrent patiemment ses explications, se détournèrent poliment sur le côté et le laissèrent passer avant de reprendre leur chemin. Seule, la plus âgée laissa paraître un léger sourire et au moment de partir, elle décocha quelques regards à ce trublion. Après leur départ, Weiyangsheng demeura un bon moment rêveur et hors d'état de parler. Puis il s'enquit auprès du religieux de l'identité de ces dames. Celui-ci, bien au fait de la dissipation du locataire, qui avait déjà failli provoquer un scandale, et le sachant insensible aux réprimandes, refusa net de l'informer. Weiyangsheng fut tenté de suivre le cortège des chaises à porteur, mais il n'ignorait pas qu'il manquait d'exercice et se ferait fatalement distancer[12] ; il retourna dans sa chambre, de fort méchante humeur, et s'assit. Il maugréait et songeait : « Quelle guigne, quel contretemps stupide ! Dire que j'ai par-devers moi les coordonnées de tant de femmes, et que me voici condamné à tout ignorer de celles-là, pourtant tellement à mon goût. Quelle occasion manquée, et de si peu ! » Alors, il sortit son carnet et voici ce qu'il écrivit :

« Tel jour : rencontré deux reines de beauté. J'ignore leur nom. Je noterai donc, faute de mieux, l'habit qu'elles portaient, leur âge approximatif et leur tempérament, tel que j'ai pu l'entrevoir.

« La première, robe rouge et argent. Peut avoir dix-sept ou dix-huit ans. A en juger par son attitude, elle n'est pas encore fiancée et l'innocence luit encore sur son visage. Démarche aérienne, apparence d'une beauté irréelle. Ses lèvres vermeilles s'entrouvrent comme si elles allaient dire quelque bon mot. Son pas est si léger qu'elle semble une hirondelle prête à l'envol. Quoique sans souci, son sourcil est froncé à l'instar de la belle Xi-shi. Quoiqu'elle ne semble pas fatiguée, ses yeux ont un éclat langoureux qui imite la lassitude et évoque irrésistiblement Yang Yuhuan, maîtresse de l'empereur Tang, qui jadis se plaisait à dormir[13]. Une pensée amicale, à la vérité, vaut davantage qu'un présent de valeur : à l'instant du départ elle ne m'a pas offert de pendants de jade, mais une ombre de contrariété a paru sur son visage. C'est une perle rare dans toute la gent féminine, ignorée du monde dans les profondeurs du gynécée. Qui pourrait lui dénier le premier rang !

« La seconde, robe rose. Une vingtaine d'années. Quoique mariée de longue date, elle n'a encore rien perdu de sa réserve virginale. Cette femme est d'une nature généreuse ; ses idées tumultueuses virevoltent. Ses sourcils, à la courbe parfaite, ne portent pas trace de peinture. Son teint est d'un éclat incomparable : quel est l'homme heureux qui l'a reçu en partage ! Sa taille n'est ni épaisse, ni gracile ; impossible de trouver à redire à ses formes. Son maquillage, de même, est discret. Sa riche nature profonde ne trouve pas à s'exprimer : on dirait une fleur prête à éclore, et qui demeure comme endormie ; comme cette fleur, elle garde son secret. Et cependant, le parfum qu'elle exhale est celui d'une pivoine en pleine gloire, qu'afflige sa déchéance imminente. Elle et sa compagne, qui éclipsent tous les autres parfums, méritent le nom de reines de beauté. Quant à décider entre elles, le moment n'en est pas encore venu. »

Ayant achevé son commentaire, il se dit en lui-même : « Cette autre femme d'âge plus mûr, qui les accompagnait, ne leur était pas inférieure. Elle m'a jeté plus d'un regard, mais étant absorbé par les deux jeunes, je ne lui ai pas donné toute l'attention souhaitable. Elle est certainement leur parente. Même sur le chapitre de la beauté, elle mérite considération. En outre, elle peut m'être d'un grand secours auprès des deux jeunes : il est clair que c'est le Ciel qui me l'envoie, et qu'elle a su comprendre mes intentions. Une notice à elle consacrée ne sera pas de trop : d'abord, en reconnaissance de son procédé à mon égard ; puis, si par la suite j'ai recours à ses bons offices, je lui ferai voir mon carnet et elle saura que je ne l'estime pas moins que les deux autres. » Alors, il leva derechef le pinceau et il consigna ce qui suit, non sans avoir au préalable corrigé son introduction, et dans la phrase « rencontré deux reines de beauté », transformé le mot « deux » en « trois », au prix d'un jeu d'écriture indécelable par tout autre.

« Robe noire. Peut avoir entre trente-cinq et quarante ans. Egale en beauté les deux autres. Son attitude dénote un tempérament passionné, bien qu'elle ait peu d'occasions de le manifester.

« Cette femme est dotée d'une nature vive et ardente. Ses formes sont davantage pleines que celles d'une jeunesse, mais l'arc de ses sourcils est tout aussi parfait. Le rose de ses joues est celui des fleurs de pêcher ; sa peau, fine et satinée, a l'éclat même du jade. Le plus fascinant en elle, ce sont ses yeux : le regard semble glisser sans que la prunelle ait bougé, étincelant comme un feu qui couve ; son corps semble se mouvoir comme nuages à la cime des montagnes, sans qu'elle ait fait un pas. Elle complète le trio des reines de beauté. »

Son travail achevé, il encadra soigneusement les trois « noms » d'un triple trait à l'encre rouge et il enfouit de nouveau le carnet dans sa poche. De ce jour, il devint moins assidu dans la chapelle de Zhang l'Immortel et plus indifférent aux femmes qu'on y pouvait voir. Il n'était épris que des trois beautés entrevues dans la cour. Il parcourut toutes les rues avoisinantes, sans succès. Il songea alors à aller trouver Sai-Kunlun, mais il se dit : « Il s'est engagé à découvrir pour mon compte une beauté parfaite. Je ne l'ai pas vu de quelques jours, ce qui doit signifier qu'il est en campagne. Si, à son retour, il m'annonce qu'il a ce qu'il me faut, j'aurai bonne mine si je lui parle d'autre chose ! D'autant plus que je n'ai nul renseignement à produire pour orienter d'éventuelles recherches. Mieux vaut donc présentement garder tout ceci pour moi. Si dans quelques jours il revient avec une proposition précise, nous aviserons. Et de toute façon, les belles, on n'en a jamais de trop. » Quand donc il ne sillonnait pas, comme un fou, les rues de la ville, il se morfondait chez lui à attendre de la visite.

Cela durait depuis quelques jours, quand il tomba brusquement, dans la rue, sur Sai-Kunlun. Il l'arrêta et lui dit : « Très cher, comment se fait-il que vous me laissiez sans nouvelles ? Auriez-vous oublié nos conventions ? » « Nullement, répliqua Sai-Kunlun, mais la marchandise quelconque est commune, la beauté véritable est rare. Néanmoins j'en ai déniché une et je m'apprêtais à venir vous en parler. Et justement, c'est vous que je rencontre dans la rue ! » Weiyangsheng, arborant un sourire d'une oreille à l'autre, s'exclama : « En ce cas, donnez-vous la peine de venir jusque chez moi pour me raconter cela ! » Tous deux s'en retournèrent au temple, envoyèrent les serviteurs faire des courses, fermèrent la porte et s'entretinrent de leur affaire. Si vous ignorez quelle fut, à la suite de ceci, la femme assez heureuse pour faire la connaissance de cet habile homme, et quel fut le mari qui gagna par là même une bonne raison d'être cocu, inutile de jouer aux devinettes : vous saurez tout au chapitre suivant.

11. Nymphe de la rivière Luo : cette divinité a été célébrée dans maint poème, entre autres le *Luo-shen-fu* de Cao Zhi (IIIe siècle de notre ère).

12. Cette notation marque on ne peut plus nettement l'appartenance sociale du héros, qu'on ne saurait évidemment imaginer rivalisant à la course avec les porteurs, des hommes du plus bas statut social. Le simple fait que cette pensée ait pu lui traverser l'esprit témoigne de la vivacité de ses sentiments.

13. Deux beautés célèbres dans l'histoire de la Chine : Xi-shi aurait été la favorite du roi Fucha de Wu (Ve siècle avant notre ère) ; Yang Yuhuan est la « favorite Yang » qui connut la fin tragique que l'on sait au moment de la révolte d'An-lushan (755 de notre ère).

Deuxième partie

Été

Chapitre 6

Dissimuler un faible talent sous des flots d'éloquence ; ayant montré un minuscule trésor, donner à rire aux connaisseurs.

Le poème dit : « Si dans le lit on ne fait pas ses preuves, mieux vaut s'épargner fatigues et désagréments ; dans le noir, un Adonis est comme un autre homme, sur le champ de bataille un esprit orné ne trouve guère à se faire valoir. Il veut à toute force accéder à l'autel des plaisirs, mais il n'en prend pas le chemin. Il se targue d'un organe à nul autre pareil, mais encore faut-il savoir prendre ses mesures. »

Quand ils furent tous deux assis à leur aise dans la chambre, Sai-Kunlun commença par demander à son ami : « Et de votre côté, depuis que nous ne nous sommes vus, avez-vous fait quelque bonne rencontre ? » Weiyangsheng, ne voulant pas laisser détourner la conversation, répliqua : « Aucune. Mais qui est celle dont vous parliez à l'instant ? Où demeure-t-elle ? Quel âge a-t-elle ? Décrivez-la moi. » « En fait, dit Sai-Kunlun, je n'en ai pas trouvé une, mais trois. Sur ces trois, il est nécessaire que vous en choisissiez une et borniez là, pour cette fois, vos désirs. » Entendant ce discours, Weiyangsheng fut rempli de soupçons. « Trois femmes occupent mes pensées, et voilà qu'il vient me parler de trois femmes. Se pourrait-il que ce soient les mêmes ? Si c'est bien d'elles qu'il s'agit, il me suffit de mettre la main sur une pour tenir du même coup les deux autres ; ensuite je n'aurai plus besoin de son aide. » C'est pourquoi il répondit : « Vous avez tout à fait raison ; une seule me satisfera amplement. Comment oserais-je me montrer aussi exigeant ! » Sai-Kunlun reprit : « C'est ainsi du moins que je l'entends. Dites-moi maintenant : que préférez-vous, les grasses ou les maigres ? » Weiyangsheng rétorqua : « Dans le corps féminin, la rondeur a ses charmes, et de même la maigreur. Toutes deux ont aussi leurs inconvénients : trop de rondeur nuit à l'élégance vestimentaire, tandis que la maigreur ne gagne pas à se montrer dévêtue. Pour moi, je n'ai pas de ces préférences : il me suffit qu'une femme soit maigre ou grasse là où et comme il convient. » « En ce cas, dit Sai-Kunlun, toutes les trois vous iront. Dites-moi encore : aimez-vous mieux qu'une femme soit sensuelle, ou sage ? » « Naturellement, dit Weiyangsheng, je préfère une femme sensuelle. Dormir dans le même lit qu'une femme sage n'a aucun intérêt ; côté hygiène, mieux vaudrait encore dormir seul[14]. » Sai-Kunlun branla du chef et il dit : « En ce cas, aucune des trois ne peut vous convenir. » Weiyangsheng dit en hâte : « Et d'où connaissez-vous donc qu'elles sont sages ? »

Sai-Kunlun expliqua : « Toutes trois sont suprêmement belles, mais sur le chapitre de la sensualité elles semblent quelque peu ignorantes. » Weiyangsheng repartit : « Ce n'est pas sans remède. Chez une femme, les sens peuvent être éduqués. Ma propre femme, par le fait, était une prude quand je l'ai prise ; je me suis appliqué à la changer, et en quelques jours elle s'est amollie comme cire au soleil ; elle est aujourd'hui d'une sensualité extrême. Si celles dont vous me parlez sont belles, il suffit ; je me charge du reste. » « Soit, repartit, Sai-Kunlun, assez sur ce sujet. Encore une question : êtes-vous pressé ? » « Pour ne rien vous celer, dit Weiyangsheng, je suis d'une nature ardente, et si je passe une semaine sans femme, inévitablement j'aurai des pollutions nocturnes. Cela fait longtemps que j'ai quitté ma femme. Si je ne trouve personne à mon goût, je peux encore prendre patience, mais dans le cas contraire, ce sera difficile. » « En ce cas, dit Sai-Kunlun, vous ne pourrez obtenir aucune des deux premières, qui sont d'une famille aisée ; parlons donc de la troisième, qui est mariée à un vendeur de soie. Depuis la promesse que je vous ai faite, j'examine toutes les femmes que je croise en chemin. L'autre jour, en passant dans la rue, j'ai avisé celle-ci, assise dans sa maison derrière une portière de bambou. La beauté de son visage a rayonné jusqu'à moi malgré le treillis qui nous séparait ; c'était un éclat comparable à celui des perles et des rubis. La grâce de son attitude ne se peut exprimer ; on eût dit qu'une peinture était suspendue derrière la portière, agitée de çà de là par la brise. Je passai mon chemin, et quelques pas plus loin je m'arrêtai. Peu après je vis un homme sortir de la maison ; fruste, déguenillé, il portait sur l'épaule un ballot d'étoffes de soie qu'il allait porter au marché. En questionnant les voisins, j'appris qu'on l'appelait Quan le Brave (Quan étant son nom de famille), et que la belle tisseuse était sa femme. Craignant de ne pas l'avoir vue assez bien, je revins quelques jours plus tard. Elle était toujours assise à l'intérieur. J'écartai la portière, entrai hardiment, et je demandai à voir son mari pour acheter de la soie[15]. Elle répondit sans se troubler qu'il était sorti, mais que si c'était de la soie que je voulais, il y en avait en abondance à la maison. Et comme preuve de ses dires elle se tourna pour en prendre de l'autre côté de la pièce. A ce moment, je pus détailler ses dix doigts, effilés, blancs et semblables à des pousses de lotus, ainsi que ses deux petits pieds. Cependant, il me fallait encore un aperçu du reste de sa personne. Dans ce but, je demandai à voir un ballot de soie placé en haut d'une étagère. Elle alla le prendre et dans l'effort qu'elle fit pour l'atteindre et le soulever, les manches de son chemisier de crêpe glissèrent jusqu'à ses épaules, découvrant non seulement ses bras, mais laissant entrevoir sa poitrine. Sa peau était blanche comme neige, brillante comme un miroir de métal poli. De toutes les femmes que j'ai vues dans ma vie, celle-là est sans conteste la plus belle. Après l'avoir importunée de la sorte, je ne pouvais faire moins que de lui acheter un ballot de soie. Tu sais tout, décide si tu la veux, ou non. »

« A ce que je vois, dit Weiyangsheng, tu n'as rien laissé au hasard ; dire non serait vraiment se montrer difficile. Seulement, comment faire pour la voir et pour l'entreprendre ? » « Rien de plus simple, répliqua Sai-Kunlun ; j'ai un peu d'argent sur moi, je t'accompagnerai et quand le mari sera sorti, nous entrerons sous couleur d'acheter de la soie, comme précédemment. A passer ses journées en tête-à-tête avec un benêt de mari comme celui-là, dépourvu du moindre attrait, comment ne serait-elle pas émue en tombant brusquement sur toi ? Tu déploieras un tant soit peu de séduction. Si elle ne te met pas à la porte, j'y retournerai ensuite en ton nom pour la persuader de te rencontrer seul à seule ; et dans trois jours, foi de voleur, elle est à toi. Par la suite, je me charge encore de vous maintenir en relations. » « S'il en est ainsi, reprit Weiyangsheng, je te serai grandement obligé. Tu es d'une habileté à confondre hommes et esprits ; rien ne t'est impossible, il me semble. Cependant, pourquoi tiens-tu à me procurer celle-ci et non les deux autres ? Serait-ce seulement parce qu'il est moins risqué de tromper un pauvre bougre que de s'attaquer à une famille comme il faut ? » Sai-Kunlun repartit sans perdre sa sérénité : « En général, il en va comme tu dis : on peut sans crainte faire tort à un pauvre diable, tandis qu'on provoque un puissant à ses risques et périls. Il est une exception à cette règle et elle s'applique précisément aux femmes. » « Comment cela ? » dit Weiyangsheng étonné. Sai-Kunlun répondit : « Premièrement, un riche est généralement polygame. Il s'ensuit que pour une de ses femmes avec laquelle il passe la nuit, il y en a cinq ou six qui dorment seules dans leur chambre. Deuxièmement, la sagesse populaire le dit depuis longtemps : quand le ventre est plein, le corps bien au chaud, alors naissent les pensées de luxure. La femme d'un homme riche, bien nourrie, bien vêtue, souvent désœuvrée, n'a souvent autre chose à penser[16]. Se livrant à de telles pensées, si un homme s'introduit chez elle, c'est pour elle une chance inespérée ; même s'il ne parvient pas sur-le-champ à ses fins, comment se résoudrait-elle à le chasser ? Si le mari survient et les surprend, il craindra avant tout que la chose se divulgue, donc il n'osera pas la publier lui-même en déposant plainte en justice ; il ne se résoudra pas non plus à tuer les coupables sur-le-champ, et se priver ainsi d'une si belle femme qui lui a coûté fort cher ; dans ces conditions, il y a fort à parier que l'adultère aura lui aussi la vie sauve, et que le mari, ravalant son humiliation, lui trouvera de lui-même une porte de sortie. Mais notre pauvre hère, lui, n'a qu'une femme, avec laquelle il dort nuit après nuit ; et cette femme même a suffisamment de soucis pour ne pas laisser ses pensées vagabonder hors du droit chemin. Mais à supposer qu'elle commette l'adultère, si le mari les surprend, il n'aura cure de nuire à sa réputation, et il traînera les coupables en justice, s'il ne fait pas justice lui-même séance tenante. C'est pourquoi je dis que dans ces sortes d'affaires, un gueux est généralement intraitable, tandis qu'un riche sera probablement enclin à composer. »

« Alors, dit Weiyangsheng, comment se fait-il que tes conseils d'aujourd'hui ne s'accordent pas avec cette théorie ? » Sai-Kunlun répliqua : « La contradiction n'est qu'apparente. Cette femme et les deux autres se situent différemment sur l'échelle sociale. Pour séduire la première, il est aisé de trouver un moyen ; les secondes sont plus difficiles à atteindre. » « Puisque tu n'as rien laissé au hasard, dit Weiyangsheng, expose-moi donc aussi ce que tu sais de celles-là. » « L'une, dit Sai-Kunlun, a une vingtaine d'années, l'autre, seize ou dix-sept ans. Ce sont deux sœurs, qui ont épousé deux frères. Les maris sont d'une famille de magistrats ; eux-mêmes sont des lettrés de quelque renom. L'aîné est connu comme « le lettré couché sur un nuage » (Wo-yun-sheng) et il a convolé voici quelques années avec l'aînée des sœurs ; le cadet s'appelle « le lettré appuyé sur un nuage » (Yi-yun-sheng) et il s'est marié il y a à peine trois mois avec la cadette. Les époux sont assortis aux épouses, au physique comme au moral ; quand l'un d'eux a commerce avec sa femme, leurs corps bougent à peine et leurs lèvres ne se desserrent pas, on jurerait qu'ils font cela par devoir et non par plaisir. Donc, d'une part, la femme n'est point portée à la débauche ; le mari, d'autre part, est fidèle à sa femme, et chaque nuit ils dorment ensemble. Tout cela, pris ensemble, fait extrême la difficulté d'une entreprise de séduction. Même en admettant qu'on parvienne, à force d'ingéniosité, à plaire à l'une de ces femmes et à éloigner son mari, il y faudra quelques mois de patients efforts ; il est plus avisé de courtiser notre tisseuse de soie, dont le mari est le plus souvent dehors. »

Le peu qu'il avait entendu au sujet des deux sœurs avait intéressé au plus haut point Weiyangsheng, qui ne pouvait s'empêcher de leur trouver quelque ressemblance avec ses belles inconnues. Incapable d'abandonner de lui-même une intrigue commencée sous de tels auspices, il dit à Sai-Kunlun : « Vous avez sans doute raison, cependant, je n'ai encore vu aucune de ces belles. Si les sœurs dont vous me parlez sont aussi sérieuses et aussi dépourvues de désirs, c'est probablement que leurs maris sont de piètres amants qui ne leur ont jamais fait goûter le plaisir. Si l'une d'elles faisait connaissance avec moi, tout ce sérieux pourrait bien s'en aller en fumée. »

« A ce que j'ai pu voir, pourtant, rétorqua Sai-Kunlun, leurs maris n'étaient pas trop mal dotés par la nature, et en tout cas, nullement impuissants. Au fait, dis-moi toi-même : ton engin, quelle est sa longueur ? Combien de temps fais-tu durer l'ardeur amoureuse ? Permets-moi d'y aller voir afin que je me rende compte moi-même de ton niveau, pour pouvoir ensuite t'aider en toute sécurité et tranquillité. »

Weiyangsheng, qui paraissait goûter fort la plaisanterie, répliqua gaiement : « Ne te tracasse pas ; quel que soit l'appétit de la dame, j'ai de quoi la contenter. Je ne suis pas comme ces ladres qui n'invitent les gens que pour les affamer. » « A la bonne heure, dit Sai-Kunlun ; au surplus, nous ne faisons que causer, n'est-ce pas ? Dis-moi : quand tu es avec une femme, quel temps peux-tu tenir avant de rendre les armes ? » « Quand je suis avec une femme, dit Weiyangsheng, je n'observe pas de règles ; il me suffit qu'elle soit comblée, je ne cherche pas à atteindre de records. » « J'entends, dit Sai-Kunlun ; cependant, tu te souviens bien, pour le moins, du temps que tu y passes ? » Pour Weiyangsheng, une séance complète n'excédait guère une heure de temps ; mais craignant de passer pour un minable aux yeux de son ami, craignant aussi que celui-ci se récuse, il répondit : « Deux heures à peu près. »

« En ce cas, repartit Sai-Kunlun, tu es dans la moyenne, sans plus. Pour un mari, c'est certainement tout à fait honorable, je ne dis pas ; mais pour qui se targue, comme toi, de pénétrer dans une place gardée et d'en forcer les défenses, il serait souhaitable de mettre en œuvre des armes d'un autre calibre. » « Qu'à cela ne tienne, répliqua Weiyangsheng que cette insistance étonnait et ennuyait ; j'ai fait emplette avant-hier d'un puissant aphrodisiaque et je n'attends que l'occasion d'en user. Quand elle se présentera, ne t'inquiète pas, c'est un onguent dont l'effet est sûr et je soutiendrai l'engagement aussi longtemps que nécessaire. »

Sai-Kunlun repartit : « Les drogues peuvent prolonger un peu l'ardeur amoureuse ; elles ne peuvent remédier à l'infirmité de la nature. Un homme vigoureux de nature, qui use d'un aphrodisiaque, est comme un candidat fort en thème qui absorbe un fortifiant la veille d'un examen ; quand il entre dans la salle d'examen, son esprit est plus clair et son assurance décuplée, de sorte qu'il compose sans effort. Mais celui qui est mal doté par la nature et qui use d'un aphrodisiaque est comme un étudiant inculte, qui croit suppléer à ce qui lui manque en se gavant de fortifiants avant une épreuve : arrivé dans la salle, il séchera lamentablement, malgré sa dépense. A présent, réponds-moi : ton organe, quelle est sa grosseur ? Quelle est sa longueur ? » « Quel besoin d'être aussi précis, protesta Weiyangsheng. Il est d'une taille respectable, voilà qui doit suffire. » Voyant qu'il éludait la question, Sai-Kunlun n'y alla pas par quatre chemins : il tendit la main et voulut l'obliger à baisser son pantalon. Mais Weiyangsheng, alarmé, se déroba obstinément, si bien que Sai-Kunlun finit par déclarer : « S'il en est ainsi, en conscience, je ne puis prendre sur moi de t'aider. Si je persiste à vouloir te rendre service, que je te procure un entretien avec une de ces femmes, et qu'ensuite elle appelle au secours en t'accusant d'avoir voulu la violer, que ferons-nous ? Le scandale aura éclaté et j'en serai responsable, ayant été d'une imprévoyance coupable en ce qui te concerne. »

Weiyangsheng vit que Sai-Kunlun était ému et mécontent ; avec un sourire apaisant, il lui dit : « Je n'ai rien à cacher ; seulement, m'exhiber en plein jour, devant un ami, cela me paraît malséant. Mais puisque tu t'inquiètes à ce point, il ne me reste qu'à m'exécuter. » Il défit donc son pantalon et montra son organe ; d'une main, il fit mine de le soupeser tout en disant à Sai-Kunlun : « Voici mon petit trésor. A toi de juger ! » Sai-Kunlun s'approcha et que vit-il ?

> Une peau blanche et satinée ; un gland d'un beau rose vif ; une verge veloutée comme tendre pousse végétale, la peau sillonnée de minces filaments visibles par transparence ; on pouvait évaluer sa longueur à deux pouces, son poids, à trois dixièmes d'once. De quoi faire la joie de treize pucelles et de quatorze beaux garçons ! Au moment d'agir, la verge, dure comme le fer, ressemble à un couteau de belle taille ; l'action terminée, elle se ratatine comme une crevette séchée.

Ayant regardé un moment, Sai-Kunlun demeura silencieux. Weiyangsheng, croyant qu'il avait fait impression, dit : « C'est ainsi au repos ; dans le feu de l'action, c'est encore autre chose. » Sai-Kunlun dit alors : « Si c'est ainsi au repos, dans le feu de l'action cela ne saurait excéder une limite précise. Va, tu peux remballer. » Pris d'un grand rire nerveux, il ajouta : « Quel dommage que tu ne saches pas te mesurer toi-même ! Ton engin fait un tiers, tout au plus, de ce que d'autres possèdent. Et c'est ainsi pourvu que tu prétends aller dans une maison séduire la femme d'autrui ! Au début, quand je t'ai vu qui courais de tous côtés à la recherche de femmes, je me suis dit plein d'admiration : voilà un lascar remarquable, et sûrement redoutablement outillé. Si j'avais su que tu n'avais, en tout et pour tout, qu'un joujou tout juste bon à aller se cacher dans une toison intime, et impropre en un mot à tout usage normal ! »

« A te dire le vrai, répliqua Weiyangsheng, piqué, mon joujou n'a peut-être l'air de rien, mais il en a fait pâmer d'aise plus d'une ; tu es injuste à son égard. » « Une oie blanche, ou un puceau sans la moindre expérience, cela se peut, dit Sai-Kunlun ; à part ces deux sortes de gens, tous et toutes le dédaigneront, comme moi-même. » « Est-il possible, dit Weiyangsheng, qu'il soit à ce point méprisable ? » « J'ai là-dessus force points de comparaison, dit Sai-Kunlun ; de tous ceux que j'ai vus, et j'en ai vu plus de mille, aucun n'est aussi délicat que le tien. » Weiyangsheng reprit : « Peu m'importent ceux-là ; ne me parle que des maris des trois que tu as retenues. Comment sont-ils pourvus sous ce rapport ? » « Deux ou trois fois mieux que toi, dit Sai-Kunlun, et en longueur et en largeur. »

Weiyangsheng dit en souriant : « Je sais que tu me fais marcher ; en fait, pour une raison que j'ignore, tu as changé d'avis et tu te retranches derrière ce prétexte pour refuser de m'aider. En ce qui concerne les maris des deux sœurs, tu les as peut-être vus de nuit, je n'en sais rien ; mais pour le mari de la tisseuse, tu ne l'as vu qu'une fois dans la rue ; comment donc pourrais-tu être si bien renseigné ! »

Sai-Kunlun reprit sans s'émouvoir : « Je suis parfaitement renseigné. Les deux premiers, effectivement, je les ai vus de mes yeux ; quant au dernier, c'est par mes oreilles que je suis au fait de la chose. Souviens-toi : je suis allé interroger un voisin. Après qu'il m'eut donné le nom du bonhomme, j'ai remarqué à haute voix : 'Comment une aussi belle femme peut-elle arriver à s'entendre avec un homme aussi fruste !' 'Il est peut-être fruste, m'a répondu ce voisin, mais il a aussi un organe comme tout le monde n'en possède pas ; c'est pourquoi on ne les entend pas trop se disputer.' 'Comment cela ?' dis-je. Cet homme répondit : 'Il ne m'a pas demandé de le lui mesurer ; mais au plus fort de la chaleur estivale, quand tout le monde se vêt le plus légèrement possible, on le voit qui tangue dans le pantalon, comme un battoir.' Voilà comment je suis renseigné. Si aujourd'hui j'ai absolument voulu t'examiner, tu en sais maintenant la raison ; ce n'est pas une lubie qui m'a traversé subitement l'esprit. »

Weiyangsheng sut que son ami ne cherchait pas à le mystifier ; il se sentit presque défaillir. Cependant, il se défendit encore en ces termes :

« Quand un homme et une femme s'aiment, ce n'est pas seulement affaire de sexe, mais admiration pour l'intelligence ou la beauté de l'autre. C'est seulement quand l'intelligence et la beauté font défaut, qu'on est obligé de se rabattre sur l'essentiel. Grâce au Ciel, je suis assez bien partagé dans les deux premiers domaines pour escompter par ailleurs un peu d'indulgence. Je te prie donc de mener cette affaire à son terme, et de ne pas abandonner une chose si bien entreprise, sans égard pour notre amitié. »

Sai-Kunlun, impitoyable, répliqua : « L'intelligence et la beauté sont les appas qui induisent à l'amour, à la façon des fruits confits qui servent d'excipient aux médicaments, en déguisent l'amertume et facilitent ainsi le passage du principe actif dans les viscères ; quand celui-ci fait sentir ses bienfaits, l'excipient sucré a joué son rôle, il n'a plus d'utilité. Quand un homme entreprend de séduire une femme, si rien ne parle en sa faveur, il ne sera pas même reçu chez elle ; mais une fois admis dans son intimité, il lui reste à déployer des talents d'une autre sorte. Une fois tous deux au lit, si l'organe s'avère ridicule et l'énergie déficiente, tu peux toujours appeler intelligence et beauté à la rescousse : si pour la deuxième fois, tu manques ton coup, tu te feras bel et bien congédier. Si tu exposes ta vie pour séduire une femme, c'est que tu ambitionnes d'atteindre avec elle un accord parfait et un bonheur durable, et non pas simplement un ou deux moments de plaisir. De son côté, la femme qui trompe son mari, de quelles précautions ne doit-elle pas user ! Par quelles frayeurs ne doit-elle pas passer ! S'il n'y a pas même à la clef un peu de bonheur, le jeu n'en vaut guère la chan-delle : c'est comme une poule qui copule avec un coq, elle n'a pas eu le temps de faire « ouf » que tout est déjà terminé. Il ne faut pas m'en vouloir si je te dis qu'un amant dans ton genre devrait rester chez soi, garder précieusement sa propre femme et éviter toutes aventures, se garder à plus forte raison d'aller inconsidérément rechercher la femme d'autrui : c'est le cas de dire qu'il ne faut pas avoir les yeux plus gros que le ventre. Tu as encore de la chance d'être tombé sur un homme d'expérience tel que moi ; si, au lieu de prendre tes mesures, je m'étais fié à tes dires, je t'aurais taillé un habit trop large. L'erreur de jugement une fois commise, toi-même une fois exposé au ressentiment d'une femme offensée, il aurait été trop tard. Cependant, je crains encore que tu me reproches un manquement à la parole donnée. Je parle comme je pense, mon langage est cru et sans détour ; ne m'en tiens pas rigueur. »

A la vivacité de ces paroles, Weiyangsheng comprit que tout espoir était perdu ; il demeura sans voix. Après quelques mots de consolation, Sai-Kunlun se leva, prit congé et s'en fut. Weiyangsheng, anéanti, le reconduisit jusque chez lui. Que devint-il ensuite, vous le saurez en détail au chapitre suivant.

---

14. Dormir seul : l'hygiène (*weisheng*) consiste à « protéger la vie » (la santé) contre ce qui pourrait la menacer. La femme (le *yin*) est souvent porteuse d'impuretés (celles liées à la menstruation, entre autres) menaçant potentiellement l'intégrité du conjoint *(yang)*. De telles idées, il est à peine nécessaire de le préciser, sont fort répandues dans le monde bien au-delà du domaine chinois.

15. Acheter de la soie : il peut s'agir d'un lieu commun ou d'une référence littéraire (Poème n° 58 du *Livre des Poèmes*). Dans les deux cas, « acheter de la soie » est employé comme synonyme de « conter fleurette ».

16. Tout ce passage est un « avertissement », qui décrit ce qui va se passer dans la famille de Weiyangsheng en punition de son inconduite.

Chapitre 7

Accusant le ciel de ses malheurs, il pleure sur la déficience de sa nature ;
songeant à rectifier son organe, il s'adresse à un homme de l'art.

Ayant reçu cette douche froide de son ami, Weiyangsheng était atterré. Il demeura seul assis dans sa chambre, en proie à d'amères pensées. « Depuis l'âge de dix ans, j'ai observé beaucoup de choses ; seuls ces damnés objets ont échappé à ma sagacité. En temps normal, les gens les dérobent sous d'épais vêtements. J'ai bien eu commerce avec des garçons, mais tous étaient plus jeunes que moi et aucun ne me surpassait sur ce point ; sans doute en ai-je conçu une vanité injustifiée. A présent, celui-ci vient me dire que le mien ne vaut pas un clou, et qu'on ne saurait rien entreprendre avec un tel outillage. Cependant, il me semble me souvenir que Yuxiang n'en était pas mécontente ; les courtisanes et les servantes que j'ai eues, en général, ont eu leur plaisir et elles ont succombé sans ambages. Faut-il dire alors que mon organe n'y était pour rien ? Il est clair que ce Sai-Kunlun me conte des sornettes à seule fin de revenir sur sa parole. »

Après un moment, il se dit brusquement : « J'y suis ! Le vase féminin est semblable à un opercule à ouverture variable, capable de se conformer et s'ajuster au volume qu'il reçoit. Sai-Kunlun lui-même ne m'a-t-il pas dit l'autre jour que les femmes s'entendent à feindre le plaisir ? Comment savoir alors si mes amoureuses à gages n'en ont pas usé ainsi avec moi ? Et si on peut feindre le plaisir, ne peut-on feindre aussi la pâmoison ? Comment savoir ce qu'il en est véritablement ? Je n'ai qu'un moyen d'en avoir le cœur net, c'est d'observer dorénavant tous les hommes que je rencontrerai, histoire de voir comment ils sont faits. »

A compter de ce jour, dans toutes les réunions littéraires auxquelles il était convié, quand l'un des invités quittait le cercle pour se rendre aux lieux d'aisances, Weiyangsheng lui emboîtait le pas résolument ; et les constatations qu'il fit dans ces lieux confirmèrent ses craintes. Même à l'extérieur, il se mit à épier les passants qui se soulageaient dans les fossés ; il ne vit partout que pics, caps et péninsules. Cette pénible épreuve eut pour effet d'atténuer quelque peu sa fringale, et même son courage amoureux en fut ébranlé. Il se dit en lui-même : « Ce que m'a dit Sai-Kunlun était scrupuleusement exact. C'était pour moi un avertissement salutaire, un vrai conseil d'ami, quoique dur à avaler sur le moment ; je me vois bien obligé d'en tenir compte. Lui, un homme, m'a déjà empli de honte par des propos qui n'étaient destinés qu'à moi ; maintenant, supposons que je sois couché avec une femme, et qu'en plein milieu elle me rabroue de quelques sentences méprisantes. Que faire alors : cesser de moi-même et quitter la partie, ou attendre qu'elle ait fini ? Allons, je vois qu'il est temps pour moi de renoncer aux aventures extra-conjugales, pour travailler à acquérir du renom par des voies normales, quitte même, s'il le faut, à acquérir deux ou trois concubines en deniers comptants : à ce prix, au moins, je m'achèterai leur complaisance, et non leur insolence[17]. A quoi bon dilapider ainsi mon énergie à me déguiser en surhomme ! »

Sa décision fut prise, et de ce jour, l'esprit d'intrigue l'abandonna, et il se consacra aux études avec une ardeur renouvelée. Non seulement il ne se précipitait plus pour épier les femmes qui venaient au temple, mais il se détournait de celles même qu'il croisait par hasard au dehors. Une demi-lune se passa ainsi.

Cependant, son appétit coutumier se réveilla , et un beau matin, dans la rue, il entrevit par une portière à demi-soulevée, la moitié du visage d'une jeune femme, conversant avec sa voisine d'en face. L'ayant repérée de loin, Weiyangsheng ralentit sa marche pour pouvoir l'écouter et la regarder à son aise. Mais seul lui parvint un son aussi clair, aussi pur, aussi bien modulé qu'un air de flûte. Parvenu devant la porte, il jeta un regard à la dérobée et fut ébloui d'un éclat comparable à celui des perles ou des joyaux. Sai-Kunlun avait dit vrai : il semblait que ce fût une beauté représentée en peinture, dont le rouleau suspendu allait et venait au souffle de la brise. Weiyangsheng devina qu'il avait devant lui la personne même dont son ami lui avait parlé. Il passa et alla deux portes plus loin, où il s'enquit d'un nommé Quan, vendeur de soie. Le voisin répondit : « Tu viens de passer devant chez lui. Tu as vu une femme qui causait derrrière une portière ? C'est là. » Weiyangsheng sut qu'il ne s'était pas trompé. Il revint sur ses pas, regarda de nouveau , puis regagna son logis. Il se disait : « L'autre jour, quand Sai-Kunlun m'a décrit la beauté de cette femme, je ne l'ai pas cru. J'ai pensé qu'il ne s'y connaissait pas, alors qu'il a un œil infaillible ; il a vu parfaitement juste. Pour les deux autres personnes, évidemment, je lui fais une entière confiance. Avoir de telles beautés pour ainsi dire à portée de la main, et disposer d'une aide inestimable pour entrer en relations avec elles ; et dire que cette misérable chose se met en travers et va tout réduire à néant. C'est inacceptable, que dis-je, intolérable ! »

S'étant morfondu un moment, il ferma la porte de sa chambre, baissa son pantalon, exhiba le coupable, et le considéra un moment. La colère le prit, et il se saisit d'un couteau affilé, pour lui régler son compte et en finir avec cette disgrâce. Il réussit néanmoins à se contrôler, posa le couteau et dit d'un ton de rancune : « Après tout, c'est la faute du Ciel. Toi, là-haut, si tu voulais me favoriser, il fallait le faire jusqu'au bout. Pourquoi m'avoir affligé d'une telle imperfection ! Talent ou beauté, tous mes dons sont pour le paraître, aucun n'a d'utilité concrète. Cependant, au total, mon lot ne serait pas mauvais, n'était cette partie essentielle entre toutes. Il ne t'aurait pourtant guère coûté de me la faire un brin plus longue et plus large ! Pourquoi ne pas ôter un peu du superflu des uns, pour donner aux déshérités ? Même si l'on dit que la part physique de chacun lui est assignée une fois pour toutes, pourquoi ne puis-je puiser dans mes propres ressources, prendre un peu de la matière de mes jambes et de la vigueur du reste de mon corps pour en étoffer mon organe stratégique ? De la part du créateur, quelle imprévoyance coupable ! Par sa faute, me voici condamné au supplice de Tantale. » Arrivé à ce point de ses cogitations, ses larmes jaillirent sans qu'il y prît garde. Cela lui fit du bien, et ayant pleuré son saoul, il rajusta sa tenue.

Pour chasser les idées noires, il alla faire quelques pas au dehors. C'est alors qu'il avisa une notice fraîchement placardée sur les murs du temple. S'étant approché, il lut :

« Un homme-vrai, en communication avec le ciel, est venu
Aider les hommes à être heureux en amour ;
Il peut, d'un joujou ridicule,
Faire un membre gigantesque. »

Cette annonce liminaire, rédigée en grands caractères, était suivie d'une colonne de fine écriture : « De passage pour peu de temps dans cette ville, je loge dans tel temple, telle chambre. Toute personne désireuse de bénéficier du traitement est invitée à venir sans tarder en consultation. »

Weiyangsheng, tout ragaillardi, se dit : « Les miracles existent donc ! Mon infirmité paraît normalement sans remède, et voici qu'un sauveur me tombe du ciel. » Il se précipita dans sa chambre, prépara un présent d'introduction qu'il enveloppa et scella avant de la placer dans une jolie boîte ; après quoi, il appela un de ses valets et il lui enjoignit de prendre la boîte et de le suivre.

Dans cet équipage il se rendit à la maison indiquée dans l'annonce, et il demanda à voir le mage. Celui-ci avait un extérieur singulier qui en imposait. C'était un homme âgé, au teint frais et aux cheveux gris flottant sur ses épaules. Il reçut son visiteur courtoisement et lui demanda : « Vous venez pour vous perfectionner dans la technique amoureuse. N'est-ce pas ? » « En effet », répondit Weiyangsheng. « Et, reprit le mage, que recherchez-vous en premier : la satisfaction de l'autre, ou votre propre satisfaction ? » « Permettez-moi de vous demander, rétorqua Weiyangsheng, si cela fait une différence, et laquelle. »

Le mage exposa : « De deux choses l'une : ou bien vous désirez simplement être agréable à une femme, lui faire goûter le plaisir : dans ce cas, et dans ce cas seulement, votre demande sera aisée à satisfaire. Il suffit d'absorber une drogue qui ralentira l'émission du sperme, et de s'enduire extérieurement d'un onguent aphrodisiaque qui diminuera les sensations au niveau de la verge. Ou bien vous souhaitez que le plaisir soit partagé, que les organes de l'homme et de la femme réagissent également, que chaque érection provoque de part et d'autre une sensation délicieuse, et que le tout soit couronné par une commune pâmoison ; au lit, la femme craint toujours d'arriver en retard, l'homme d'arriver en avance, et tous deux de manquer leur rendez-vous. Ce problème n'est pas impossible à résoudre, mais la solution présente de grandes difficultés et demande de la patience. On ne peut parvenir à un résultat qu'avec le secours de drogues puissantes, et il faudra vous exercer sous ma direction pendant plusieurs années ; le résultat ne se manifeste que graduellement avant de devenir définitif, ce n'est pas une recette magique qui peut produire son effet en une journée. »

Weiyangsheng reprit : « Je suis un élève incapable d'attendre aussi longtemps ; c'est dit, j'opte pour la première voie. Cependant, si je ne me trompe, j'ai lu sur votre annonce qu'il était possible de transformer l'organe lui-même et de le rendre gros et fort. Quel est donc votre procédé ? »

Le mage repartit : « Il existe différentes méthodes, en fonction du matériau de base. Premièrement, il faut considérer les mensurations primitives du membre. Secondement, l'importance de l'augmentation souhaitée. Troisièmement, il est nécessaire de s'assurer que le patient est capable d'endurance, et aussi qu'il sait à quoi il s'expose. Ces préliminaires sont indispensables avant de se lancer dans une telle opération. » « Sur tous ces points, dit Weiyangsheng, veuillez éclairer ma lanterne afin que je puisse prendre une décision en connaissance de cause. »

« Fort bien, dit le mage ; prenons le cas d'un membre assez robuste qu'on désire augmenter de façon non excessive. C'est facile, sans danger et sans douleur. On applique un onguent qui insensibilise, puis on procède à des fumigations et à des bains répétés, chaque fumigation étant suivie d'un bain, puis d'un massage et d'une élongation. Le bain et le massage le rendent plus robuste, la fumigation et l'élongation le font plus long. On peut obtenir par cette méthode, en trois jours et trois nuits, une augmentation d'un tiers. Si le membre est vraiment petit et qu'on désire une augmentation très importante, il faut recourir à la chirurgie, donc il est nécessaire que le patient soit endurant et qu'il accepte certains risques. Je vous préviens que le procédé est éprouvant et même, jusqu'à un certain point, effrayant. Si le goût des voluptés est assez fort chez le patient pour lui faire accepter les risques, voici comment on procède. On prend un chien et une chienne adultes, qu'on enferme dans une pièce vide. Ils vont s'accoupler. On intervient pour les séparer de force avant qu'ils en aient fini. Le sexe du mâle, quand il est dans celui de la femelle, gonfle jusqu'à atteindre plusieurs fois son volume initial. Même après l'émission du sperme, il reste un bon moment avant de pouvoir se retirer ; à plus forte raison, s'il n'a pas terminé son travail. Le praticien tranche le sexe du mâle, il l'extrait avec le même scalpel du vagin de la femelle, puis il y découpe quatre bandes longitudinales. Ensuite, il pratique dans le membre du patient (préalablement insensibilisé) quatre incisions profondes de haut en bas, procède aux greffes et recoud le tout. Le risque réel, chez un praticien inexpérimenté, est de léser le canal déférent, ce qui rendrait le patient impuissant à vie. Si cette opération délicate est menée à bien, après un mois de convalescence, il y a un écoulement laiteux ; le membre de l'homme est devenu semblable à celui du chien. On le soigne encore quelque temps, puis après cicatrisation complète on peut passer aux travaux pratiques. Déjà, le membre a triplé sa taille initiale ; quand il est en action, il triple encore de grosseur. Vous imaginez quel régal pour votre partenaire ! »

A ces mots, Weiyangsheng se sentit revenir à la vie. Il tomba à genoux et s'écria : « Si vous faites cela, vous serez pour moi un second père ! » Le mage se hâta de le relever, et l'assura qu'il suffisait de suivre exactement ce qui lui serait prescrit, sans qu'il soit besoin de grandes cérémonies. Weiyangsheng dit : « Je suis de ma nature fort porté sur le sexe, et mon destin est de me vouer aux femmes. Cependant, c'est la nature aussi qui m'avait fixé des bornes sévères, m'interdisant de réaliser mes aspirations. Et voici qu'il m'est donné de rencontrer un homme aux pouvoirs surnaturels. C'est bien le moins que je vous salue, tourné vers le Nord, comme l'indiquent les rites, pour avoir accédé à ma requête ! » Ensuite, il appela son valet et présenta de ses propres mains le coffret au mage, disant : « Ceci n'est qu'un cadeau d'introduction ; quand vous aurez accompli sur moi ce prodige, il va de soi que je ne serai pas ingrat. »

Le mage reprit : « Jusqu'à présent, je n'ai fait que répondre à vos questions. Il n'est pas du tout sûr que l'affaire ira plus loin. Dans ces conditions, je n'ose accepter aucun acompte. » Weiyangsheng répliqua : « La chose se fera, il n'y a aucun doute. Ma vraie nature est le plaisir des sens et pour la satisfaire, je suis fort capable de témérité. Attendez de m'avoir transformé, et vous verrez si vous avez obligé un ingrat. Quand bien même un accident surviendrait dans le cours de l'opération, eh bien, c'est que c'était écrit ; je ne vous ferai pas de reproches. A quoi bon hésiter encore ! »

Le mage reprit : « J'ai pratiqué suffisamment pour opérer mes patients en toute sécurité. Le risque ne réside pas dans l'intervention elle-même, mais dans ce qui en résultera. Cette transformation, aussi désirable qu'elle vous paraisse, présente trois sérieux inconvénients ; aussi ne convient-il pas de la décider sur un coup de tête et, de mon côté, en conscience, je me dois de vous éclairer aussi complètement que possible. Si, des trois conséquences que je vais énoncer, l'une vous paraît indésirable, il faudra renoncer à l'opération. » « Quels sont ces trois inconvénients ? » demanda Weiyangsheng.

Le mage répondit : « Le premier est le suivant : après l'opération, il faudra vous abstenir de femmes pendant trois mois ; sans quoi la greffe pourrait échouer, et la gangrène se mettre dans votre membre. Quand de prime abord, j'ai évoqué la question de votre endurance, c'est à cela que je pensais. Le second inconvénient est le suivant : après l'opération, vous devrez de vous-même renoncer à tout commerce avec de trop jeunes femmes. Une femme encore adolescente, même déjà déflorée et quand même elle aurait déjà été mère, ne pourrait avoir commerce avec vous sans de grandes difficultés ; si c'est une vierge, vous la tuerez à coup sûr – drôle de façon de lui témoigner votre amour. Il faut donc faire votre deuil des jeunes filles ; sans quoi vous vous chargerez de graves péchés, et ceux qui vous auront aidé dans cette entreprise ne seront pas moins coupables que vous. Enfin, la transformation une fois opérée, il faut savoir qu'une part de votre puissance vitale aura été consommée de ce fait, et on ne peut nullement garantir que vous pourrez encore engendrer.

Même si vous le pouvez, les enfants que vous aurez dans ces conditions risquent fort de naître malingres et débiles et de ne pas survivre au-delà de quelques années. Quand, au début de notre entretien, j'ai évoqué la question du risque, je voulais parler de ce risque, celui de rester sans descendance[18]. Autant que je peux voir, vous êtes un jeune homme plein d'avenir. Vous avez un tempérament trop ardent pour observer la continence pendant trois mois. Ensuite, vous êtes tellement porté sur les femmes que vous ne sauriez guère vous abstenir des vierges pour le restant de vos jours. Enfin, jeune comme vous êtes, vous n'avez sûrement pas encore d'héritiers, de sorte que le troisième inconvénient est encore plus radicalement insurmontable. »

Weiyangsheng repartit : « Sur ces trois points, je ne vois rien qui soit un empêchement à mes projets ; vous pouvez m'opérer sans appréhension. » « Comment est-ce possible ? » dit le mage.

Weiyangsheng répondit : « Je n'ai dans cette ville qu'un gîte précaire, et de toute façon, je dors seul nuit après nuit ; donc, le premier inconvénient n'en est pas vraiment un. En ce qui concerne le deuxième point, la virginité n'importe qu'à celui qui fait choix d'une épouse légitime ; je suis déjà pourvu de ce côté. Au surplus, les vierges, comme femmes, sont dénuées d'intérêt ; elles ne connaissent rien à rien et n'ont aucune expérience. On ne peut trouver aucun plaisir à avoir commerce avec elles. Pour les choses sérieuses, le mieux est de s'adresser à des femmes ayant entre vingt et trente ans. Il en va de même pour les plaisirs des sens que pour l'écriture et la composition littéraires : une riche nature ne dispense pas de la pratique, et un débutant inexpérimenté ne produit rien qui vaille. Voilà pour le deuxième point : non seulement il ne représente pas un obstacle, mais la limitation que vous me signalez se rencontre justement avec mes préférences. Venons-en au troisième risque, le plus sérieux selon vous, l'impuissance à engendrer un héritier. Il est indéniable que le monde en juge ainsi, mais il se trouve aussi que je diffère de l'opinion commune. Parmi les hommes en général, combien peuvent se prévaloir d'un fils digne de ce nom, je veux dire, qui leur ressemble et qui soit obéissant et dévoué ! Si on a un tel fils, à la bonne heure ; si on a un mauvais fils, il dissipera votre avoir et vous fera mourir d'apoplexie : le bel avantage ! De toute façon, sur dix humains de sexe mâle, un ou deux finiront leurs jours sans descendance, par le seul décret de la nature, sans même qu'ils aient écorné leur énergie vitale dans des opérations hasardeuses. A vrai dire, si j'en parle sur ce ton, c'est que j'ai le pressentiment que je serai moi aussi sans postérité ; qui plus est, je souhaite qu'il en soit ainsi [18]. Si, cependant, il est marqué dans ma destinée que je dois être père, je pense que l'opération me laissera suffisamment de force vitale pour accomplir ma destinée. Quant aux enfants que je pourrais avoir alors, quel âge atteindront-ils, c'est le sort aussi qui en décidera, et non moi ; je m'en préoccupe d'autant moins que je ne veux pas d'enfant. A présent, maître, ne doutez plus, et opérez sur moi, au plus tôt, cette transformation. »

Le mage, l'ayant écouté, lui dit : « Si vous êtes décidé, je suis tout prêt. Il reste à choisir un jour faste et un lieu : soit chez vous, soit chez moi. L'essentiel est que nous ne soyions pas dérangés, pour que la chose ne risque pas de s'ébruiter et causer du scandale ; d'autre part, si nous sommes épiés, cela peut nuire à la réussite de l'opération. »

« Là où j'habite, dit Weiyangsheng, ce sont allées et venues continuelles, il est impossible de s'isoler. Il serait plus judicieux d'opérer ici même. » L'affaire étant décidée en principe, le mage prit l'argent apporté par son client et le serra dans son placard. Puis il prit un almanach pour fixer une date. Le sexe mâle étant de l'ordre de l'élément « feu », leur choix s'arrêta sur un jour appartenant aussi à cet élément. Rendez-vous, donc, fut pris pour telle date. Weiyangsheng, au comble de la joie, prit congé du mage et s'en fut. Cette entrevue devait être pour lui la source de nombreux péchés. On voit par là que les secrets du lit ne peuvent guère s'enseigner, car celui qui s'applique à les étudier court grand risque d'y perdre son âme. Il n'y a pas d'exemple d'un homme qui, ayant étudié les techniques du plaisir, se soit astreint à ne les pratiquer qu'avec sa propre femme, et n'ait jamais utilisé son savoir pour aller séduire la femme d'autrui.

---

17. Et non leur insolence : une concubine achetée à prix d'argent, sans que soient accomplis des rites matrimoniaux complets, est considérée dans la coutume ni plus ni moins que comme la servante de son mari ; qu'elle ait ou non des enfants, elle n'est pas protégée par le statut de mère de famille, qui revient de droit à l'épouse légitime, seule investie aux yeux des ancêtres de la responsabilité de perpétuer la lignée.

18. Rester sans descendance : le cas le plus grave d'impiété filiale pour la morale traditionnelle (*Livre de Mengzi*, chapitre 4, A, alinéa 26). L'insouciance que manifeste à ce sujet Weiyangsheng est donc plus que simple « non-conformisme » : c'est l'équivalent d'un blasphème et la marque même de l'amoralisme. D'où l'étonnement du magicien.

Chapitre 8

Trois mois de souffrances pour éblouir son ami ; négociation serrée pour faire pencher la balance en sa faveur.

Ayant pris congé du mage, Weiyangsheng s'en retourna au temple, et il se coucha seul dans sa chambre. Il commença à caresser dans son esprit les perspectives grandioses qui s'ouvriraient devant lui, une fois réalisée cette mirifique transformation ; il s'échauffa tant en y pensant, qu'il en fut incommodé, et ne put faire autrement que d'appeler l'un de ses jeunes valets pour qu'il passe la nuit à ses côtés. Il avait coutume de se servir d'eux comme de femmes et d'assouvir sur eux ses désirs en toute liberté. L'un d'eux répondait au nom de « Coffre-de-Livres », l'autre à celui de « Fourreau d'Epée ». Coffre-de-Livres avait seize ans ; comme il savait un peu lire, Weiyangsheng l'avait préposé au soin de sa bibliothèque ; de là, le nom qu'il lui donnait. Quant à Fourreau-d'Epée, il avait dix-huit ans et il était investi de la garde d'une épée antique que possédait son maître. Tous deux étaient de tournure avenante et bien faits de leur personne. Seulement, Fourreau-d'Epée ne savait pas se montrer assez complaisant pour que Weiyangsheng, qui recourait néanmoins fréquemment à ses services, en fût entièrement satisfait. Coffre-de-Livres, plus malin de nature, avait, quand il était au lit avec son maître, toutes sortes de prévenances ; il savait relever les fesses au bon moment et même émettre quelques râles de plaisir, comportement qui lui valait l'affection de Weiyangsheng. Ce soir-là, donc, ce fut lui que Weiyangsheng fit venir, et il s'en donna avec lui à cœur joie. Le garçon attendit que son maître fût fatigué, puis il lui dit : « Ces temps-ci, vous nous négligez totalement pour ne penser qu'aux femmes. D'où vient que, ce soir, il vous ait pris cette fantaisie ?... » Weiyangsheng rétorqua gaiement : « Ce soir n'est pas un soir comme les autres ; ce soir, c'est une soirée d'adieux. » « Comment ! dit le garçon, est-ce que vous songeriez à me vendre ? »

« Quelle idée ! s'exclama Weiyangsheng, comment pourrais-je consentir à me séparer de toi ! Il ne s'agit pas d'adieux entre moi et toi, mais entre mon organe et ton postérieur. » Puis il lui narra en détail le projet de sa transformation, et les espérances grandioses qu'il en concevait. « Ainsi donc, dit Coffre-de-Livres, tu auras l'outil qui te man-quait pour aller à ta guise séduire les femmes. Quant à mon postérieur, il ne te sera plus bon à rien. » « C'est bien cela », dit légèrement Weiyangsheng. L'autre reprit : « Quand donc tu iras à un rendez-vous galant, tu auras encore besoin d'un complice pour protéger entrée et sortie et avertir en cas de danger. Emmène-moi avec toi ; là où tu iras, s'il se trouve des femmes plus qu'il ne t'en faut, qu'elles ne soient pas perdues pour tout le monde : donne-m'en une en récompense, pour que j'aie dans ma vie l'occasion de goûter aussi aux voluptés féminines. Ainsi je n'aurai pas servi en vain un maître aussi libertin que toi. » « Rien de plus facile, dit Weiyangsheng. Quand le général fait bombance, aucun de ses soldats resterait-il le ventre creux ? Quand la maîtresse des lieux couchera avec moi, tu pourras à ton gré aller avec ses servantes. Ce n'est pas une que tu auras de la sorte, mais des dizaines ! » A ces mots, le garçon joyeux à l'extrême, s'écria : « Puisque tu m'as fait tes adieux, je tiens moi aussi à prendre dignement congé » ; se renversant sur le dos, il reçut son maître en « chandelle », puis il sortit du lit, tandis que Weiyangsheng sombrait dans un sommeil réparateur.

Le lendemain, Weiyangsheng alla acheter un chien mâle de robuste constitution, ainsi qu'une chienne. Ayant vérifié qu'ils pouvaient s'accoupler, il les enferma séparément et les nourrit dans les dépendances du temple. Au jour dit, il enjoignit à Coffre-de-Livres de prendre les chiens en laisse, et ainsi escorté il se mit en route, non sans avoir commandé à Fourreau-d'Epée de préparer un repas et de le porter sans tarder à telle adresse.

Le mage logeait en un endroit isolé, fort propice à leur dessein. A l'arrivée de Weiyangsheng, il lui fit présenter son organe, et il appliqua dessus un puissant anesthésique local[19]. Weiyangsheng eut la sensation d'être aspergé d'eau froide, puis, plus rien. Il pouvait le tâter, le gratter sans provoquer la moindre sensation, c'était exactement comme s'il avait perdu son membre. Cela le tranquillisa aussitôt : il fut assuré que l'opération se déroulerait sans douleur. Le repas arriva, et docteur et patient goûtèrent les mets, laissant les chiens, de leur côté, s'ébattre tout à leur aise. Comment se seraient-ils doutés que leur maître ne les avait amenés en ce lieu tranquille que pour leur tendre un guet-apens infâme !

On les avait lâchés avec la laisse attachée au collier. Quand le mage vit qu'il étaient en pleine copulation, il dit aux deux serviteurs de prendre chacun une laisse et de les séparer. Le mâle se mit à aboyer désespérément, tout en resserrant son étreinte du plus qu'il pouvait ; la femelle de même, tout en poussant de hauts cris, raidit l'arrière-train pour retenir son partenaire. A ce moment, le mage empoignant le scalpel, trancha le membre en érection du chien, puis toujours au scalpel il ouvrit le vagin de la chienne pour en retirer son butin. Rapidement, il préleva dans les tissus quatre bandes longitudinales, puis d'un même mouvement, il pratiqua quatre incisions sur Weiyangsheng ; enfin il inséra les morceaux de chair dans les incisions. La greffe terminée, il appliqua sur le membre une lotion cicatrisante, puis avec un mouchoir fit un pansement serré.

L'opération n'avait pas duré un quart d'heure ; après quoi, patient et médecin s'attablèrent de nouveau pour se réconforter et se congratuler mutuellement, vidant force coupes et faisant honneur au repas. Ce soir-là, le mage retint chez lui Weiyangsheng, ce qui lui permit encore de lui enseigner mainte ruse de guerre.

Le lendemain, Weiyangsheng regagna le temple pour passer les trois mois de convalescence. Celle-ci ne fut pas aussi pénible qu'il l'aurait cru : toute pensée de luxure semblait évanouie, et il ne fut pas même tenté une fois d'admirer son organe mis à neuf. Les trois mois écoulés, il enleva le pansement, se lava, et s'étant examiné, il se dit avec jubilation : « Dieux, qu'il est énorme ! Aucun rapport avec ce qui précédait. Avec un tel engin, l'univers entier n'a qu'à bien se tenir ! »

Quelques jours plus tard, alors qu'il sortait dans la rue, il tomba sur Sai-Kunlun. Celui-ci, l'ayant salué, lui dit : « Cela fait longtemps que vous n'êtes sorti, je vois que vous restez au calme occupé du seul souci de l'étude. Certainement, le succès ne saurait tarder à couronner vos efforts. »

« Pour ce qui est de mes études, rétorqua Weiyangsheng, nous en sommes toujours au même point. C'est dans la maîtrise des exercices du lit que je crois avoir franchi une étape décisive. »

Sai-Kunlun sourit. « Quand le fonds est médiocre, dit-il, même un effort surhumain ne saurait obtenir le succès. »

« Allons ! dit Weiyangsheng, de votre part, mon cher, voilà qui n'est pas bien. Quand on ne s'est pas vus de trois jours, il convient de se bien traiter quand on se retrouve. A plus forte raison, quand on est resté sans nouvelles l'un de l'autre pendant trois mois. N'ai-je pu faire quelque progrès dans l'intervalle ? Un gamin haut d'une toise se transforme un beau jour en grand garçon ; le plus roué séducteur a commencé comme une jeune fille à marier. C'est seulement chez un mort que les organes ne peuvent que rétrécir. Tant qu'il y a de la vie, il y a de l'espoir ! »

« Quoi que vous puissiez dire, repartit Sai-Kunlun, je n'en crois pas un mot. Chez un gamin de treize ou quatorze ans, dont les testicules ne fonctionnent pas encore, la verge peut certes grandir de jour en jour. Mais, comment en irait-il encore de même quand on a passé vingt ans ! S'il y a encore un accroissement, il est imperceptible et se mesure en fils et en cheveux, non pas même en dixièmes de pouce. » « Même un pouce, rétorqua Weiyangsheng, ne suffirait pas à décrire son accroissement. » « Impossible ! s'exclama Sai-Kunlun. En ce monde, la fortune d'un particulier peut s'accroître subitement, mais non point ce trésor intime. Prouvez-moi donc vos dires en me montrant de quoi il s'agit. »

« La dernière fois que je vous l'ai montré, dit Weiyangsheng, j'ai essuyé vos sarcasmes ; comment oserais-je recommencer ! » « Allons, dit Sai-Kunlun, ne soyez pas rancunier, et dépêchez-vous, je grille d'impatience. Si réellement il y a progrès, je lui présenterai de plates excuses. » « Ce n'est pas ce qui lui importe, reprit Weiyangsheng ; il faudra lui exprimer vos regrets d'une façon concrète et tangible, lui fournir l'occasion d'éprouver sa vigueur et l'encourager pour l'avenir. Ainsi, lui et moi saurons que vous êtes capable de distinguer le mérite. » « Assurément, dit Sai-Kunlun, s'il en est comme vous dites, j'irai sans manquer au bout de ma promesse. » « Que ne le disiez-vous plus tôt ! En ce cas, je n'ai plus qu'à m'exécuter. »

Weiyangsheng retroussa sa robe et et l'attacha provisoirement à sa ceinture, puis abaissant son pantalon, il présenta son bijou à deux mains, tout à fait comme un Persan qui apporte un objet précieux, et disant : « Y a-t-il progrès ou non ? Jugez-en ! »

Sai-Kunlun était à quelque distance ; il se frotta les yeux, soupçonnant une supercherie : « Aurait-il suspendu à sa ceinture le membre d'un âne ?... » , puis s'approchant, il regarda avec attention et se convainquit que c'était la vérité. Incapable de dissimuler sa stupeur, il demanda : « Comment diantre avez-vous fait pour donner une telle vigueur à un organe faiblard et étiolé ? »

« Allez savoir ! dit Weiyangsheng égayé, vos mépris l'ont aiguillonné, sans doute, car il s'est rebiffé comme s'il avait un défi à relever, sans que même moi puisse rien pour l'en empêcher. » « N'essayez pas de m'abuser, reprit Sai-Kunlun. J'aperçois des cicatrices récentes sur les quatre faces, et la peau est par endroits d'une autre couleur. Par quel artifice avez-vous obtenu un tel résultat ? Dites-le moi sans détour. » Ainsi poussé dans ses retranchements, Weiyangsheng lui fit le récit détaillé de sa métamorphose. Sai-Kunlun lui dit : « Je vois que rien ne peut arrêter votre funeste penchant. De mon côté, je n'ai plus qu'à m'exécuter. Allons de ce pas ensemble chez notre belle tisseuse, et voyons à ourdir une intrigue efficace. » Au comble de la joie, Weiyangsheng prit le temps de s'habiller, se coiffa de neuf, puis il sortit avec son ami.

Quand ils furent rendus dans le voisinage, Sai-Kunlun dit à Weiyangsheng de l'attendre un moment, tandis qu'il irait aux nouvelles. Il revint peu après et annonça : « Félicitations ! Dès ce soir vous pourrez parvenir à vos fins. » « Je ne l'ai pas encore vue, dit Weiyangsheng étonné, et vous dites que nous coucherons ensemble cette nuit ? » « J'ai interrogé les voisins, répondit Sai-Kunlun, ils m'ont dit que le mari avait affaire au loin et qu'il n'était pas attendu avant dix jours. Allons-y ! Si elle a de l'inclination pour toi, je me fais fort de te faire entrer ce soir même chez elle. Et après, vous aurez dix jours devant vous pour en prendre à votre aise. »

Tous deux se rendirent en hâte chez la tisseuse de soie. Sai-Kunlun souleva la portière et ils entrèrent en demandant bien haut : « Maître Quan est-il céans ? » « Il n'y est pas », dit la femme. « Nous étions venus, dit Sai-Kunlun, pour faire emplette de quelques livres de soie. Que ferons-nous, si le patron n'y est pas ? »[20] « Vous pouvez aller ailleurs », dit-elle. Weiyangsheng prit la parole. « Je crains, dit-il, de n'en pouvoir trouver ailleurs qui soit aussi belle. Je suis votre client de longue date, et il me déplairait d'aller chez d'autres que vous. » « Si vous êtes client chez nous, dit-elle, d'où vient que je ne vous remets pas ? »

Sai-Kunlun reprit la parole. « Je suis venu l'été dernier, chère Madame, pour vous acheter de la soie. Et, de même, il se trouvait que le patron était dehors : de sorte que, cette fois déjà, j'avais traité directement avec vous. Souvenez-vous : vous avez pris un rouleau sur l'étagère, et vous me l'avez vendu. Auriez-vous oublié ? » « En effet, dit-elle, je m'en souviens. »

« Puisque vous vous en souvenez, dit Weiyangsheng, vous voyez bien que nous ne sommes pas des escrocs. Avez-vous encore de la soie à vendre, Madame ? Pourquoi refuser des clients et les envoyer ailleurs ? » « Il y en a ici, quelques livres, dit-elle ; je ne sais si elle vous conviendra. » « Aucun danger de ce côté, dit Weiyangsheng, la soie tissée dans cette maison me convient forcément ; je crains seulement qu'elle soit trop belle et trop chère pour un sans-le-sou comme moi. » « C'est entendu, dit-elle, je vais la chercher ; ne restez pas debout, je vous en prie. »

Sai-Kunlun, pour lui faciliter les choses, fit asseoir Weiyangsheng devant, tandis que lui-même prenait place derrière lui. Cette femme revint avec un rouleau d'étoffe et elle le tendit à Weiyangsheng. Celui-ci dit aussitôt : « Cette soie est trop jaune. » Ayant pris le tissu entre ses mains, il l'examina attentivement et dit : « C'est étrange. Quand la soie est entre vos mains, elle paraît jaune ; entre les miennes, elle paraît blanche. Comment cela s'explique-t-il ? » Il fit mine de réfléchir, puis reprit : « J'y suis ! Vos mains sont extrêmement blanches, si bien que la soie paraît jaune par contraste. Les miennes sont noires, si bien que la soie paraît blanche à côté. »

A ces mots, la femme jeta un coup d'œil sur les mains du visiteur. Elle demeura pensive un moment, puis elle dit : « Vos mains, monsieur, ne sont pas ce qu'on appelle noires. » Ce disant, elle conservait sa mine naturelle, sérieuse et réfléchie, sans la moindre inflexion badine. Sai-Kunlun prit la parole : « Si on les compare aux nôtres, ses mains ne peuvent être appelées noires ; si on les compare aux vôtres, Madame, on ne peut dire non plus qu'elles sont blanches. » « Puisque la soie est blanche, reprit-elle, qui vous retient à présent d'acheter ? » « Mes mains la font paraître blanche, dit Weiyangsheng, alors qu'elle ne l'est pas réellement. De la soie vraiment belle serait de la couleur de vos mains ; en avez-vous de cette couleur, Madame ? » « Où donc, dit Sai-Kunlun, pourrait-on en trouver de semblable ! Si on en trouve d'aussi blanche que ton visage, ce sera déjà bien. » A ces mots, la femme jeta les yeux sur le visage de Weiyangsheng. Elle demeura encore pensive un moment, puis se déridant enfin, elle dit à Weiyangsheng gaiement : « Je crains seulement qu'il n'y en ait au monde de pareille. »

Le lecteur se demandera peut-être pourquoi elle avait attendu tout ce temps pour se mettre au diapason. La raison en est qu'elle était myope, elle n'y voyait pas à deux pieds de distance. Quand Weiyangsheng était entré, elle l'avait pris pour un chaland ordinaire. Quand il avait évoqué son impécuniosité, elle avait compris aussitôt que c'était un lettré, mais ne lui avait pas jeté un regard pour autant. En effet, regarder quelqu'un représentait pour elle un effort fatigant, et elle n'en prenait pas la peine pour le premier quidam venu. D'autre part, quand une femme rencontre quelqu'un qui lui plaît, il en va d'elle comme d'un homme dans la même situation : voulant aller jusqu'au bout, elle regarde où elle met les pieds. Une femme sensuelle qui a une vision normale, est touchée chaque fois qu'elle aperçoit un beau jeune homme ; il est peu probable qu'elle demeure chaste sa vie durant. C'est pourquoi le Créateur a attribué à certaines ces yeux myopes, afin que leur mari excepté, elles ne distinguent personne clairement, fût-il Pan An ou Song Yu[21] ; ce léger défaut leur épargne bien des déboires. Il s'ensuit que les femmes myopes sont généralement chastes, et commettent rarement l'adultère. Quant à celle dont il s'agit, si les visiteurs n'avaient attiré son attention par quelques phrases tournées à dessein, on aurait pu rester planté devant elle jusqu'au soir à essayer toute sorte de manège : elle, de son côté, serait demeurée pendant ce temps au milieu d'un nuage, sans s'apercevoir de rien. Mais elle n'eut pas plus tôt regardé les mains et le visage de son client, que son cœur fut troublé. Hésitante, elle dit à Weiyangsheng : « Désirez-vous pour de bon acheter ? Il me reste dans la chambre un rouleau de première qualité. Rien de plus simple que de vous le montrer. » « Nous sommes venus exprès pour cela, dit Weiyangsheng ; bien sûr que nous voulons acheter. Allez vite le chercher. »

S'étant absentée un moment, elle revint avec un rouleau de soie. De plus, sa servante ayant apporté deux tasses de thé, elle les leur offrit. Weiyangsheng n'en but que la moitié, par déférence et pour indiquer qu'il restait sur sa soif. La femme s'en aperçut et elle sourit avant de lui tendre la soie. En la prenant, il appuya sa main, comme par mégarde, sur celle de la jeune femme. Celle-ci en retour, comme si de rien n'était, marqua de son ongle la main de Weiyangsheng.

« Voilà tout justement ce qu'il nous fallait, dit Sai-Kunlun ; nous achetons », et il passa à son ami le paquet contenant l'argent. Weiyangsheng pesa l'argent sans discuter, selon le prix annoncé par Sai-Kunlun, et l'ayant pesé, il le remit à la jeune femme. Celle-ci leur dit : « Ces lingots ont belle figure, mais je crains qu'ils ne soient pas de bon poids. » Weiyangsheng repartit : « Si vous avez un doute à ce sujet, laissons ici la soie et les lingots et ouvrons-en un ce soir même pour en avoir le cœur net. Qu'en dites-vous ? Ce n'est pas forfanterie, Madame, nos lingots sont de bon métal, le dedans ne diffère en rien du dehors. » La femme répliqua : « Trop de précautions ne sert de rien. Si vraiment cet argent est bon, nous pourrons encore à l'avenir traiter ensemble. Sinon, nous n'aurons eu qu'une fois affaire l'un avec l'autre. »

Sai-Kunlun prit la soie sur son épaule et il entraîna Weiyangsheng. Sur le point de sortir, celui-ci regarda encore plusieurs fois la jeune femme à la dérobée. Quoiqu'elle ne pût rencontrer son regard, elle perçut fort bien son intention ; rétrécissant ses yeux d'une façon qui voulait dire « J'ai compris », elle arbora une expression mi-souriante, mi-songeuse, qui était pour lui pleine de promesses.

De retour chez lui, Weiyangsheng dit à son ami : « La partie est gagnée aux huit ou neuf dixièmes. Ce soir, comment ferons-nous pour entrer chez elle ? » « J'ai étudié la question, figure-toi, dit Sai-Kunlun. Elle est seule chez elle, si l'on fait abstraction de cette petite bonne de onze ou douze ans qui s'endort le soir sitôt la tête sur l'oreiller. J'ai examiné la maison ; elle est sans étage, couverte de tuiles. Il suffit que je te fasse la courte échelle, une fois sur le toit tu déplaceras quelques tuiles et une solive, et tu tomberas carrément du ciel. » « Si, cependant, un voisin nous entend, dit Weiyangsheng, et que tout le monde se mette à crier au voleur, que ferons-nous ? » « Je serai là, dit Sai-Kunlun, inutile de t'inquiéter. Pense seulement à ce qu'elle t'a dit. Si tu ne lui donnes pas satisfaction, souviens-toi, vous n'aurez pas affaire ensemble une seconde fois ! Tâche de te montrer à la hauteur et de ne pas te faire recaler, il n'y a pas de session de rattrapage. » « Sur ce point, dit Weiyangsheng, tu n'as pas de souci à te faire. »

Tous deux sourirent, impatients d'arriver à l'heure où le Corbeau d'Or descend à l'ouest, et où se lève à l'est le Lapin de Jade[22], afin de pouvoir pénétrer dans la salle d'examen. Cependant, ils ne connaissaient pas la méthode usuelle de cet examinateur, et c'est seulement quand leur serait annoncé le sujet de l'épreuve qu'ils devaient être fixés sur ce point.

---

19. Anesthésique : le mot *ma* est employé ici dans le sens général d'« insensibiliser, anesthésier » (*mamu*). D'après le contexte, le produit employé pourrait être de l'éther. La science des anesthésiques semble s'être développée de bonne heure en Chine, si l'on en croit certains détails rapportés dans la biographie du médecin Hua Tuo, incluse dans la *Chronique des Trois Royaumes* de Chen Shou (233-297).

20. Acheter de la soie : cf. note 15 ci-dessus. Tout au long du passage, l'allusion est transparente pour les protagonistes et perdure de phrase en phrase.

21. Pan An : cf. note 7 ci-dessus.
Song Yu : du royaume antique de Chu.

22. Le Corbeau d'Or et le Lapin de Jade : ils résident respectivement dans le soleil et dans la lune, qu'ils servent à désigner par métonymie.

Chapitre 9

Pour posséder la quintessence du plaisir, miser avant tout sur la dimension de l'organe ;
partager l'excédent tout en conservant un privilège d'antériorité.

L'épouse de Quan le Brave avait reçu de ses parents le nom de Yenfang, quelque chose comme « Parfum d'Amour ». Elle était fille d'un lettré de village, qui lui avait montré à lire et à écrire dès sa tendre enfance. Elle était d'une nature vive et intelligente. Comme elle était, en outre, d'une beauté peu commune, ses parents se montrèrent difficiles quand vint le moment de la fiancer. A seize ans, elle fut demandée en mariage par un jeune homme qui avait été reçu premier aux examens du canton. Le père, voyant en lui un parti prometteur, donna son accord. Hélas ! Après un an de mariage, cet homme rongé de consomption, s'éteignit. Yenfang observa le veuvage une année, puis elle épousa en secondes noces Quan le Brave. Quoique d'un tempérament très vif, c'était une personne pleine de sens ; chaque fois qu'elle observait une femme, prise au piège de la passion, se perdre par son inconduite, elle ne manquait pas de rire d'elle dans son dos, disant à ses amies : « Nos défauts dans une vie antérieure nous ont valu de renaître femmes et d'être condamnées, dans cette vie-ci, à la réclusion perpétuelle, avec pour toute distraction le lit conjugal. Est-ce que la vertu, pour une bonne épouse, consiste à être frigide ? L'homme et la femme sont créés tels qu'ils sont par la loi sacrée de la nature ; ils sont unis l'un à l'autre par la volonté des parents : pourquoi donc ne trouveraient-ils pas leur plaisir ensemble ! Pour une femme, chercher le bonheur hors du lien conjugal, c'est offenser les mœurs et sortir du lot qui lui est imparti. Si son mari vient à l'apprendre, coups et insultes s'ensuivront forcément ; si des tiers ont vent de l'affaire, elle sera la cible des cancans. Mais ne parlons pas des à-côté, et tenons-nous en à la chose même. Ou l'on s'abstient de l'œuvre de chair, et par là même, de bien des sortes d'ennui ; ou bien, si l'on s'y adonne, du moins faut-il que cela en vaille la peine. En définitive, faire l'amour avec son propre mari est d'un meilleur rapport. On se dévêt, on s'installe au lit confortablement, on a sa tête toute à soi, nulle inquiétude ne vous trouble, et on peut procéder tout à sa guise, sans rien brusquer, jusqu'à la récompense finale. Tandis qu'avec un autre homme, on se rencontre à la hâte, au milieu des affres et des trépidations, sans autre dessein que d'en finir au plus vite. Quel intérêt ? Quel plaisir ? En outre, on est obligé d'user de l'occasion quand elle se présente, d'imposer silence à ses propres désirs, de sorte qu'on doit tantôt endurer la famine, tantôt se rassasier sans appétit : un régime à vous rendre malade ! Pourquoi donc, on se le demande, la femme adultère, lorsqu'il était temps pour elle de prendre un époux, n'a-t-elle pas appliqué les critères qu'elle applique ensuite pour faire choix d'un amant : soit que fascinée par un vain prestige, elle jette son dévolu sur un homme cultivé ; soit qu'attirée par l'apparence physique, elle opte pour le plus décoratif de ses soupirants ; soit qu'à mon exemple, ayant en vue les délices du lit conjugal, elle choisisse un esprit positif, robuste et d'une vitalité à toute épreuve. Ainsi, elle ne sera pas obligée par la suite de laisser tomber son mari pour aller chercher ailleurs. » Ses compagnes, l'entendant raisonner de la sorte, se disaient que c'étaient là paroles mûrement réfléchies et dictées par l'expérience.

Cependant, Yenfang elle-même, quand elle était encore jeune fille, ne méprisait point le prestige social, elle n'était pas indifférente à la beauté, et elle escomptait en outre tirer du lit conjugal le meilleur parti possible. De fait, son premier époux semblait en tout accompli ; si ce n'est (quelle déconvenue !) que son organe était minime et son endurance réduite. Quand il montait en selle, tous deux n'avaient pas eu le temps de s'échauffer que déjà il lui fallait redescendre. Yenfang était d'un tempérament passionné : comment aurait-elle accepté de se voir ainsi traitée ! Aussi l'encourageait-elle par tous les moyens. Elle ignorait qu'il ne faut pas trop demander à une faible constitution. Le régime qu'elle lui faisait l'ayant épuisé, un an de mariage eut raison du malheureux : il mourut de consomption. Cette expérience rendit Yenfang plus circonspecte sur les deux chapitres du talent et de la beauté physique, qu'elle considéra dès lors comme denrées flatteuses au regard, mais impropres à la consommation. Elle se dit que, puisqu'on ne pouvait tout avoir, mieux valait encore se passer de ces vanités superflues et s'en tenir au solide. Cette philosophie trouva à s'exercer dans le choix d'un second époux. Rencontrant en Quan un être doté d'un physique grossier et fruste, avec une santé robuste et une énergie entière comme celle d'un loup ou d'un tigre, elle comprit que c'était l'homme qu'il lui fallait et sans s'enquérir seulement s'il avait de quoi vivre, elle l'épousa.

Séduite par sa vigueur extérieure, elle ignorait encore tout de sa panoplie ; elle s'était dit, au surplus, que l'énergie virile ne se mesure pas à la longueur de la hallebarde ou à la largeur de la hache, et qu'elle n'a pas besoin d'elles pour triompher : il lui suffira d'une épée courte, d'une lame mince, pour tailler en pièces les rangs ennemis. Comment donc aurait-elle imaginé un équipement aussi formidable ! Elle fut heureuse au-delà de toute espérance. C'est pourquoi, le mariage une fois consommé, sa résolution fut prise, et elle se donna à lui sans arrière-pensée.

Quan rapportait chez lui, au jour le jour, de quoi vivre ; la soie tissée par sa femme à la maison leur permettait tous deux de mener une vie tranquille, sans éclat comme sans histoires. Et voilà que, ce jour-là, elle avait soulevé sa portière pour échanger quelques propos avec sa voisine, au moment même où Weiyangsheng passait dans la rue. Les regards pleins de convoitise qu'il lui avait décochés n'avaient pas même été remarqués : ce jour-là, une silhouette avait traversé le champ de vision de Yenfang dans un sens, puis dans l'autre ; elle n'avait aucune idée de son apparence, et ne s'en souciait guère. Dans le même temps, cependant, sa voisine avait fait de tout autres constatations. Cette femme avait une trentaine d'années et elle gagnait sa vie de la même façon que Yenfang ; leurs maris allaient ensemble acheter le fil et vendre le tissu et quoiqu'ils ne fussent pas véritablement associés, ils étaient comme compères qui travaillent ensemble. Cette femme, quoique laide de visage, était d'une nature sensuelle qui ne trouvait pas à s'assouvir. Avec une enseigne aussi moche, elle n'attirait pas le chaland ; d'autre part, étant affligée d'un mari brutal qui la battait et l'insultait pour la moindre peccadille, elle ne pouvait faire autrement que rester dans le droit chemin. Quand Weiyangsheng fut parti, elle courut chez Yenfang et lui dit : « As-tu vu cet homme qui est venu et reparti ? Il est fait comme un dieu et il t'a regardée deux fois. L'as-tu seulement remarqué ? »

« Tu sais bien, dit Yenfang, que je ne puis voir distinctement les gens qui passent dans la rue. De plus, quand je suis assise à travailler dans cette pièce, il ne s'écoule pas une journée sans que plusieurs hommes viennent me regarder à travers la portière. Grand bien leur fasse, tant qu'ils sont ! Qu'ai-je à faire de les remarquer ? » « Certes, dit la voisine, je comprends qu'une femme comme toi ne lève pas les yeux sur le tout-venant ; mais pour celui dont je parle, même si on devait le regarder fixement trois jours et trois nuits d'affilée, on ne le regretterait pas. » « Que me dis-tu là ! fit Yenfang en riant, à t'en croire, ce serait donc un phénix dépassant d'une tête la commune humanité ? » « Une tête ! s'exclama la voisine, alors qu'il représente douze hommes à lui seul ! Depuis le temps que je reste debout devant ma porte, je n'ai jamais vu un homme aussi bien fait. Son teint est d'une blancheur merveilleuse. Sourcils, yeux, nez, oreilles, tout chez lui est fait à ravir. Toute sa personne respire la beauté et l'élégance. En peinture, on peut trouver une figure telle que la sienne, non cette suprême grâce d'allure. Quiconque l'a vu une fois n'est pas près de l'oublier ! » « Que vous êtes drôle, répliqua Yenfang. Il a fait sur vous une impression bien vive. Toutefois, je ne puis croire qu'il existe au monde d'homme tel que vous le décrivez. Même s'il existait, d'ailleurs, il n'y aurait rien de commun entre nous. Pourquoi perdrais-je mon temps à penser à lui ? » « Que tu penses à lui ou non, repartit la voisine, lui semblait éperdu d'admiration à te regarder, tant qu'il n'arrivait pas à s'arracher du pas de ta porte. Sachant qu'il ne pouvait rester planté là, il s'est finalement éloigné à pas lents, mais pour revenir aussitôt après. Au moment de partir pour de bon, c'était un crève-cœur de le voir. Le pauvre garçon ! Ne pouvant le distinguer, bien sûr, tu ne lui as pas prêté attention. Moi, qui l'ai vu, je vais sûrement tomber malade de langueur en ton lieu et place. » Yenfang lui dit par raillerie : « Je crains bien aussi que tu ne me racontes tout cela que pour t'épancher. Tu as le béguin pour lui, c'est clair, et tu n'oses le dire carrément, c'est pourquoi tu m'inventes cet amoureux dont je n'ai que faire. » « Cette idée ! répliqua la voisine, comme s'il était venu pour mes beaux yeux ! C'est bien de vous qu'il s'agit, et non de moi. Je parie qu'il repassera d'ici peu par ici. Quand je l'apercevrai de loin, je viendrai vous avertir. Vous pourrez alors sortir sur le pas de la porte, comme cela, primo, vous le verrez ; secundo, vous lui permettrez de vous regarder. » « C'est cela, dit Yenfang, nous en reparlerons à ce moment-là. » La voisine continua sur ce ton un bon moment, puis elle s'en retourna chez elle.

Le surlendemain, la curiosité de Yenfang s'était éveillée et elle attendait qu'il revienne. Mais, de nombreux jours s'étant écoulés sans qu'on le vît reparaître, elle n'y pensa plus. C'est seulement en recevant des clients chez elle, quand elle jeta les yeux sur l'un d'eux et fut frappée de sa beauté, qu'elle se remémora les dires de sa voisine.

Après le départ, elle demeura songeuse et se dit : « Celui dont elle m'a parlé, qui serait-ce sinon lui ? Pour ce qui est de l'apparence physique, il est certainement hors pair. Reste que j'ignore tout de ses capacités. Il s'est arrangé pour me dire qu'il allait revenir ce soir faire un essai. S'il se présente effectivement ce soir, le renverrai-je ? Le garderai-je ? C'est ma réputation qui est à présent dans la balance ; il ne faut pas se déterminer à la légère. »

Elle en était là de ses réflexions quand elle vit venir la voisine d'en-face qui l'apostropha : « Reconnais-tu cet homme qui est sorti à l'instant de chez toi avec un ballot de soie ? » « Non, dit Yenfang, je ne le connais pas. » « C'est, dit-elle, celui dont je t'ai parlé l'autre jour. Se peut-il que tu n'aies pas de toi-même fait le rapprochement ? Où au monde trouverait-on son pareil ? » « Quant à sa beauté, je ne puis la nier, dit Yenfang ; mais il me paraît bien léger, un coureur de jupons plutôt qu'un vrai gentilhomme. » « Vous êtes par trop prude, repartit sa commère. De toute façon, 'un vrai gentilhomme' ne saurait abaisser les yeux sur une femme, pas vrai ? Notre clientèle à nous autres se compose de gens normaux et inutile de les mettre dans une balance pour calculer en livres et en onces leur gravité ou leur légèreté. » « C'est bien dit, je le reconnais, répondit Yenfang. Cependant, encore faut-il ne pas perdre la tête et savoir se tenir en présence d'autrui. Tout à l'heure, ce jeune homme s'est livré à un tas de manèges équivoques ; heureusement pour lui que mon mari n'était pas à la maison. » « Quels manèges ? Qu'a-t-il dit ? s'exclama la voisine. Raconte-moi tout. » « Il n'inspire pas confiance, voilà tout, dit Yenfang. Que puis-je dire de plus ! »

La voisine voulait absolument en savoir davantage. Frémissant d'impatience, elle porta les mains sur Yenfang, la chahutant et la pinçant pour l'obliger à passer aux aveux. Ne pouvant s'en défaire, Yenfang finit par dire : « Ils étaient deux, que voulez-vous qu'il y ait eu, sinon des paroles équivoques et des coups d'œil destinés à enjôler le monde. » « En ce cas, dit la voisine, tu as dû l'encourager de quelque manière. » « Je ne l'ai pas mis à la porte, dit Yenfang, c'était déjà beaucoup. » « C'est que tu as le cœur singulièrement sec, alors, dit la voisine. Comment ! Une femme telle que toi, un homme tel que lui, mais la nature elle-même vous a faits l'un pour l'autre ! Vous auriez dû vous épouser. Il est trop tard ; il ne reste qu'à parvenir au même but par un autre moyen. A dire le vrai, le père Quan n'est du tout digne de toi : une fleur dans tout son éclat, échouée là sur un tas de fumier, n'est-ce pas malheureux ! Mais, trêve de soupirs. S'il revient, je suis prête à traverser encore la rue pour prendre langue avec lui et te faciliter les choses (NdT : en ménageant ta pudeur). Si vous pouvez avoir entrevue sans témoins, une ou deux fois, vous aurez eu du moins une vie digne d'être vécue. »

Tandis que cette femme parlait, Yenfang se disait : « Il est clair qu'elle est extrêmement éprise. Si je noue une liaison avec lui et qu'elle ne glane pas quelques miettes pour son propre compte, qui sait si elle n'ira pas me créer des ennuis ? D'autre part, j'ignore si ce garçon vaut qu'on se compromette pour lui. Le mieux est de la laisser faire l'essai à ma place. Si l'épreuve est concluante, j'aurai simplement différé mon entrée en scène ; comme rivale, elle n'est pas à redouter de toute façon. S'il n'est pas à la hauteur, je ferai irruption, je le mettrai dehors, et honni soit qui mal y pense. »

Son idée une fois arrêtée, elle répondit : « Non, je ne peux pas faire cela. S'il revient, ce n'est pas vous qui me servirez dans cette intrigue : c'est moi qui vous réunirai et qui vous payerai à tous deux quelques moments mémorables. Qu'en dis-tu ? » « Quelle idée ! dit la voisine. A supposer que ces paroles reflètent bien le fond de votre pensée, comment pourrait-il se prêter à ce jeu, connaissant ma laideur ! Si vous avez tant de bonté à mon égard, convenons d'une ruse : au bout d'une ou deux nuits, je viendrai vous surprendre ; gênée au possible, et pour couper court au scandale, vous me céderez la place pour une nuit. En présentant les choses de cette façon, il n'aura aucun moyen de refuser. » « Je parle on ne peut plus sérieusement, dit Yenfang, et en même temps j'ai une idée derrière la tête. J'ai vu tout à l'heure comme il s'y prenait pour m'enjôler ; cela ne va pas être simple de s'en débarrasser. Au moment de partir il a lancé une phrase à double sens, et il se peut que ce soir même il vienne frapper ici. Nos maris sont au-dehors, nous serons seules et tout à fait libres de nos mouvements. Donc, ce soir, verrouille ta porte et viens dormir chez moi. La lampe éteinte, je me tiendrai dans l'ombre. S'il se présente, tu n'auras qu'à tenir mon rôle et coucher avec lui. Dans l'obscurité, comment te reconnaîtrait-il ? Rends-moi ce service et tu m'auras aidée à préserver mon honneur. N'est-ce pas bien imaginé ? » « Ce que je comprends, dit sa commère, c'est que tu lui as bel et bien permis de venir ici ce soir. De mon côté, où trouver la force de décliner pareille proposition ! Seulement, pourquoi diable lui as-tu permis de venir si ce n'est pas pour coucher avec lui ? Quelle vertu est-ce là ? » « Aussi, répliqua Yenfang, n'est-ce pas un scrupule de vertu qui m'inspire une parade aussi compliquée. Je te parlerai sans détour : les voluptés du lit n'ont plus guère de secret pour moi. Quel que soit sur ce point le talent d'un homme, il ne saurait égaler mon mari. Or, qui a goûté les délices de la table impériale dédaigne après cela les invitations ordinaires : rien de ce qu'on y peut trouver ne contente, on préfère encore s'en passer. C'est pourquoi je ne veux pas prendre de risques et me fier aux seules apparences. » « Je vois où vous voulez en venir, dit la voisine. L'organe de maître Quan est passé en proverbe partout à la ronde. Ayant été mise en forme par un tel embauchoir, vous craignez qu'après cela une forme passe-partout ne s'ajuste à une empeigne telle que la vôtre. C'est pourquoi vous préférez que j'en fasse d'abord l'essai. Pour ma part, je n'y vois pas d'inconvénient. Je vous demanderai seulement, pour ma peine, d'attendre que j'aie eu mon plaisir, et de ne pas monter en ligne quand les choses commenceront à se corser, me forçant à une retraite précipitée et peu glorieuse. Comme on dit : « Plutôt enterrer vivant le moine que de le laisser sur sa faim. »

« Sois tranquille, dit Yenfang, je ne saurais être à ce point ingrate. » Elles arrêtèrent leur plan en détail, puis attendirent le soir. Pour cette femme, laide à faire peur, c'était l'occasion de sa vie. Un embauchoir tout neuf va enfiler sa chaussure. Va-t-il s'y trouver au large ou à l'étroit ? Vous n'allez pas tarder à le savoir.

Chapitre 10

L'oreille collée au sol, se mettre au fait de la puissance de l'ennemi ;
lui laisser assez d'espace pour déployer un vrai talent.

Toute à la perspective d'une mission aussi aimable, notre laideron se sentait déjà au septième ciel. Elle prépara quelques linges et serviettes de soie, qu'elle apporta avec elle afin d'éviter de souiller la literie d'autrui. Le soir arriva ; à l'heure où l'on allume les lampes, elle ferma sa porte à clef et, l'esprit affairé, se rendit chez Yenfang.

Celle-ci, en la voyant, lui dit pour la taquiner : « C'est un coup pour rien : un billet vient d'arriver expliquant qu'il est retenu à dîner, qu'il ne peut s'esquiver et demande la grâce d'un autre rendez-vous. Pour celui d'aujourd'hui, c'est fichu. » Cette femme fut saisie de stupeur et de colère, ses yeux s'injectèrent de sang et la vapeur lui sortit des naseaux. Elle reprocha en termes vifs à Yenfang de n'avoir pas retourné de message pour le presser de venir coûte que coûte ; puis, elle la soupçonna de s'être ravisée et d'invoquer ce prétexte pour la renvoyer chez elle. L'ayant laissée tempêter tout à son aise, Yenfang sourit et dit : « C'est moi qui te fais marcher. Allons, je pense qu'il va venir après tout. Vite, préparons-nous. »

Elles firent chauffer une bassine d'eau et se lavèrent, puis Yenfang disposa un matelas à la tête du lit et elle s'y étendit, aux premières loges pour entendre le concert. Elle enjoignit à sa commère de fermer l'huis et de se tenir aux aguets, prête à ouvrir au plus léger signal, afin d'éviter de le laisser tambouriner à la porte au risque d'alerter les voisins. Quand elle l'aurait introduit, elle devait refermer soigneusement la porte et aller au lit en parlant le plus doucement possible, pour qu'il n'évente pas la supercherie. Ayant fait ses recommandations, Yenfang se coucha tandis que sa commère allait monter la garde.

Une veille entière, soit environ deux heures, s'écoula. Ne voyant rien venir, cette femme s'apprêtait à rentrer dans la chambre et à adresser la parole à Yenfang, quand elle se sentit enlacée à deux bras et baisée sur la bouche. Elle se dit que c'était encore une facétie de Yenfang, et elle tendit la main pour la tâter à l'entrejambe et ainsi la confondre. Tout à coup, sa main rencontra une grosse tige allongée ; elle sut, pour lors, que c'était lui. Déguisant sa voix, elle susurra dans le noir : « Mon amour, par où es-tu entré ? » « Je suis descendu d'une poutre du toit », dit Weiyangsheng. « Quelle audace ! reprit-elle, allons nous coucher. »

Tous deux se dévêtirent dans la chambre. Weiyangsheng n'avait pas achevé que sa partenaire était déjà nue comme un ver, étendue dans le lit. Weiyangsheng se hissa auprès d'elle et il voulut lui caresser les pieds pour les poser sur ses épaules. Mais il eut beau chercher, il ne les trouva pas, et pour cause : ils étaient déjà dans les airs, lui offrant une prise facile. « Par exemple, se dit Weiyangsheng, je n'aurais pas cru qu'elle fût à ce point dévergondée. Dans ces conditions, les précautions usuelles sont sans objet, il convient d'y aller à la hussarde. » Alors, cambrant les reins et se soulevant jusqu'à un pied environ au-dessus d'elle, il redressa son épieu et, le dardant vers le bas, attaqua. La femme poussa des cris de goret qu'on égorge. « Ah ! Ah ! Impossible... tout doux ! » Weiyangsheng, se frayant un passage à deux mains, entreprit de la pénétrer le plus doucement possible ; après bien des efforts, il ne réussit à faire entrer qu'un pouce environ de son organe. Se redressant derechef, de nouveau il attaqua résolument. La femme, aussitôt, demanda grâce : « Emploie donc un peu de salive ! » « Fi donc, dit Weiyangsheng, c'est avec quoi circonvenir un gratte-papier, est-ce ainsi qu'on en use avec les dames ! Je ne puis vraiment, sous peine d'indécence. » Sur ces mots, il redoubla d'ardeur. La femme reprit : « Tu n'y arriveras pas ; retire-toi, et laisse-moi faire. » Weiyangsheng obéit. La femme cracha abondamment dans ses mains et elle humecta son vase, puis l'organe de son partenaire. Ensuite elle lui dit : « Maintenant rien à craindre, vas-y doucement. » Mais Weiyangsheng voulait faire montre de ses capacités. Lui saisissant les fesses à deux mains, sans reprendre haleine, d'un coup il emporta la place et y logea son nouveau membre dans son entier. Sa dulcinée de se récrier aussitôt : « Quelle indignité ! Un lettré comme toi, être à ce point fruste et brutal, et sans tenir compte des souffrances provoquées, aller d'un seul coup droit au but ! Il n'y a plus de place ; retires-en un peu. » « Impossible, rétorqua Weiyangsheng ; il suffit de les faire travailler un peu, tu vas voir. » Il joignit le geste à la parole et commença une gymnastique musclée et rythmée. Au début, la femme ne pouvait supporter la douleur, et marquait chaque temps d'un « Ha ! Ha ! » plaintif. Mais après un demi-cent d'exercices ce cette sorte, on n'entendit plus rien ; et quand le cent fut dépassé, à la douleur initiale succéda un désir lancinant, souligné de râles sans fin. Weiyangsheng, voyant qu'elle ne pouvait tarder de succomber, pressa le mouvement. Mais cette femme, quoiqu'elle eut déjà succombé par deux fois, ne se décidait toujours pas à l'avouer, tant elle craignait de voir Yenfang surgir aussitôt pour mettre fin à la scène. Weiyangsheng, bien évidemment, ne se doutait pas de ce douloureux dilemme ; il attendit jusqu'à l'extrême limite, enfin il se pâma lui-même. Il n'osa pourtant arrêter, mais son ardeur première était tombée. La femme s'aperçut que la verge ne pouvait plus la pénétrer, et demanda : « As-tu succombé ? » Weiyangsheng à son tour, craignant d'être perdu dans son estime, fut obligé de nier. Pareil à un élève pris à somnoler qui, réveillé soudain par la férule du maître, reprend possession de soi et qui a pour lors l'esprit plus clair qu'avant s'être assoupi, il exécuta d'affilée plusieurs centaines d'érections, tant et si bien que la femme s'écria : « Mon amour ! Je succombe, je suis à l'extrémité. Ne bouge plus ! Embrasse-moi et dormons un moment. » Weiyangsheng osa enfin s'arrêter et l'enlaçant amoureusement, tous deux s'abandonnèrent au sommeil. Cette femme, quoique laide de visage, avait deux jolis petits pieds et une peau au grain assez fin, quoique noire ; aussi Weiyangsheng, dans l'obscurité, n'avait-il pas décelé la fraude.

De son côté, Yenfang, tapie tout auprès, n'avait rien perdu de leurs ébats. Entendant sa commère s'écrier de douleur et protester qu'il n'arriverait pas à ses fins, elle avait compris que l'organe était d'un suffisant calibre. Ensuite, observant sa façon d'opérer et sa cadence, elle se dit qu'il n'était pas inexpérimenté. Quand elle vit qu'il s'arrêtait à mi-parcours et se reposait un moment, elle eut un mouvement de dédain ; mais le voyant ensuite rassembler ses forces et repartir au combat avec plus d'énergie encore qu'au début, elle se dit enchantée : « Voilà un étalon à nul autre pareil, un 'général volant'[23] de la galanterie. Si je me donne à lui, je ne le regretterai pas. J'ai bien envie de me glisser sous la couverture tandis qu'il est assoupi. Cependant, je crains aussi que l'obscurité ne lui permette pas de nous distinguer l'une de l'autre. Un homme qui sort du champ de bataille, s'il ne rencontre pas de spectacle propre à réveiller ses sens, n'aura pas forcément envie de retourner au combat. »

Elle alla à pas de loup dans la cuisine, fit du feu, versa quelques gourdes d'eau dans la marmite, et alluma une poignée de brindilles sèches pour faire chauffer l'eau. Ensuite, prenant une bougie, elle entra dans la chambre, écarta les rideaux, et rabattit la couette, en disant d'une voix forte et sévère : « Quel est ce débauché qui en pleine nuit s'introduit au foyer d'un autre pour coucher avec des femmes ! Comment pourrez-vous vous justifier ? Levez-vous bien vite, et expliquez-vous ! »

Ainsi éveillé en sursaut de ses rêves, Weiyangsheng pensa aussitôt que le mari s'était caché dans la maison et qu'il avait attendu que sa femme dorme dans les bras du séducteur pour mieux faire chanter ce dernier. Claquant des dents de frayeur, il leva la tête : c'était la femme même qu'il avait vue dans la journée, et avec qui il venait de coucher ! N'en croyant pas ses yeux, il baissa la tête et regarda celle qui se trouvait dans le lit. Alors seulement il s'aperçut de son épouvantable laideur : un visage noir comme suie et marqué de la variole ; des cheveux courts et jaunâtres ; un teint comparable à un jambon encore revêtu de sa couenne. Surpris et décontenancé, il dit : « Mais, qui es-tu ? »

« Ne t'étonne pas, dit la femme, je suis en mission pour le compte de la dame de céans. J'habite de l'autre côté de la rue. L'autre jour, quand tu es passé par ici, tu m'as adressé la parole. Elle a pensé que, si bel homme que tu sois, tu n'étais pas forcément bon à autre chose qu'à regarder, et elle a craint de se faire en pure perte une réputation de coureuse. Aussi m'a-t-elle invitée à venir faire l'essai. L'essai est fait, il est concluant. Je devrais, en récompense de mes services, être autorisée à demeurer en tiers ; mais, ce que les amoureux ont à se dire ne regarde qu'eux : je me retire. » Sur ce elle se leva, enfila sa veste rembourrée et son pantalon doublé, gardant sur le bras ses dessous. Au moment de sortir, elle dit encore à Weiyangsheng : « Malgré ma laideur, je t'ai rendu un signalé service ; c'est moi qui ai mis en route cette affaire. Quant à la soirée que nous venons de passer, je la dois à la bonté de Madame, mais aussi aux liens établis dans nos vies antérieures. A l'avenir, quand tu auras du temps de reste, viens encore dormir avec moi ; ne m'oublie pas tout à fait. » Ayant dit, elle s'inclina plusieurs fois devant Yenfang pour la remercier, et s'en fut.

Weiyangsheng reprenait avec peine ses esprits, tel un homme au sortir d'un rêve ou de l'ivresse. « Si Sai-Kunlun ne m'avait pas incité à parfaire mon outillage, il me serait advenu même mésaventure qu'à Su Qin, qui dans l'Antiquité alla concourir dans le royaume de Qin, fut recalé et purement et simplement renvoyé dans son pays d'origine. » Tandis qu'il se livrait à ces réflexions, Yenfang avait reconduit la voisine chez elle et refermé sa porte à double tour. Entrant dans la chambre, elle dit à Weiyangsheng : « Sachant que cette nuit tu reviendrais ici, j'ai trouvé un substitut pour te recevoir à ma place. Tu as eu ce que tu voulais, ma note est payée, qu'attends-tu pour t'en aller ? » « Non seulement, rétorqua Weiyangsheng, la dette n'est pas éteinte, mais cette perfidie l'alourdit encore. Minuit est passé ; viens vite dans le lit. » « Lève-toi d'abord, répliqua Yenfang, habille-toi, il y a une chose essentielle à faire au préalable. » « A cette heure, s'exclama Weiyangsheng, qu'y aurait-il de plus urgent que de venir avec moi au lit ! » « Ne t'en occupe pas, dit Yenfang ; lève-toi, c'est tout. » Elle alla à la cuisine, versa l'eau chaude dans un bidet et rapporta celui-ci devant le lit, puis elle dit : « Allons, debout, et lave-toi afin de ne pas me transmettre les saletés du corps de cette femme. » « C'est sensé, je le reconnais, dit Weiyangsheng. Je dois aussi me rincer la bouche, vu que tout à l'heure je l'ai baisée sur la bouche. » A ce moment il aperçut un bol d'eau chaude, avec une brosse à dents, posé à côté du bidet. « Voilà, se dit-il, une femme qui pense à tout ; seule une femme malpropre aurait pu négliger ce détail. »

Il ne dit plus rien et procéda à ses ablutions. Quand il eut terminé, Yenfang se lava également le bas du corps, quoiqu'elle se fût déjà lavée, en compagnie de sa voisine, au début de la soirée. En effet, tandis qu'elle assistait à leurs ébats, étendue à la tête du lit, elle avait mouillé sa culotte et craignait d'essuyer les plaisanteries de son amant, lorsqu'il y mettrait la main. S'étant lavée, elle nettoya la natte du lit avec une serviette mouillée, puis elle alla prendre dans le coffre un mouchoir neuf qu'elle plaça près de l'oreiller ; alors seulement, elle souffla la lampe et s'assit sur le lit. Weiyangsheng la prit dans ses bras et tout en la baisant sur la bouche, la déshabilla. Il s'aperçut que si on les serrait dans la main, ses deux seins ne remplissaient pas la paume, mais qu'une fois relâchés ils occupaient aisément la poitrine : doux et tendres, c'est comme s'il n'y avait pas eu de glandes dures sous la peau. Quand il retira le pantalon, il caressa le sexe et fit la même constatation.

Il la laissa s'allonger, prit ses pieds et les mit sur ses propres épaules. Ensuite, exactement comme il avait fait avec la commère, il se souleva et voulut la pénétrer sans ménagement, espérant la faire d'abord souffrir et ensuite jouir. Peine perdue : à peine si elle remarqua qu'il était entré. « Décidément, se dit-il, Sai-Kunlun avait raison sur toute la ligne. Qui, sinon le gourdin du père Quan, aurait façonné un vase de cette ampleur ? Si je m'étais présenté tel que m'avait fait la nature, j'aurais ressemblé à un grain de riz dans un grenier, incapable même d'en concevoir la profondeur. Il ne s'agit plus d'intimider l'ennemi ; c'est maintenant qu'il faut monter en ligne et déployer les gros bataillons. » Alors, prenant l'oreiller qui était sous la tête de Yenfang, il le plaça sous la taille de la jeune femme. Puis il entra en action dans toutes les règles de l'art.

Yenfang n'avait encore ressenti aucun plaisir ; mais voyant sa manœuvre avec l'oreiller, elle admira son adresse. Cette manœuvre fait partie de l'a-b-c de la galanterie. Le lecteur doit savoir que le commerce des sexes obéit aux mêmes lois que la conduite des armées : il est essentiel de connaître son adversaire pour pouvoir s'adapter à lui. Pour l'homme, c'est une connaissance appropriée de l'anatomie intime de la femme qui lui permet d'avancer et de reculer à bon escient et au moment voulu. De même, pour la femme, connaître à l'avance la longueur de la verge lui permettra d'en anticiper et faciliter les mouvements. Bref, selon la formule célèbre, « connais ton adversaire et connais-toi toi-même, et tu pourras sans risque livrer cent batailles »[24]. Les hommes n'ont pas tous une verge de la même longueur, ni les femmes un vase de la même profondeur. Quand celui-ci est peu profond, une verge démesurée ne sert de rien : on sera dans l'obligation d'en laisser une partie à l'extérieur. Faute de quoi, la femme non seulement n'aura pas de plaisir, mais elle éprouvera une douleur aiguë, et dans ce cas, l'homme lui-même ne retirera guère de la rencontre. Si le vagin, au contraire, est profond, plus la verge est longue et meilleur sera le résultat. Cependant, la longueur de la verge est donnée une fois pour toutes. Sur le terrain, donc, comment faire ? On peut remédier à la chose en calant les reins de la femme pour les surélever, élargissant ainsi le vagin qui devient par là même d'un accès plus aisé. Cet artifice ne remédie, bien entendu, qu'à l'inconvénient d'un membre trop court, il n'est d'aucun secours si l'organe est malingre. C'est pourquoi mieux vaut l'avoir gros et court que petit et long. Si, en opérant Weiyangsheng, le mage avait travaillé en épaisseur et non en longueur, c'était précisément pour cette raison. A des tours comme celui de l'oreiller, même des profanes savent reconnaître un homme du métier.

Weiyangsheng ayant retiré l'oreiller pour le mettre sous les reins de Yenfang, ne mit rien d'autre sous sa tête : ceci est plus singulier et mérite explication. Si la tête et les reins sont tous deux soutenus, la femme se trouve cassée en deux et suffoquant sous le poids de son partenaire. En outre, sa bouche va se trouver orientée en sens contraire de celle de l'homme, de sorte que s'ils veulent se donner un baiser, l'homme sera obligé de s'aplatir et la femme de raidir la nuque et soulever la tête. C'est pourquoi, pour faire l'amour, il est bien préférable d'avoir la tête posée à plat, qu'on ait ou non d'ailleurs un coussin sous les reins. Un amant expérimenté ne manquera jamais, avant de commencer, de retirer l'oreiller, laissant les cheveux de sa mie se répandre sur la natte, ses lèvres s'ouvrir vers le ciel, et toutes les parties de son corps faire face exactement à celles de son partenaire. Quant aux ouvertures du haut et du bas, non seulement elles se font face, mais elles sont des points de passage et de compénétration : le « jade » de l'homme pénètre le vase intime de la femme, la langue vermeille de la femme pénètre en contrepartie la bouche de l'homme, autorisant un plaisir partagé et une satisfaction réciproque.

Weiyangsheng, tandis que d'une main il descendait l'oreiller, de l'autre soutint la nuque de la jeune femme et la déposa délicatement sur la natte, le visage bien droit et prête à recevoir ses baisers. Yenfang, souriant en elle-même, reconnut en lui un artiste.

Après ce préliminaire, Weiyangsheng plaça de nouveau les petits pieds sur ses épaules, puis repoussant à deux mains la natte, il donna libre cours à sa fougue. Il se retirait à moitié, puis pénétrait de nouveau au plus profond. Il se retirait vite et pénétrait lentement, afin de ne pas provoquer de bruits qui auraient pu donner l'éveil chez les voisins. Peu à peu, il sentit que les parois du vase se rapprochaient, et se dit que la transformation devait produire son effet : « Le membre du chien est en érection. » Cette constatation lui donna du cœur à l'ouvrage, et il accéléra la cadence. Depuis qu'ils avaient commencé, Yenfang n'avait rien dit ni manifesté. Arrivée à ce point, elle se tourna plusieurs fois d'un côté, puis de l'autre, et s'écria : « Mon amour ! Je commence à trouver cela intéressant ! » « Mon trésor, dit Weiyangsheng, nous venons à peine de commencer, ce n'est encore rien ; mais, attends la fin et je me fais fort de te plaire. Seulement, je n'apprécie guère les séances muettes ; j'aime entendre le bruit que ça fait. Mais ta maison est étroite, je crains que nous soyions entendus des voisins. Que faire ? » « Ne crains rien, dit Yenfang ; d'un côté c'est la ruelle et de l'autre c'est une cuisine où personne ne dort. » « A la bonne heure ! » dit Weiyangsheng.

Alors, il changea de tactique, se retirant avec lenteur et pénétrant brusquement, faisant autant de vacarme qu'un mendiant qui fait résonner ses côtes afin d'exciter la pitié des passants. Le désir de Yenfang s'éveilla tout à fait, et tandis qu'elle répétait : « Mon amour ! Mon petit ! », sous elle, c'étaient les grandes eaux. Weiyangsheng s'interrompit pour l'essuyer, et il étendit la main pour prendre le mouchoir. Mais Yenfang le lui prit des mains. Elle aussi n'aimait pas les séances muettes ; Weiyangsheng et elle se trouvaient d'accord sur ce point. Or, bien entendu, quand on fait l'amour, il se produit d'autant plus de bruit qu'il se répand davantage de liquide. C'est pourquoi Yenfang ne laissait jamais son mari l'essuyer en cours de route, et quand tout était fini, elle s'asseyait et se lavait complètement ; c'était sa coutume. Weiyangsheng devina ce qu'il en était et pour la satisfaire, il tâcha de hausser encore le son. Après un moment, Yenfang l'enlaçant étroitement, lui dit : « Mon amour, je vais succomber. Rejoins-moi ! » Mais Weiyangsheng n'avait pas encore épuisé ses ressources et il ne voulait pas succomber un moment trop tôt. Yenfang sentit sa réticence et reprit : « Je connais à présent tes capacités ; tu n'usurpes pas ta réputation. Tu as fait l'amour une nuit durant, et rompu des lances avec deux femmes successivement. Garde quelque énergie de reste, la nuit prochaine j'aurai encore besoin de toi ! » Weiyangsheng fut touché de ces paroles ; à son tour il l'enlaça étroitement et ils achevèrent la séance. Tous deux ne dirent plus rien ; le jour allait se lever. Yenfang craignant qu'il tarde à sortir et soit aperçu dans le voisinage, dut enfin le presser de se lever. Elle s'habilla et le reconduisit à la porte.

A partir de ce jour, Weiyangsheng s'en fut chaque jour à l'aube pour revenir la nuit tombée, passant désormais par la porte comme tout un chacun, sans plus s'amuser à jouer les monte-en-l'air. Il lui arriva, au matin, de ne pouvoir se résoudre à partir, et il demeurait alors caché avec sa maîtresse, tout le jour suivant ; Yenfang prétextait une indisposition quelconque et ne sortait pas de la journée ; ils restaient à se délecter de la vue l'un de l'autre, sans s'habiller, et s'abandonnaient à la volupté des sens. Le laideron d'en face les rejoignait toutes les deux ou trois nuits. Weiyangsheng ne pouvait lui fermer la porte au nez ; il tâchait de la cajoler, de façon à éviter de s'en faire une ennemie, à défaut de pouvoir entièrement la satisfaire.

Parmi les proches voisins, plusieurs se doutaient de quelque chose pour avoir entendu nuitamment quelque remue-ménage. Mais ils attribuaient le fait à Sai-Kunlun, sans penser un instant qu'un tel personnage eût agi pour le compte d'un ami. C'est pourquoi, le soir venu, chacun d'eux fermait sa porte encore plus tôt et plus complètement que de coutume, ne voulant pas le moins du monde mettre son nez dans les affaires d'autrui – craignant bien trop de s'attirer la rancune de Sai-Kunlun. Ainsi nos amants eurent-ils le privilège de dix jours et dix nuits de bonheur. Le retour du mari mit fin à la romance.

Sai-Kunlun craignait que Weiyangsheng, jeune et bouillant, ne suscitât un esclandre ; il lui interdit formellement de retourner de jour dans la rue qu'habitait Yenfang pour la regarder par la portière. Il préférait leur servir de courrier et porter lui-même leurs messages sous couleur d'aller acheter de la soie. Quand Quan le Brave était à la maison, il n'y voyait pas malice, prenant Sai-Kunlun pour quelque vieux client habitué à traiter avec sa femme ; et lui-même alors, obligeamment, s'écartait pour les laisser causer. Honnête et incapable de songer à mal, tel il était, tel en un mot qu'on l'avait surnommé. Car un sobriquet attribué par la voix publique a une tout autre valeur que tel pseudonyme qu'on invente pour se mettre soi-même en relief. En général, pour se faire une opinion sur quelqu'un, nul besoin d'enquêter sur son caractère ou d'observer son comportement ; il n'est que de se renseigner sur son sobriquet, et on saura aussitôt si on peut le fréquenter, ou non.

Le proverbe dit : « Un secret bien gardé de toute antiquité, un procédé qu'on ne saurait acquérir à prix d'or, seront pourtant éventés par pure indiscrétion. N'est-ce pas grand'pitié ! »

---

23. Le « général volant » : surnom qui aurait été donné par l'ennemi Xiongnu à Li Guang, un général Han, pour sa prouesse et sa vaillance devenues ainsi proverbiales. Premier siècle avant notre ère.

24. Citation légèrement adaptée du célèbre traité militaire de l'antiquité, le *Sunzi bingfa*, au chapitre intituler « Attaquer » *(mougong)*. L'auteur, Sunzi, aurait vécu aux alentours de 500 avant notre ère ; originaire de Qi (Shandong actuel), il servit le royaume de Wu (Jiangsu actuel).

Troisième partie

Automne

Chapitre 11

Le héros passe-muraille prodigue ses fonds ;
les amants contractent union conjugale.

Le poème (en vers réguliers) dit : « Une âme de preux ne laisse pas ses amis dans le besoin ;

Rencontrant une seule fois qui l'estime à sa valeur, il lui ouvre aussitôt sa bourse.

C'est un homme d'honneur, d'une loyauté à toute épreuve,

Mais il se méprend gravement sur les intentions de son ami. »

Après avoir passé une dizaine de nuits dans la compagnie de Weiyangsheng, Yenfang s'enflamma pour lui de passion ; le retour de son mari, qui interrompait brutalement leur relation, la plongea dans le désarroi. Livrée pour lors à d'amères réflexions, elle se dit : « Je pensais jusqu'à présent qu'aucun homme ne pouvait réunir en lui les ornements de l'esprit et la séduction physique, avec les qualités du parfait amant. C'est pourquoi j'avais renoncé aux deux premiers avantages pour obtenir au moins le troisième ; je chérissais ce pauvre imbécile et j'endurais à ses côtés, de gaieté de cœur, une existence misérable. Eh bien, je me trompais : la preuve est faite que les trois atouts peuvent se rencontrer dans la même personne. Si je n'avais fait la connaissance de ce jeune homme, c'est en vain que j'aurais été belle. Le passé est le passé ; inutile d'y revenir, mais ce n'est pas une raison aussi pour continuer cette vie qui n'en est pas une. Ne dit-on pas : une personne éclairée ne demeure pas dans l'ombre. Qu'une femme veuille garder intacte sa chasteté, je le conçois ; pour moi, puisque de ce côté je suis d'ores et déjà compromise, mieux vaut prendre une décision et éviter de demeurer, pour le monde, madame Untel tandis qu'en réalité j'appartiens déjà à un autre. Pour s'unir à celui qu'elle a choisi librement, une femme doit montrer toute l'intelligence de Hongfu, alliée au courage de Zhuo Wenjun[25]. De ma vie, je n'aurai choisi librement qu'un seul homme ; je veux que nous soyions pour de bon l'un à l'autre. Ensuite, on ne nous montrera pas du doigt comme un couple adultère ; je passerai, au contraire, pour une femme qui n'a pas eu froid aux yeux. D'ailleurs, ne dit-on pas de la femme séduite et enlevée qu'elle a 'fui par passion coupable'. Coupable pour coupable, autant s'enfuir en effet. Si on estime la fuite impossible, autant s'épargner tracas et maux de tête et demeurer fidèle à son époux, vaille que vaille. Un bonheur précaire ne vaut pas qu'on lui sacrifie son honneur et sa tranquillité. »

Sa décision prise, elle écrivit une lettre et l'envoya à Weiyangsheng pour fixer le jour de son départ. Quand elle était encore chez ses parents, elle aimait à lire et à écrire ; depuis qu'elle était mariée à un homme de bas statut social, qui vivait en faisant les marchés, elle avait délaissé faute de temps le pinceau et l'encrier. C'est pourquoi, ce jour-là, elle s'exprima dans sa lettre sans plus de fioritures qu'elle ne l'aurait fait de vive voix. Sa lettre disait :

« A mon bien-aimé Weiyangsheng. Depuis que tu ne viens plus, je suis assise toute la journée devant le thé et le riz, sans parvenir à avaler ; même en me forçant, je ne puis prendre que le tiers de mon ordinaire. Ma résolution est prise : je te suivrai et serai tienne ma vie durant. De ton côté, consulte-toi et prends promptement un parti : ou bien tu demanderas à Kunlun de m'enlever ; ou bien, telle Hongfu, je partirai seule et je te rejoindrai là où tu seras. Il suffit que nous fixions une date et que tu m'indiques l'endroit où tu m'attendras, afin que nous soyions assurés de ne pas nous manquer. Si tu crains trop les conséquences, si tu t'effrayes des risques à prendre, eh bien, c'est que tu es un amoureux pusillanime à qui l'on ne peut se fier. Ecris-moi une seule lettre signifiant que tels sont tes sentiments, et ce sera fini entre nous ; tu ne me verras plus jamais. Si par hasard je te rencontrais, je mordrais dans ta chair comme dans celle d'un porc ou d'un chien, pour m'en nourrir. J'aurais encore bien des choses à te dire. Je m'en tiens pour aujourd'hui à ce que tu dois savoir. Ta servante aimante, Yenfang, qui te salue bien bas. »

La lettre écrite, elle se tint sur le pas de la porte et quand elle vit passer Sai-Kunlun, elle la lui remit. Doutant que Weiyangsheng eût le courage nécessaire pour acquiescer à sa proposition, tout en attendant sa réponse, elle conçut de son côté un autre plan. Toute la journée, pour un oui ou un non, elle se mit à quereller son mari dans l'espoir qu'excédé, il ferait ce qu'avait fait jadis Zhu Maichen[26]. Toute la journée, se disant souffrante, elle refusait de se mettre à son métier. Elle obligeait même son mari à préparer les repas, et chaque jour, levée à l'aube, elle l'injuriait jusqu'à la nuit tombée. Quant à leurs relations conjugales, elle avait remis en honneur les procédés qui avaient conduit au tombeau son premier époux, afin d'obliger celui-ci à partir et lui permettre, à elle, d'épouser le seul homme doué de toutes les perfections. De son côté, consterné de l'humeur acariâtre de sa femme, Quan le Brave faisait de grands efforts pour la contenter et se faire pardonner ses manques. Mais, aussi vaillamment qu'il se conduisît durant la nuit, les mérites ainsi amassés ne parvenaient pas à compenser les torts qu'il accumulait dans la journée. Dès qu'ils étaient sortis du lit, Yenfang entonnait une autre chanson. Il ne lui fallut pas deux mois pour, d'un époux robuste à l'égal du loup ou du tigre, faire un être émacié et desséché, prêt à trépasser d'un moment à l'autre.

Quand les voisins l'apercevaient, ils avaient mauvaise conscience, mais d'un autre côté ils redoutaient Sai-Kunlun et n'osaient rien dire. Quan le Brave, qui avait connu sa femme depuis toujours d'humeur égale, douce et complaisante, et qui assistait horrifié à ce changement subit, comprit qu'il devait y avoir une raison. Aussi mena-t-il son enquête auprès de ses voisins, leur demandant : « Quelqu'un serait-il venu chez moi en mon absence ? » Les voisins commencèrent par dire qu'ils ne savaient rien. Mais, comme il les harcelait sans cesse, comme aussi ils plaignaient à part eux cet homme honnête et bon, en danger de périr entre les griffes d'une femme aussi maligne, ils finirent par lui répondre : « Quelqu'un est venu chez toi, mais c'est un personnage qu'il ne faut pas s'aviser de provoquer. Sinon un malheur pourrait en résulter. » « Qui est-ce ? » demanda aussitôt Quan. « Nul autre, lui dit-on, que le fameux, redoutable et invincible Sai-Kunlun, ce roi des voleurs. Il y a quelque temps de cela, ayant remarqué la beauté de ta femme, il est venu nous questionner à son sujet. Quand il a appris qu'elle était ton épouse, il a demandé : 'Une femme comme elle, avec un mari comme lui, comment s'accordent-ils au jour le jour ?' Nous répondîmes que vous vous entendiez fort bien. Ensuite, observant que tu étais en déplacement, il revint pour savoir combien de temps tu serais absent. Nous lui dîmes alors que tu étais parti acheter de la soie et que tu ne serais pas de retour avant dix jours ; le soir même, nous pûmes entendre parler dans ta maison, et cela continua les nuits suivantes. S'il s'était agi d'un autre que ce personnage, nous serions allés frapper chez toi pour en avoir le cœur net. Mais tu sais bien qu''on ne remue pas la terre tant que Jupiter est au zénith' [27] : il ne faut pas aller le provoquer. Si on se met en travers de sa route, il s'en vengera d'une manière ou de l'autre. D'ailleurs, la loi ne fait nulle obligation aux voisins d'intervenir pour saisir l'adultère en flagrant délit. Bref, se fiant à sa réputation et à la crainte qu'il inspire, il est allé et venu à sa guise et il a passé ces dix nuits dans ta maison. Les choses ne sont rentrées dans l'ordre qu'à ton retour. Je te le dis pour ta gouverne, mais que ceci demeure entre nous ; si la chose s'ébruitait, tu risquerais d'en être la première victime. Même devant ta femme, tu ferais mieux de tenir ta langue, dans l'intérêt de ta propre sécurité. »

« Ah ! dit Quan, c'est donc cela. Je n'aurai garde de parler à la légère ; mais, de ma vie, s'il vient à tomber entre mes mains, qu'il ne compte pas sur ma mansuétude. Si cela se produisait, je vous prierais tous aussi de me prêter main-forte. »

« Balivernes ! dirent les voisins. Depuis l'Antiquité, ne dit-on pas : pour punir le voleur il faut tenir le corps du délit ; pour punir l'adultère il faut le prendre sur le fait. Sai-Kunlun est un expert en volerie, jamais il ne se fera prendre la main dans le sac. S'il a une liaison avec ta femme, il ne se fera pas surprendre au lit avec elle. Puisqu'elle s'est laissée séduire par lui, elle se laissera aussi enlever l'un de ces jours ; tu seras heureux si tu en es quitte sans devoir aussi lui payer une dot. » « Une telle chose ne se serait jamais vue », protesta Quan. Le voisin répliqua : « On voit que tu ignores ses procédés ordinaires. Il peut s'introduire chez les gens nonobstant hauteur et épaisseur des murs ; ce ne sera qu'un jeu pour lui de pénétrer dans une petite maison comme la tienne et d'enlever ta femme. Qu'est-ce qui le retiendra, pendant qu'il y sera, de faire main basse sur ce qu'il y a chez toi de valeur. Tu ferais bien de prendre tes précautions pendant qu'il en est encore temps. »

Quan le Brave, mortellement effrayé, se mit à genoux, suppliant ses voisins de lui prodiguer leurs conseils et de le tirer de ce mauvais pas. Les voisins, pleins de sympathie, se mirent à deviser des plans. L'un d'eux l'avisa de répudier sa femme sans attendre ; un autre l'exhorta à déménager le plus loin possible avec elle. Un autre enfin dit prudemment : « Tout ceci ne nous avance pas d'un pouce. Il peut divorcer théoriquement, mais en pratique il n'a pas de raison valable. Quant à changer d'endroit, Sai-Kunlun a le bras long et tôt ou tard il les retrouvera.

D'après moi, mieux vaut tirer parti de la situation telle qu'elle se présente. Puisque ta femme, dit-il à Quan, n'est plus pour toi une épouse loyale et fidèle, que te sert de la garder sous ton toit ? Mieux vaut encore la vendre contre quelque argent que tu pourras au moins utiliser à ton gré. Si tu la vends à quelque autre, elle, d'une part, fera mille embarras ; et dès que Sai-Kunlun le saura il cherchera à se venger. C'est pourquoi le mieux est de la vendre à lui-même. Puisqu'il tient à elle, il ne lésinera pas, pour l'avoir, sur cent ou deux cents onces d'argent. Avec une telle somme, tu auras largement de quoi prendre une autre femme et tu seras à l'abri de tout danger. Tu seras sain et sauf, tu auras une nouvelle épouse et tu auras préservé intact ton patrimoine : n'est-ce pas tout bénéfice ! »

« Ce conseil est excellent, dit Quan, mais ce serait me déshonorer que d'aller lui proposer moi-même un tel marché. Je me vois donc forcé de demander à l'un d'entre vous d'être mon émissaire et d'aller lui parler en mon nom. »

« Cela peut se faire, dirent les voisins, mais quand ta femme sera vendue et partie, il ne faudra pas commencer à dire que nous étions de mèche avec ce forban, amant de ta femme, pour te la prendre. »

« Si ce plan se réalise, dit Quan, c'est à vous que je devrai le salut. Comment pourrais-je ensuite me montrer ingrat et perfide à ce point ? »

Qui fut dit, fut fait. On fit choix d'un gaillard qui avait la langue déliée et on convint que le lendemain il irait trouver Sai-Kunlun.

Depuis que Weiyangsheng était séparé de Yenfang, il était tombé malade de chagrin et il en perdait le boire et le manger. Il demeurait confiné chez lui, et mettait tout son espoir en Sai-Kunlun. Il était terrorisé à l'idée que Quan pourrait enfermer Yenfang. Il songeait à s'en aller au loin avec elle. Mais, repensant aussi aux deux beautés exceptionnelles qu'il avait rencontrées, et qu'il n'avait pas encore pu approcher, il ne pouvait se résoudre à quitter la place. Il était dans cette incertitude quand il reçut la lettre si passionnée de Yenfang. Ainsi mis au pied du mur, il demanda à Sai-Kunlun d'enlever Yenfang, comptant aller s'établir avec elle assez loin pour que son mari ne puisse ni la récupérer ni la revoir.

Sai-Kunlun répondit : « C'est facile. Mais Quan est un pauvre diable et j'ai scrupule à lui prendre sa femme sans lui laisser de quoi s'en procurer une autre : pousser les gens à bout, c'est mettre leur vie en danger et se charger du péché qui en résultera ; quand on fait tort à quelqu'un, il faut prévoir une compensation. Quand je partirai avec Yenfang, si je laisse chez lui, disons, cent dix onces d'argent, il sera en mesure de se remarier. C'est à cette condition que je pourrai t'aider tout en respectant mon code d'honneur. »

« Voilà une idée excellente, dit Weiyangsheng, seulement ma bourse est pour l'heure bien plate. Que faire ? »

« Ne te tracasse pas, dit Sai-Kunlun, j'ai fait vœu d'être pour la vie un voleur généreux, qui ne prend aux uns que pour donner aux autres. Si je ne pouvais pas t'assister dans cette circonstance, comment oserais-je ainsi jouer aux belles âmes ! Pour l'argent, tu peux te reposer sur moi ; ne t'occupe que d'écrire une lettre pour répondre à Yenfang. Peu m'importe le temps et le jour ; il suffit que Quan ne soit pas à la maison et j'irai la chercher. »

Tout heureux, Weiyangsheng se mit à sa table pour rédiger la lettre. Pour éviter à son amie des maux de tête, il mit par écrit les pensées comme elles lui venaient, sans vaines recherches de style. La lettre disait :

« A ma très chère Yenfang. Cela fait deux mois que nous nous sommes quittés et ces deux mois me semblent des lustres. J'en ai perdu l'appétit et le sommeil. Plusieurs fois j'ai demandé conseil à Kunlun. Mais, il préférait attendre que tu prennes toi-même une décision. C'est chose faite : je vois que ton amour est solide comme le fer ou le roc. C'est pourquoi j'assume toute ma responsabilité. Il est trop risqué que tu quittes seule ta maison. Puisque j'ai en lui un ami sûr, il sera le fil rouge qui nous réunira. Quant au jour, on ne peut le fixer à l'avance d'après un almanach ; le soir où ton gardien sera absent, sera celui où Chang'E s'enfuira dans la lune[28]. Quand cela se produira, fais-le nous savoir en toute hâte pour que nous puissions prendre toutes dispositions. Je n'en dis pas plus ; telle est ma réponse. Le chevalier masqué. »

Sai-Kunlun prit la lettre et il la porta à Yenfang. Après quoi, il prépara cent vingt onces d'argent qu'il enveloppa et scella en attendant le moment de les employer. Deux jours s'étaient écoulés quand il vit venir à lui l'un des voisins de Yenfang. Cet homme lui dit : « Les affaires de Quan le Brave ne vont pas fort. Il ne peut assurer la subsistance du ménage. C'est pourquoi il cherche à vendre sa femme. Je crois que tu es un homme généreux et d'esprit large, que tu ne crains point ragots ni préjugés, que tu as de quoi nourrir une autre personne, et que tu auras compassion d'un homme dans une situation critique. C'est pourquoi je suis venu de sa part te prier de faire une bonne action, de secourir cette femme qui est présentement dans la misère, et de procurer à cet homme de quoi relancer son activité. »

Sai-Kunlun se dit en lui-même : « Ça, par exemple. Juste comme je préparais toutes choses pour enlever sa femme, il me fait dire qu'il est prêt à me la vendre. Peut-être a-t-il eu vent de nos projets et sait-il que j'agis pour le compte d'un autre ; il a trouvé ce moyen de se tirer d'embarras. Puisque nous en sommes là, dépense pour dépense, mieux vaut encore acheter au vu et au su de tous qu'acheter clandestinement. » Alors il dit au voisin : « Il veut vendre sa femme parce qu'il est pauvre, mais est-elle d'accord ? » Le voisin répondit : « Elle endure la misère chez elle, sans aucune perspective d'en sortir, comment ne serait-elle pas d'accord ! » Sai-Kunlun demanda : « Combien veut-il ? » « Il voudrait deux cents onces, dit le voisin, mais je crois que si on lui en propose un peu plus de cent cela ira. » « Cent vingt onces », dit Sai-Kunlun. Voyant qu'il acceptait, le voisin courut chercher Quan pour conclure l'affaire.

La première idée de Sai-Kunlun avait été de faire figurer Weiyangsheng comme acquéreur en titre sur le contrat, mais en y réfléchissant à deux fois, il se dit : « Ma réputation est telle par ici que tout le monde me craint et que personne n'osera me citer en justice ; tandis que si la transaction est faite au nom de Weiyangsheng, un juge pourrait bien ensuite vouloir y mettre son nez. Donc ne parlons pas de lui. Disons que c'est une affaire privée qui me concerne. »

Quan arriva. On rédigea un contrat de mariage, il y apposa ses empreintes digitales et le voisin signa un nom de fantaisie, puis Quan remit le papier à Sai-Kunlun. Celui-ci prit l'argent, le compta et le donna à Quan, puis, il prit encore dix onces qu'il offrit au voisin pour le payer de ses peines. Le jour même il loua une chaise à porteurs et fit venir Yenfang chez lui sans en informer encore Weiyangsheng. Il leur trouva une maison qu'il meubla convenablement, puis ayant disposé des bougies de fête dans la chambre nuptiale, il y amena les nouveaux époux.

Sai-Kunlun avait un sens de l'amitié égal à celui de Bao Shu[29], et sa magnanimité ne le cédait en rien à celle de Qiu Ran[30]. Dommage seulement qu'il se soit trompé d'histoire, se fourvoyant dans une banale affaire de mœurs ; de sorte que son rôle dans cette aventure ne fait pas justice à son caractère, et n'est pas aussi héroïque qu'il l'aurait mérité.

---

25. Hongfu : courtisane qui, vers l'an 600 de notre ère, s'évada de la grande maison où elle était entretenue pour rejoindre le général Li Jing.

Zhuo Wenjun : elle épousa contre la volonté de ses parents le poète Sima Xiangru (179-117 avant notre ère).

26. Zhu Maichen : personnage qui aurait vécu aux alentours de l'an 100 avant notre ère. Il exerça des responsabilités politiques sous l'empereur Han-Wudi et fut exécuté pour conspiration. Au début de sa vie, il était pauvre et sa femme ayant voulu le quitter et se remarier, il la laissa partir. L'ayant rencontré par hasard après qu'il eut été élevé à la dignité de gouverneur, elle se pendit. Cette anecdote a fourni ultérieurement le thème d'un opéra.

27. Quand (la planète) Jupiter est au zénith, on ne remue pas la terre : doctrine des géomanciens et astrologues chinois.

28. Chang'E ou Heng'E : elle vola la drogue d'immortalité, l'ingéra, devint immortelle et dut fuir dans la lune, dont elle devint la divinité.

29. Bao Shu : homme de l'Antiquité, du royaume de Qi (Shandong actuel), ami proverbial de Guan Zhong qu'il présenta au duc Huan et qui devint premier ministre. On prête à Guan Zhong ces paroles : « Mon père et ma mère m'ont donné la vie, Bao est celui qui a su me reconnaître ».

30. Qiu Ran : personnage de la geste des origines de la dynastie Tang : « l'homme à la barbe crépue », roux selon la légende. Ayant fait dans une auberge la connaissance de Li Jing et de Hong Fu (cf. note 25 ci-dessus), il offrit à Li Jing ce qu'il possédait et lui procura une entrevue avec Li Shimin qu'il lui présenta comme « le Fils du Ciel ». Effectivement Li Shimin devait conquérir l'Empire.

Chapitre 12

Faire amende honorable avant de goûter aux bonnes choses ;
comment la jalousie mène à la complaisance.

Weiyangsheng et Yenfang, devenus époux, se donnèrent l'un à l'autre de toutes leurs forces, la nuit comme le jour. Après que Yenfang fut entrée dans la maison, elle n'eut qu'une fois ses règles, puis elle se trouva enceinte. Weiyangsheng tout heureux, se dit que les sombres prédictions du mage n'avaient pas été réalisées, qu'il pouvait encore avoir des enfants tout comme un autre homme, et que la transformation de son membre était maintenant achevée et la guérison complète.

Arrivée aux quatrième et cinquième mois de sa grossesse, Yenfang vit son ventre s'arrondir, et ils en furent gênés pour faire l'amour. Aussi Yenfang conseilla-t-elle à Weiyangsheng de s'en abstenir pour le moment présent et de garder ses forces intactes pour le temps qui suivrait la naissance de l'enfant. Dès lors ils firent chambre à part. Weiyangsheng dormait seul dans son bureau, et il ne se passa guère de temps avant que cette inaction lui pesât, et qu'il se remît à aspirer à quelque aventure.

Il songea : « De toutes les femmes que j'ai vues, il n'y a que ces deux-là, dont j'ignore tout et d'abord le nom, qui puissent supporter la comparaison avec celle que je viens d'épouser. Il est malheureux que je ne dispose pas du moindre indice pour entreprendre une enquête. Il ne me reste qu'à chercher dans mon carnet de quoi apaiser ma fringale présente. »

Alors, à l'insu de Yenfang, il ferma à clef la porte de son bureau, prit son carnet et le feuilleta page par page. Il arriva ainsi à une belle dont le nom était Xiang-yun « Nuage odorant ». L'appréciation n'était pas longue mais très élogieuse :

« Cette femme est d'une grande beauté, toute sa personne est absolument ravissante. Légère, elle ne laisse nulle trace sur son passage ; on pourrait la soulever dans la paume de la main. Sa grâce est sans affectation aucune ; son esprit paraît au naturel, comme dans une peinture de maître. Une odeur parfumée, incomparable, émane d'elle comme d'un étalage de fleuriste. J'ai saisi d'elle quelques paroles, mélodieuses comme chant de loriot ou son de flûte. Sa beauté claironne au loin, dépassant les limites étroites d'une chambre. Elle est la première entre celles de première classe. »

Ayant relu ce passage, Weiyangsheng fit effort pour se la rappeler. Il se souvenait qu'elle avait entre vingt et trente ans, charmante d'aspect. En la croisant il avait senti une bouffée odorante qui n'était ni encens, ni parfum. Après qu'elle fut partie, il avait trouvé auprès de l'autel un éventail portant un poème, qu'elle lui avait laissé. Il avait songé à elle plusieurs jours durant, et s'apprêtait à partir à sa recherche lorsque, rencontrant les trois beautés exceptionnelles, il y renonça. Ce jour-là, comme il tournait les pages du carnet, la flamme de naguère s'aviva dans son cœur, et il lut avidement les renseignements qu'il avait notés, en écriture fine, sous le nom de la belle : quelle ne fut pas son allégresse, quand il réalisa qu'elle habitait la même rue que lui ! Il se précipita dehors pour pousser son enquête. Le destin lui-même pave la voie du méchant : qui l'eût cru ? Cette femme était sa plus proche voisine ; seul un mur s'élevait entre sa chambre à coucher et le bureau de Weiyangsheng. Son mari était connu comme le Maître Puits-de-Science. C'était un lettré de grande capacité, mais d'une moralité douteuse. Il avait plus de cinquante ans. Veuf de sa première femme, il avait épousé Xiangyun en secondes noces. Il tenait une école dans une autre localité et ne revenait chez lui qu'une ou deux fois par mois.

Ayant relu tous ces renseignements, Weiyangsheng tout heureux, se dit : « Il est clair que nous étions promis l'un à l'autre dans une vie antérieure : ce sont les dieux et les esprits qui m'ont fait élire domicile ici, afin que je puisse devenir son amant. »

Il retourna chez lui tout excité, formant des plans dans son esprit et étudiant la situation. Le mur situé derrière son bureau n'était pas élevé, mais c'était un mur mitoyen et on ne pouvait le sauter tout bonnement. Quant au mur intérieur, il était fait de briques jointoyées à la chaux : impossible de pratiquer une ouverture sans laisser après coup une trace évidente de son passage.

Ayant réfléchi un moment, il décida de passer par le toit, suivant sa technique favorite. Il leva la tête pour examiner la charpente. Sous le toit, il y avait un espace haut de trois pieds, large de cinq, qui n'était pas fermé par une maçonnerie mais par une simple cloison de planches. Il se dit tout joyeux : « Voici le passage. Inutile de monter sur le toit, il suffira de déclouer quelques planches et de franchir le mur ici même. »

Sans attendre, il s'en fut quérir une échelle et la disposa contre le mur. Ensuite, il prit dans son cabinet une mallette cartonnée renfermant un nécessaire d'outillage, dont il ne s'était jamais servi. Mais, il n'y a sous le ciel chose qui n'ait son usage, le moment venu : comme on le va voir. Weiyangsheng étant monté à l'échelle avec cette mallette, examina un instant la cloison de planches. Il se servit d'abord d'une scie pour diviser en deux la traverse. Ensuite, avec une lime, il élargit les interstices. Il tira de toutes ses forces et une planche tomba, puis trois l'une après l'autre. Il se pencha par l'ouverture, et que vit-il ? Une femme qui se soulageait sur un seau. Ayant achevé, elle voulut remettre le couvercle sur le seau. Le couvercle ayant glissé à terre, elle tendit le bras pour le saisir, et dans le mouvement qu'elle fit, elle cambra les reins, releva les fesses, offrant aux regards indiscrets la moitié de son affaire.

Weiyangsheng, pendant ce temps, ne savait toujours pas si c'était là la personne qu'il cherchait. C'est seulement quand elle eut remis son pantalon et tourné la tête, qu'il la reconnut : c'était elle ! Il faillit l'appeler par son nom, mais se retint : « D'abord, on pourrait nous entendre ; ensuite, je suis dans le noir, elle ne sait pas qui je suis, elle ne viendra certainement pas ; pire, si elle s'offusque, ce sera contraire à mes projets. Il faut l'attirer ici et quand elle m'aura regardé, c'est elle qui baissera les yeux, je n'aurai pas à la forcer. »

Il était encore là à réfléchir quand soudain, il se remémora l'éventail qu'elle avait laissé, sur lequel elle avait tracé de sa propre main trois poèmes Tang. « Si je vais chercher cet éventail et que je déclame à haute voix les poèmes qu'elle y a inscrits, elle fera le rapprochement de suite et viendra voir si je suis bien celui à qui elle a laissé l'éventail. Ensuite, à mon éloquence de jouer. »

Sans plus balancer, il redescendit dans son cabinet, ouvrit son coffre et fouilla à la recherche du fameux éventail. Quand il logeait dans le temple, il avait reçu nombre de cadeaux de ce genre. Il les conservait tous et pour pouvoir les retrouver rapidement en cas de besoin, il les tenait dans un coffre spécial dont le couvercle portait quatre grands caractères : « Offert par une beauté » – encore un vers, est-il besoin de le préciser, tiré du *Livre des Poèmes*. Ayant ouvert le coffre, il passa en revue tous ces objets charmants. Il trouva un éventail et c'était celui qu'il cherchait. Il l'ouvrit pour lire. C'étaient trois quatrains du fameux Li Bai, portant tous le même titre, « Chanson d'une heure de quiétude ». Quand l'empereur Minghuang et la favorite Yang Yuhuan admiraient les pivoines en fleur, au début du printemps, ils avaient mandé le poète au palais pour qu'il composât ces quatrains en leur présence[31]. Weiyangsheng n'osa pas les réciter sans quelque décorum : il revêtit une coiffe et un habit impeccables, s'éclaircit la gorge ; enfin il déclama comme un acteur d'opéra *kunju* qui chante en récitatif, articulant chaque mot et détachant les rimes de façon qu'elle ne perde rien. Les poèmes disaient :

« Nuages – on songe à ses habits, fleurs – on voit son visage ;
Le vent printanier[32] fait gémir la balustrade, une rosée dense se dépose.
Si ce n'est sur le Mont-aux-cent-Jades[33] que je vous ai vue,
Est-ce en regardant, au clair de lune, la terrasse de cristal... ? »

« Une branche aux rouges pétales exhale un parfum pénétrant.
Nuages et pluie sur le Mont aux Sorciers : en vain le cœur se brise.
Dans le harem des Han, qui lui peut être comparée ?
L'aimable Fei-yan[34] en sa neuve parure. »

« La fleur renommée, la femme fatale se sourient l'une l'autre :
A les regarder, l'empereur oublie ses soucis –
Dissipant les regrets infinis du vent printanier –
Appuyé au parapet nord du pavillon aux Parfums. »

Weiyangsheng fit une première lecture, une seconde, toujours sans recevoir de réponse. Alors il lut également, sur le ton parlé qu'on emploie à l'opéra, la date et le nom figurant sur l'éventail. Puis il recommença la lecture entière, plusieurs fois. A ce moment un soupir ou un toussotement lui parvint de derrière la cloison de bois, et il sut qu'elle était montée jusqu'au guichet pour écouter. Alors, s'adressant à l'éventail, il exhala des plaintes :

« Pour cet éventail je suis entre la vie et la mort. L'éventail est ici, sa propriétaire est ailleurs. Si je pouvais la retrouver, mieux vaudrait lui rendre l'éventail. Le garder ici pour quoi faire ! » Alors, il ouït cette réponse qui venait de l'autre côté de la cloison :

« La propriétaire se trouve ici même. Lancez l'éventail par-dessus et je l'attraperai. »

Weiyangsheng, levant la tête, la vit, et il feignit la stupeur. « Ainsi, la reine de beauté n'était qu'à si peu de distance, et je me suis pourtant morfondu de si longs mois à son sujet ! S'il en est ainsi, je ne veux pas mourir. » Il monta deux à deux les barreaux de l'échelle et sitôt en haut, il prit Xiangyun dans ses bras et ils échangèrent un baiser.

Xiangyun lui demanda : « Où étais-tu jusqu'ici, que je ne t'aie jamais revu ? Pourquoi es-tu venu aujourd'hui chez mes voisins pour me lire les poèmes de mon éventail ? »

« C'est moi ton voisin, dit Weiyangsheng ; c'est ici que j'habite. »

« Si tu habites ici, répliqua Xiangyun, comment se fait-il alors que je ne t'aie jamais rencontré ? » « J'ai emménagé récemment », dit Weiyangsheng. « Pourquoi venir habiter ici ? » dit Xiangyun. Weiyangsheng voulant lui être agréable, n'eut pas de peine à inventer sur-le-champ une histoire : « A cause de toi, bien sûr. Depuis que j'ai aperçu ton visage dans ce temple, je pense à toi jour et nuit. Ayant vu le tendre regard que tu m'as jeté en partant, ayant reçu de toi cet éventail, je n'ai pu t'oublier. Alors j'ai songé à venir habiter ici pour te voir plus facilement. » Xiangyun sourit et tapota l'épaule de Weiyangsheng. « Quel amoureux passionné ! dit-elle. J'avais donc tort de t'en vouloir. Qui d'autre y a-t-il chez toi ? » « J'ai une concubine, dit Weiyangsheng, qu'un ami m'a offerte. Tout le reste de ma famille est dans mon pays d'origine. »

Xiangyun reprit : « Avant de venir habiter ici, pourquoi n'es-tu jamais seulement passé devant ma porte, me laissant me morfondre en pensant à toi ? » « Au début, dit Weiyangsheng, je n'avais pas pu avoir de renseignements sur toi ; ensuite j'ai appris où tu habitais, et alors j'ai décidé de déménager afin de me rapprocher de toi. » « Et quand donc es-tu arrivé ici ? » dit Xiangyun. « Il y a quatre ou cinq mois. »

Xiangyun parut choquée. Elle s'écria : « Si longtemps ! Il y a si longtemps que tu habites ici, et c'est aujourd'hui seulement que tu te souviens de moi ! »

Weiyangsheng, déconcerté par l'irritation sur son visage et dans sa voix, sut qu'il avait fait un faux pas. Il tâcha de se rattraper : « Je pensais que ton mari vivait ici, et je ne voulais faire rien qui pût te nuire. C'est seulement d'aujourd'hui que je sais qu'il loge dans son école et te laisse seule ici. C'est par prudence que je ne m'étais pas manifesté. Est-ce que j'aurais pu t'oublier ? »

Xiangyun émit un rire peu engageant, puis elle dit : « Tu as encore mon éventail ? »

« Je l'ai toujours gardé avec moi, protesta Weiyangsheng ; comment aurais-je pu le perdre ! » Xiangyun dit : « Montre-le moi. »

Weiyangsheng descendit de l'échelle, prit l'éventail, l'enveloppa dans un mouchoir et remonta pour le présenter à deux mains, cérémonieusement, à Xiangyun. Mais celle-ci ne l'eut pas plus tôt en mains qu'elle le brisa et en jeta les morceaux de son côté, au bas du mur. Puis, elle jeta le mouchoir à Weiyangsheng en disant : « Homme au cœur sec, heureusement qu'il ne s'est rien passé entre nous. Maintenant nous n'avons plus rien à faire l'un avec l'autre. » D'un air de colère, elle descendit de l'échelle, puis elle se mit à pleurer à chaudes larmes.

Weiyangsheng abasourdi, fut tenté de la rejoindre pour lui demander de s'expliquer, mais il craignit que la dispute ne vînt aux oreilles des voisins et ne provoquât un scandale. Il resta en haut à la regarder pleurer. Dans ce moment douloureux le vent fit bruire les feuilles d'un banian dans la rue, on aurait cru un bruit de pas. Craignant que ce fût Yenfang, Weiyangsheng remit en place la cloison de planches, et à contrecœur il descendit de l'échelle. Il se disait tout étonné : « Que s'est-il passé ? Je n'ai pourtant rien dit qui pût l'offenser. Pourquoi donc s'est-elle fâchée ? Si je comprends bien, elle m'a seulement reproché d'avoir tardé à venir, et laissé s'écouler sans profit la moitié d'une année. Elle veut m'obliger sans doute à lui faire des excuses. Il ne m'est pas facile de m'absenter pour aller chez elle dans la journée. Quand la nuit sera tombée, j'y retournerai et je tirerai cela au clair. Je ne discuterai pas avec elle si ses reproches sont fondés : disons que je l'indemniserai de sorte à apurer mon compte et que nous partirons ensuite sur une base nette. » Ayant fixé une ligne de conduite, il attendit le crépuscule. Il envoya Yenfang se coucher avec de douces paroles, puis se retira dans son cabinet dont il ferma soigneusement la porte au verrou.

Il monta à l'échelle, et retira les planches qu'il avait déclouées dans la journée. Il se disait : « De l'autre côté je n'ai rien où m'appuyer. Vingt pieds de hauteur, il y a de quoi se rompre le cou si l'on saute. Je l'appellerais bien, mais après ce qu'elle a dit tout à l'heure, elle ne viendra pas m'aider à descendre. »

Mais Xiangyun, tout implacable qu'elle fût en paroles, avait le cœur tendre ; avant d'aller se coucher, elle avait ouvert un côté de la nasse pour le recevoir. Weiyangsheng une fois en haut, tendit la main pour tâter l'autre côté du mur, et il s'aperçut que l'échelle dont Xiangyun s'était servie dans la journée était demeurée en place. Rempli de joie, il enjamba le mur et descendit silencieusement de l'autre côté.

Il faisait noir comme dans un four ; il se fraya à tâtons un chemin jusqu'au lit. Xiangyun se tenait coite, comme endormie ; il étendit la main pour soulever la couette et se glisser dans le lit à ses côtés. En réalité, Xiangyun ne dormait pas ; elle l'avait fort bien entendu entrer. Mais pour se dispenser de plus amples civilités, elle s'était tournée vers le mur et feignait de dormir. C'est seulement quand il voulut monter dans le lit qu'elle se sentit finalement obligée de recourir à quelque formalité. Feignant d'avoir été éveillée en sursaut, elle se retourna et s'écria : « Qui es-tu, qui oses monter dans mon lit dans le noir ? »

Weiyangsheng souffla : « Personne d'autre que celui avec qui tu as parlé aujourd'hui. Le reconnais-tu ? Il vient exprès pour se faire pardonner. » Tout en parlant, il essayait encore de la rejoindre dans le lit.

Mais Xiangyun, s'enroulant dans la couette, ne le laissa pas entrer et dit d'une voix animée : « Homme au cœur sec ! Qui est-ce qui accepterait tes excuses ? »

Weiyangsheng reprit : « J'ai fait tout ce que je pouvais pour passer de ce côté et te rejoindre. Est-ce là avoir le cœur sec ! »

Xiangyun répliqua : « Tu as des yeux qui ne savent pas voir. N'as-tu pas une belle femme sous la main, pour t'amuser tranquillement avec elle au lieu d'aller chercher une chose de rebut comme moi ! »

Weiyangsheng reprit d'un ton de prière : « Ne dis pas cela. Dans ma maison il n'y a qu'une concubine, un ami me l'a payée, j'étais bien obligé de la prendre. Il n'y a vraiment pas de quoi être jalouse ! »

« Que tu t'amuses avec ta femme ou ta concubine, répliqua Xiangyun, c'est tout ce qu'il y a de plus normal. Pourquoi irais-je m'en offenser ! Je ne parle pas d'elles mais d'autres femmes comme moi, que vous avez poursuivies de vos assiduités tandis que vous me délaissiez. Encore, si nous avions été séparés par la distance, soit. Mais quand on se trouve de part et d'autre d'un mur ! Et tu ne m'as pas appelée une fois ! tout à fait comme si je t'étais inconnue. Cœur sec ! Et maintenant, monsieur veut être accueilli à bras ouverts. »

« Et où vas-tu prendre ce roman ? s'exclama Weiyangsheng. Hormis cette unique concubine, je n'ai fait connaissance avec aucune femme pendant ce temps. Qui t'autorise à me calomnier de la sorte ? »

« Bien, dit Xiangyun, je vais donc te poser une question : tel jour, à telle heure, dans le temple de Zhang l'immortel, trois femmes sont allées brûler de l'encens. Un homme s'est agenouillé devant la grand'porte pour les saluer. Etait-ce toi, oui ou non ? »

« De fait, dit Weiyangsheng, ce jour-là, trois femmes sont allées au temple. Je me disposais aussi à y faire une prière. Voyant qu'il y avait du monde à l'intérieur, j'ai trouvé peu courtois d'aller me mêler à leur groupe et j'ai préféré attendre dehors ; je me suis agenouillé sur place pour faire ma prière à l'Immortel, non à ces trois dames ! »

Xiangyun dit avec un sourire : « Cette fois, c'est toi qui montres le bout de l'oreille. Si tu es bien celui qui s'est donné ce jour-là en spectacle, qu'as-tu encore à finasser ! Le jour d'avant tu te cachais derrière le dos de l'Immortel pour épier les femmes ; si l'une était à ton goût, tu ne craignais guère de manquer aux bienséances en allant sur-le-champ lui faire ta cour. Et maintenant, ce fatras : des dames à l'intérieur, peu courtois de me mêler à eux, et on se met à genoux dehors pour prier ! De telles fariboles, tu ne les ferais pas gober à un enfant de trois ans, et tu oses me les servir à moi ! »

Weiyangsheng vit qu'il avait mal calculé son coup, et pensa qu'il serait mieux avisé de reconnaître les faits, surtout s'il voulait lui soutirer l'adresse de ses trois inconnues. Il sourit à son tour et il dit :

« Pour ne rien te cacher, ma prière ce jour-là s'adressait pour moitié au dieu et pour moitié à elles. Mais comment peux-tu être au courant de cet incident, alors que tu étais à la maison ce jour-là ? Qui te l'a raconté ? »

« Mes yeux, dit Xiangyun, voient à mille stades de distance ; mes oreilles déchiffrent les rumeurs apportées par le vent. Je n'ai pas besoin qu'on vienne me raconter, je sais. »

« En ce cas, dit Weiyangsheng, tu sais aussi où elles habitent, comment elles s'appellent, à qui elles sont mariées ! Dis-moi tout. » « Cela fait six mois que tu les fréquentes, dit Xiangyun, et tu ne sais pas encore cela ! Et tu viens me demander cela à moi ! »

« Mais enfin, dit Weiyangsheng, où vas-tu chercher ce conte ? Je ne les ai vues qu'une fois, en tout et pour tout ; je ne les ai pas fréquentées pendant six mois ! Je réclame justice. »

« Si ce n'est pas d'elles que tu as été occupé tout ce temps, dit Xiangyun, pourquoi ne m'as-tu pas donné signe de vie pendant ces six mois ? J'en déduis qu'elles te l'ont défendu. T'imagines-tu que je suis dupe ? »

Weiyangsheng dit : « Je prends à témoin le Ciel et la Terre ! Quel commencement de preuve as-tu ? Si tu ne me crois pas, je vais jurer (NdT : formule d'imprécation) : si j'ai eu le moindre rapport avec ces trois personnes, que le Ciel me foudroie à l'instant ! »

A ces mots, les soupçons de Xiangyun diminuèrent de moitié. « En ce cas, dit-elle, ta faute peut être pardonnée. » « Je t'ai tout dit, reprit Weiyangsheng, et je te prie de me laisser venir près de toi. »

« Je suis loin de valoir ces trois personnes, dit Xiangyun ; va donc coucher avec de vraies beautés et laisse-moi en paix. » « Tu es encore trop modeste, repartit Weiyangsheng. D'où prends-tu que tu ne les vaux pas ? » « Tu n'as pas la vue si mauvaise, dit Xiangyun. Si elles n'avaient pas été les plus belles, tu ne leur aurais pas témoigné tant de déférence. »

« C'était de ma part l'inspiration d'un moment, protesta Weiyangsheng, nullement la récompense d'un mérite supérieur ! Si donc tu me tiens rigueur de les avoir saluées plus bas que toi, et si c'est pour cette raison que tu cries à l'injustice, je m'en vais te rembourser la différence rubis sur l'ongle, et avec les intérêts de retard en sus. »

Il s'agenouilla devant le lit et frappa le sol du front, plusieurs dizaines de fois d'affilée, et si énergiquement que le bois du lit en vibrait. A la fin Xiangyun tendit le bras, releva Weiyangsheng et lui fit signe de venir la rejoindre. Weiyangsheng ne se le fit pas dire deux fois. Il se déshabilla et il se glissa sous la couette ; son sexe fut enfin réuni à celui de sa belle. Avec des sentiments également passionnés, invinciblement attirés l'un vers l'autre, ils se dispensèrent de toute autre politesse et démarrèrent à fond de train, ainsi qu'une voiture légère qui a emprunté souvent la même route et qui est familière de tous les virages. Weiyangsheng alla droit au but et son amie supporta bravement l'assaut dans l'attente du plaisir : elle le laissa d'abord emporter le passage. Weiyangsheng, voyant qu'elle soutenait l'engagement, donna libre cours à sa fougue et il déploya ses batteries face à celles de Xiangyun.

Lors des cinquante premières explorations, le vase était encore extrêmement humide et comme visqueux ; ensuite, le passage devint progressivement plus difficile, au point que Xiangyun fit à haute voix la réflexion suivante : « D'habitude, quand je couche avec mon mari, la difficulté va en diminuant ; pourquoi, avec toi, va-t-elle en augmentant ? » Weiyangsheng répondit : « Mon organe est différent des autres : il a la faculté de grossir après être entré, tel le riz sec qui gonfle dans un milieu humide ; en outre, il s'échauffe, ainsi qu'une pierre à feu qui ayant été frottée jette des étincelles avant d'exploser. C'est en raison de ces deux propriétés que je ne le cache pas, mais viens jusqu'ici te proposer de l'essayer toi-même. »

« Je ne puis croire, dit Xiangyun, que tu possèdes pardevers toi un tel trésor ; je penserais plutôt que tu me racontes des sornettes. Si même tu dis vrai, pourquoi devrait-on en éprouver ce désagrément ? » « C'est, dit Weiyangsheng, que tu es dans un état momentané de sécheresse ; bientôt, un liquide va venir humecter le vase et tu ne ressentiras plus cet inconvénient. » « En ce cas, dit Xiangyun, je n'ai qu'à l'endurer ; plus tu manœuvreras énergiquement et plus vite je serai soulagée. »

Weiyangsheng mit les pieds de Xiangyun sur ses épaules et il reprit de plus belle l'engagement : une dizaine de mouvements et la prédiction s'accomplit. Le vase s'humectant, toute douleur disparut ; le pénis s'échauffant produisit du plaisir. « Vrai, dit Xiangyun, tu n'as pas menti : c'est agréable maintenant. » Weiyangsheng ainsi encouragé, continua avec une vigueur accrue et tout en travaillant à la satisfaire, il lui dit d'une voix caressante : « Mon amour, je n'ai jamais cherché à te tromper. Tu peux aussi bien me rapporter ce que tu sais de ces trois personnes. » « Si tu es loyal, dit Xiangyun, je te dirai tout. Mais, rien ne presse ! » « C'est vrai », dit Weiyangsheng.

Dès lors il tint sa langue et il œuvra en silence, pendant plus d'une veille. Alors il sentit que Xiangyun était glacée aux extrémités. Ayant succombé à trois reprises elle dit : « Mon amour, je suis à bout de forces. Ne continue pas ;

prends-moi dans tes bras et dormons. » Weiyangsheng obéit, il s'allongea à ses côtés et l'enlaçant, ils s'assoupirent ensemble.

En s'éveillant il fut frappé d'une senteur singulière, celle même qu'il avait remarquée sur le passage de la jeune femme, le jour de la rencontre dans le temple. Il demanda : « Quel est ce parfum délicieux dont tu imprègnes tes vêtements ? » « Je ne me sers d'aucun parfum, dit Xiangyun ; où l'as-tu senti ? » « Dans le temple, dit Weiyangsheng, quand je t'ai croisée, un parfum pénétrant a frappé mes narines. Aujourd'hui dans ton lit, c'est la même senteur. Si tu n'emploies pas de parfum, d'où provient-elle ? » « C'est mon odeur personnelle », dit Xiangyun. »Je ne puis croire, dit Weiyangsheng, qu'une telle odeur puisse sortir de la peau. Si c'était le cas, tu posséderais toi aussi un trésor incomparable. » « C'est, dit Xiangyun, le seul avantage naturel que j'aie véritablement sur les autres femmes. Quand ma mère s'apprêtait à me mettre au monde, une nuée rouge est entrée dans la pièce où elle se tenait, accompagnée d'une bouffée odorante. La nuée se dissipa après ma naissance, mais l'odeur correspondante m'est restée pour la vie et elle m'a valu le nom que je porte : Nuage odorant. Quand je suis immobile, l'odeur n'est pas très marquée, mais il suffit que je m'active, que je transpire, elle devient très perceptible ; non seulement les autres la sentent, moi-même je la remarque. Dotée d'un tel avantage, je n'ai garde de le dissimuler : quand je t'ai rencontré dans le temple, que frappée de ta bonne mine je t'ai offert mon éventail, je t'ai également laissé cette odeur en souvenir, dans l'espoir qu'elle te ferait venir jusqu'à moi. Aurais-je pensé que tu attendrais si longtemps pour répondre à mes vœux ! »

Weiyangsheng n'eu pas plus tôt entendu, qu'il entreprit de la renifler de la tête aux pieds ; et oyez la merveille ! pas un pore de sa peau qui n'exsudât ce parfum. Alors, il sut qu'une reine de beauté ne se peut déceler par le seul truchement des yeux. Il l'embrassa étroitement, et avec transports répéta plusieurs dizaines de fois « Mon amour ».

Xiangyun, cependant, lui dit : « Tu as respiré partout, mais il reste un endroit et le parfum qui s'en dégage est encore différent du reste. Je te conseille d'en faire l'essai. » « Où est-ce ? » demanda Weiyangsheng. Xiangyun saisit dans sa main le doigt de Weiyangsheng et, tapotant légèrement son sexe : « C'est là, et c'est une odeur absolument spéciale. Si cela ne te rebute pas, vas-y voir. » Weiyangsheng se recroquevilla, plaça ses narines à bonne hauteur et huma plusieurs fois. Ensuite il se redressa et s'écria : « Un trésor ! Un trésor ! Je n'ai pas les mots pour le dire ; je voudrais ici même mourir entre tes bras ! » Sur ces mots, il se recroquevilla de nouveau pour atteindre le trésor en question, puis tira la langue et se mit à lécher. « Que fais-tu là ! dit Xiangyun, veux-tu remonter bien vite ! » Tout en parlant elle tâchait de le tirer vers le haut. Mais plus elle le tirait, et plus il résistait. Se servant d'une langue de trois pouces de long à l'exacte façon d'un organe viril, il la fit aller et venir à l'intérieur, tout comme dans l'acte sexuel ordinaire. Quand une liqueur intime s'écoula, il l'aspira et avala tout bonnement. Il continua jusqu'à faire succomber Xiangyun, et alors il absorba comme un nectar l'ultime sécrétion. Alors seulement il s'étendit de nouveau sur le lit. Xiangyun le serrant étroitement entre ses bras, lui dit : « Mon âme ! comment peux-tu m'aimer à ce point ! Je n'ai pas les mots pour le dire ; je veux moi aussi mourir entre tes bras. » « Selon moi, dit Weiyangsheng, aucune femme ne peut se comparer à toi. Ayant chez lui un trésor tel que toi, comment ton mari peut-il négliger d'user de son privilège et te laisser ainsi dormir seule ? » « Il voudrait bien en user, repartit Xiangyun, mais il n'est plus à la hauteur ; c'est pourquoi il s'abrite derrière ce prétexte pour se dérober. » « Pourtant, dit Weiyangsheng, on m'a dit qu'il était encore dans la force de l'âge. Pourquoi n'est-il pas à la hauteur ? » « Quand il était jeune, dit Xiangyun, c'était lui aussi un coureur de jupons, expert à débaucher les honnêtes femmes, et en prenant à son aise de jour comme de nuit. Il s'est usé prématurément, de sorte que n'étant pas encore vieux, il est déjà hors d'usage. » « Et dans sa jeunesse, interrogea Weiyangsheng, quelle était sa capacité, comparée à la mienne ? » « Son métier n'était guère inférieur au tien, dit Xiangyun, mais évidemment il n'avait pas tes deux avantages. » « Chacun de nous deux, dit Weiyangsheng, possède une chose qui n'a pas sa pareille au monde. Ces deux trésors sont à présent réunis, et rien ne pourra les séparer. Dorénavant, je veux venir chaque nuit dormir avec toi. » « Tu vis avec une femme, rétorqua Xiangyun, comment pourrais-tu venir chaque nuit ! Si tu ne m'oublies pas complètement, comme auparavant, je serai satisfaite. »

« Je ne sais, dit vivement Weiyangsheng, quel est le bavard qui a exercé sa langue à mes dépens et insinué je ne sais quoi dans ton esprit, me débinant par derrière sans que je puisse me défendre. Maintenant encore tu dis que je t'avais oubliée ! Si je connaissais l'auteur de cette perfidie, il aurait affaire à moi, je te le dis. » « Sache donc, répliqua Xiangyun, que le bavard en question n'est autre que les trois personnes dont tu es épris. » « De nouveau un fait incroyable ! s'exclama Weiyangsheng. Si tout autre que toi était venu me dire cela, j'aurais cru à une mauvaise plaisanterie. Auraient-elles manqué à la pudeur au point de m'accuser nommément ? » « Je te parlerai sans feinte, dit Xiangyun. Ces trois personnes et moi-même sommes parentes par alliance. Les deux plus jeunes sont mes 'petites sœurs' ; la plus âgée est ma tante. Avec les deux premières je n'ai pas de secrets ; nous sommes véritablement entre nous comme sœurs de même mère. Le jour où je t'ai aperçu dans le temple, à mon retour je leur ai raconté ce qui s'était passé : comment j'avais rencontré un beau jeune homme, de quel air il m'avait regardée, comment j'avais été conquise au point de lui laisser mon éventail : je ne leur ai rien celé. Elles m'ont dit : 'Il t'aime, tu l'aimes, un jour ou l'autre il viendra te chercher. Voyons comment tu t'y prendras à ce moment-là !' Moi aussi, je pensais alors que tu allais venir sans tarder ; je suis restée sur le pas de ma porte à attendre, plus de dix jours. Mais, peine perdue. Ensuite, elles sont allées elles aussi faire leurs dévotions à Zhang l'Immortel. A leur retour, elles m'ont questionnée sur ton apparence physique et ton costume. Quand je leur eus dit tout ce que j'en savais, elles se sont exclamées en chœur : 'En ce cas, l'élu de ton cœur, nous l'avons nous aussi rencontré, aujourd'hui même !' Puis elles m'ont demandé : 'Puisqu'il t'aime, ce jour-là, s'est-il jeté à genoux pour te saluer ?' 'Point n'est besoin d'aller jusque-là, ai-je rétorqué ; de tels sentiments ont leur place dans le cœur, pourquoi les étalerait-on ainsi aux yeux de tous ?' A ces mots elles n'ont rien répondu, seulement souri d'un air de triomphe. Soupçonnant quelque chose je les ai à mon tour pressées de questions ; alors seulement elles m'ont tout raconté, sans cesser de sourire de l'air le plus arrogant du monde. Je suis demeurée plusieurs jours confinée chez moi, malheureuse et de fort méchante humeur. Je me disais : 'Pour elles, comme pour moi, c'était la première fois qu'il les voyait. Pourquoi, en me voyant, s'est-il comporté avec discrétion, et en les voyant, a-t-il perdu la tête au point de se conduire ainsi en public ? Cela marque où vont ses préférences. Qu'il aille donc leur faire sa cour, de toute façon il ne mettra pas les pieds ici.' D'ordinaire nous étions les meilleures sœurs du monde, mais depuis ce moment je leur en ai voulu. J'ai imaginé que vous vous voyiez chaque jour, et six mois se sont écoulés ainsi. C'est maintenant seulement que tu m'as tirée d'erreur : quand j'ai entendu tes serments, j'ai été certaine que tu disais la vérité. Tout ce mélodrame parce que tu t'es livré à cette extravagance. Je te le demande, était-ce bien la peine ! »

« Ah, dit Weiyangsheng, c'était donc cela ! A ta place, qui ne se serait mis en colère ! Mais j'y songe : si elles sont tes sœurs, elles sont aussi à présent mes belles-sœurs. Si tu consens à me présenter à elles, je renonce à toute visée sur elles ; mais il me plairait de faire sonner à leurs oreilles ce nom de 'Belle-sœur', pour leur faire savoir que nous avons une liaison et pour te venger en quelque sorte de leurs mépris : elles t'ont regardée de haut à cause de cette extravagance ; nous avons à présent de quoi leur rendre la pareille. Qu'en dis-tu ? » « Cela ne s'impose pas, dit généreusement Xiangyun. Elles et moi, sommes non seulement comme des sœurs, mais encore comme des sœurs jurées, unies par un pacte d'amitié nous obligeant mutuellement à partager bonheurs et malheurs. Elles n'ont en rien trahi ce pacte ; comment, de mon côté, pourrais-je leur manquer ainsi ! Quand je t'aurai quitté, j'irai leur rendre visite et je ne leur cèlerai rien des dons que la nature t'a accordés : il est juste qu'elles soient de la partie. Seulement, je voudrais que nous deux soyions clairs sur un point : quand tu seras de leurs intimes, il ne faudra pas me délaisser. J'entends que tu restes envers moi tel que tu as été cette nuit. Promets-le ! »

Quand il entendit ces mots, Weiyangsheng se sentit pousser des ailes : d'une pirouette il sauta à bas du lit, et il jura devant le ciel et la terre un serment plus inviolable et des imprécations plus terribles que précédemment. Ensuite il remonta dans le lit et sans perdre un instant, se remit à l'ouvrage, comme pour gâter spécialement l'entremetteuse. Quand ils en eurent fini, cette fois, ils dormirent dans les bras l'un de l'autre.

Quand il fit jour, Xiangyun éveilla Weiyangsheng et empruntant l'échelle, il s'en retourna. Ils se virent désormais tous les jours, et couchèrent ensemble toutes les nuits. Quant aux deux belles-sœurs, on ne sait encore quand il jouira de leurs faveurs : nous laisserons pour un moment le lecteur sur sa faim, pour traiter d'autres matières dans les deux prochains épisodes. Qu'on se rassure, après ces deux intermèdes, on verra reparaître l'acteur principal.

---

31. En leur présence : cette circonstance compte dans la valeur qu'on accorde aux poèmes. Le caractère improvisé est consubstantiel à la véritable composition poétique, qui s'effectue à haute voix et *in situ* (et non « en chambre »). L'amateur lui-même ne récitera pas à la va-vite, « n'importe comment », les paroles issues du « souffle sacré » d'un poète d'il y a plus de mille ans.

32. Vent printanier : toujours violent en Chine.

33. Le Mont-aux-cent-Jades (ou Montagne-de-jade) appartient à la mythologie chinoise : il est mentionné dans le *Mu-tianzi-zhuan* où il est la résidence de la Xiwangmu, « Mère-reine-d'Occident », devenue plus tard la patronne du taoïsme ésotérique.

34. Fei-yan (« Hirondelle-en-vol ») : Zhao Feiyan, épouse de l'empereur Han-Chengdi.

Chapitre 13

Jouer son va-tout pour tirer vengeance d'un grief caché ;
dormir sur du bois sec pour rendre à l'adultère la monnaie de sa pièce.

Depuis qu'il avait vendu sa femme dans les circonstances qu'on a relatées, Quan le Brave remâchait sa bile. Trop humilié pour pouvoir encore regarder ses voisins en face, il avait cessé toute activité et demeurait assis chez lui, maussade, harcelant de questions la petite servante de douze ans : depuis quand ce gaillard couchait-il avec Yenfang ? Par qui se faisait-il seconder ? La petite, au début, craignait la colère de sa maîtresse et n'osait pas parler. Voyant ensuite que sa maîtresse était vendue, comprenant que c'était définitif, sa langue se délia et elle raconta tout : depuis quand il venait, quels jours il avait passés avec elle, comment la voisine d'en face avait pris part à leurs rencontres. Elle lui apprit aussi que l'amant de Yenfang n'était pas le grand gaillard qu'il connaissait, que c'était un beau jeune homme, et que contrairement aux apparences, c'était le grand gaillard qui le secondait dans cette affaire. Ces révélations, comme on pense, accrurent le courroux du mari berné. Quand il eut connaissance du mariage de Yenfang avec Weiyangsheng, il comprit tout. Il prit des renseignements sur Weiyangsheng et sut qu'il n'était pas du pays, qu'il avait une femme légitime, et qu'il n'avait pris Yenfang que comme concubine. Il se dit alors :

« Si ce Sai-Kunlun avait agi pour son propre compte, je n'avais aucun espoir de me venger jamais : il ne me restait qu'à serrer les dents ma vie durant, en attendant de régler ce compte avec lui devant le juge des Enfers. Mais puisque c'est un autre qui s'est joué de moi, je me vengerai. Si je porte plainte en justice, il a derrière lui Sai-Kunlun et un trésor de guerre bien garni : et quel juge, à notre époque, est insensible à de tels arguments ? Il jurera ses grands dieux qu'il a agi par humanité, pour recueillir une femme dans le besoin, et mon procès sera perdu. Tout bien considéré, c'est une querelle qu'on ne peut régler par la voie judiciaire. Un plan meilleur est de me rendre dans son pays d'origine, trouver sa maison, puis d'une façon ou d'une autre m'introduire dans sa chambre et y jouir à sa place de son bien : alors je serai satisfait. Il a séduit ma femme : je séduirai la sienne, c'est là ce qui s'appelle se venger proprement. Cela me procurera sûrement plus de joie que de le tuer. »

Sa décision prise, il mit en vente la servante ainsi que tous les objets du ménage, convertit le tout en argent liquide qu'il réunit aux cent vingt onces provenant de la transaction avec Sai-Kunlun, et aux deniers qui constituaient le fonds de roulement de sa petite affaire. Il dit adieu à ses amis et connaissances et, ayant ainsi brûlé ses vaisseaux, il s'en fut.

Après un pénible voyage il arriva à destination. Il descendit à l'auberge, et le lendemain il alla aux nouvelles. Ayant mené son enquête, il comprit alors seulement que son dessein était traversé d'une foule d'obstacles, ce qui le rendit perplexe et soucieux. Il avait cru que tous les ménages étaient comme le sien, bien gardés tant que le mari était dans les murs, mais autrement aussi accessibles qu'une maison dont la porte est sans serrure, où l'on peut entrer et sortir comme dans un moulin. Il ignorait jusqu'alors qu'il en va autrement dans la demeure d'un lettré que dans celle d'un artisan, et qu'on n'y reçoit personne hormis les parents proches ou éloignés et les amis de longue date. En outre, la maison qu'il avait en vue était gouvernée de façon plus sévère que la moyenne : les parents et amis, eux-mêmes, n'y étaient pas admis sans difficulté. Quan se dit : « Il y a peu de chances, objectivement, que je parvienne à mon but. Cependant, puisque je me suis lancé dans cette entreprise, que je rencontre ou non le succès, je dois persévérer et tout mettre en œuvre pour parvenir à mes fins. Si au bout du compte, j'échoue, c'est que le Ciel l'aura voulu ainsi, je n'aurai rien à me reprocher. Il ne sera pas dit que j'aurai franchi tous les obstacles pour arriver ici et que je me laisserai intimider par le seul mot de 'Porte-de-Fer'. »

Plus résolu que jamais, il se mit en quête d'une maison à louer dans les environs immédiats, afin d'être sur place et de pouvoir guetter l'occasion propice. Mais la maison de Porte-de-Fer était sise à l'écart, au milieu de terres inhabitées : rien en vue qui fût construit. Ayant scruté en vain l'horizon, Quan se sentit de nouveau en butte à l'adversité ; il songea alors que le mieux était de regagner l'auberge. Il n'avait pas fait cinquante pas, que ses yeux tombèrent sur un grand arbre portant un écriteau de bois. En s'approchant, Quan déchiffra l'inscription suivante : « Terrain en friche à cultiver, sans fermage la première année. »

Il jeta un coup d'œil alentour : ce n'étaient partout qu'herbes folles et plantes sauvages qui poussaient jusqu'au ciel. Quan se dit : « Il doit s'agir de cet espace inculte. Je ne sais à qui il appartient. S'il y a un terrain à cultiver, il doit y avoir aussi une maison sur place pour que le cultivateur puisse y travailler commodément. Je suis preneur : j'habiterai à proximité et, sous couleur de travailler la terre du matin au soir, j'aurai toute facilité pour surveiller les allées et venues. »

Il se rendit au hameau le plus proche et demanda à la première personne qu'il rencontra : « Qui est le propriétaire de ce terrain ? Où est censé loger celui qui voudrait le cultiver ? » Cet homme lui dit : « Le propriétaire est connu sous le nom de 'l'ermite Porte-de-Fer'. Il vit dans cette grande maison isolée. Le terrain est nu, sans même une cabane ; celui qui voudra prendre le champ sera obligé de loger ailleurs. » Quan reprit : « Je voudrais lui défricher ce terrain, mais je ne connais pas ce monsieur : comment est-il ? » L'homme dit en secouant la tête : « Il est difficile de s'entendre avec lui. C'est pour cela que le terrain est vacant. » « Pourquoi ? » dit Quan. L'homme répondit : « Selon la coutume, celui qui met une terre en culture doit bénéficier de trois années franches de toute redevance ; lui, n'accorde qu'une franchise d'une année, dès la deuxième année, il entend que le terrain lui rapporte. Mais, passe encore pour cela. C'est un ladre et un grigou de la pire espèce, qui lésine sur la nourriture des gens qui le servent. Il n'a pas chez lui un seul valet : il réquisitionne ses fermiers pour assurer dans sa maison les travaux nécessaires. Quand il a besoin d'eux, il va les chercher, et tant qu'il les occupe leur donne le gîte et le couvert, mais de salaire, point. Il y a trois ans, quelqu'un a pris ce terrain pour le défricher. Mais comme il était sans cesse convoqué et envoyé de gauche et de droite, il a renoncé à semer, et la chose en est restée là. »

Cette réponse enchanta Quan. Exultant en son for intérieur, il se mit aussitôt à échafauder son plan : « Je craignais de ne pouvoir accéder à la maison, et en voici la clef : un tiers du problème est déjà résolu. Qu'il m'emploie donc à sa guise, je n'y vois pas d'inconvénient. Je n'en vois pas non plus à ne pas toucher de salaire. Qu'il m'engage seulement, je ne lui demande rien d'autre. Le seul danger serait que son gendre revienne inopinément et me démasque ; alors il risquerait de m'en cuire. Il suffit que je me présente sous un faux nom : il ne m'a jamais vu, il ne pourra me reconnaître, je n'aurai donc rien à craindre de ce côté. » Ayant pesé ses chances, il changea son nom de famille en Lai (« venir ») et prit pour nom personnel Sui-xin « selon ma volonté », car il était venu en ce lieu pour accomplir sa vengeance. Cependant, pour éviter de donner le vertige au lecteur, le romancier continuera de l'appeler Quan le Brave. Après avoir choisi son nouveau nom, il rédigea un bail puis il se rendit chez Porte-de-Fer pour se mettre à sa disposition.

Il savait que la porte ne s'ouvrait jamais quand on frappait, c'est pourquoi il resta assis dehors. Il attendit une journée entière sans voir personne sortir ; le soir venu, il s'en retourna à l'auberge. Comme il revenait prendre son poste le lendemain, il tomba sur Porte-de-Fer, qui achetait à un marchand ambulant du *dôfu* et des gâteaux. A son aspect sévère, Quan comprit que c'était lui en personne. Il s'approcha et le saluant profondément, dit : « Est-ce bien vous qu'on nomme l'ermite Porte-de-Fer ? » « Exact, répliqua celui-ci. Qu'est-ce qu'on me veut ? »

« J'ai ouï dire, exposa Quan, que vous aviez une terre à défricher, et que vous cherchiez un locataire. Il se trouve que j'ai besoin d'un gagne-pain ; je peux prendre votre terrain à bail et le cultiver. » Porte-de-Fer repartit rudement : « Défricher est un travail qui exclut les faiblards et les paresseux. Quelles sont tes habitudes ? » « J'ai toujours vécu à la dure, dit Quan ; et je crois que j'ai les forces nécessaires. Si vous n'avez pas confiance, prenez-moi à l'essai ; si vous voyez que le travail n'avance pas, vous embaucherez quelqu'un d'autre. » Porte-de-Fer reprit : « Je ne fournis pas le logement. Où logeras-tu ? » « C'est facile, dit Quan. Je n'ai ni femme ni enfants, je suis seul. J'ai des économies, de quoi me bâtir une cabane où je pourrai dormir. » « Pourquoi pas, dit Porte-de-Fer. Va rédiger un bail, alors, et reviens me voir. » Quan lui tendit celui qu'il avait apporté avec lui. Porte-de-Fer vit qu'il était bien bâti, pensa qu'il serait solide à la tâche, et qu'il pourrait non seulement cultiver le champ, mais servir d'homme de peine dans la maison. Il prit le bail et le rangea, et il lui permit de se construire une chaumière à ses propres frais.

Quan alla aussitôt acheter du bois, du chaume, et il engagea deux ouvriers charpentiers. En très peu de temps l'ouvrage fut achevé. La maison n'était qu'une chaumière, mais elle était flambant neuve. Quan se procura ensuite tous les outils nécessaires et les mit en état. Il se levait au point du jour pour sarcler et bêcher, afin d'attirer par son zèle l'attention du maître. Porte-de-Fer avait une chambre dont la fenêtre s'ouvrait justement sur ce champ. Il passait dans cette chambre le plus clair de son temps. Il était matinal, mais Quan l'était plus encore que lui ; il n'avait pas encore mis pied à terre que Quan avait déjà bêché un grand carré de terre. Porte-de-Fer vit qu'il n'était pas avare de sa peine ; quand il y avait quelque travail pénible à accomplir dans la maison, il n'hésitait pas à le convoquer. Quan faisait de son mieux pour le satisfaire. Non seulement il n'acceptait pas de salaire ces jours-là, mais il n'osait même pas manger à sa faim, certain de plaire par sa frugalité. Il se disait aussi : « Si ça se trouve, sa fille est laide à faire peur, ce qui expliquerait que son mari s'en soit dégoûté et qu'il ait quitté son pays natal pour se mettre en quête d'autres amours. Moi qui ai connu une belle femme, si jamais j'arrive à séduire celle-ci et à la persuader de coucher avec moi, un seul regard sur son anatomie et mon organe n'acceptera pas de me venger : que faire alors ? ! » Ensuite, il aperçut dans la maison une femme extrêmement belle. Surpris et heureux, il demeura dans le doute jusqu'au moment où il entendit les servantes l'appeler « Madame » ; alors il fut certain qu'elle était bien la fille de la maison et l'épouse de son rival. Il se dit : « Quand on a une femme comme celle-ci, on peut rester chez soi et coucher avec elle ; on n'a pas besoin d'aller dans les maisons des autres s'emparer de leurs femmes. » Sa résolution en fut augmentée et dès lors, il ne songea plus qu'à sa vengeance.

Il remarqua que les habitudes de la maison étaient aussi strictes à l'intérieur qu'à l'extérieur et qu'on n'entrait pas librement dans la chambre des dames. Il redoubla de prudence, s'interdisant de rien laisser paraître de ses sentiments : quand Yuxiang passait en sa présence, il gardait la tête baissée et n'ouvrait pas la bouche, à croire qu'il avait fait un vœu. Plusieurs mois s'écoulèrent ainsi.

Porte-de-Fer, n'ayant qu'à se louer de sa diligence, de son honnêteté et de sa sobriété, se mit à l'estimer fort et il réfléchit ainsi : « Au moment de partir, mon gendre m'a laissé quelque argent en me disant d'engager un valet pour assurer les corvées d'eau et de bois. J'ai eu maintes occasions de le constater chez d'autres, des serviteurs mâles, la plupart sont gourmands et peu travailleurs ; rares sont ceux qui sont dévoués et courageux. C'est pourquoi j'hésitais à en prendre un. Celui-ci ne présente aucun de ces inconvénients. C'est un pauvre diable sans famille. Peut-être acceptera-t-il de se vendre et d'entrer à mon service. Cependant, à engager un homme encore jeune tel que celui-ci, on prend deux risques. D'abord, il est sans attache ; il peut faire main basse sur des objets de valeur et prendre la clef des champs. Ensuite, hommes et femmes se trouvent mélangés dans la maisonnée et il peut en résulter des désordres ; cela fait trop de monde à surveiller. S'il accepte de se vendre, je le marierai à l'une de nos bonnes : cela le fixera chez nous, il n'aura pas idée de décamper et sa femme le surveillera, ce qui évitera d'autres problèmes. »

Son idée en tête, un beau matin il alla dans le champ et dit à Quan : « Courageux comme je te vois, tu es tout à fait à même d'avoir une famille. Pourquoi ne cherches-tu pas à te marier ? » Quan répondit : « On dit depuis toujours : l'intelligence nourrit mille bouches, la force physique nourrit seulement son homme. Ceux qui vivent du travail de leurs mains doivent s'estimer heureux s'ils arrivent à subsister ; comment songer encore à faire vivre une famille ! » Porte-de-Fer dit : « On ne peut se passer toute sa vie d'avoir une femme et des enfants. Si tu n'as pas de quoi te marier, pourquoi ne pas entrer comme serviteur dans une maison où il y a des servantes, et en épouser une ? Tu auras ainsi des descendants qui dans un siècle viendront sur ta tombe brûler des offrandes. C'est tout bénéfice ! »

En l'entendant parler de la sorte, Quan comprit ce qu'il avait en tête. C'est pourquoi il répondit : « Ce n'est pas si simple. D'abord, on peut avoir un maître déraisonnable ou indifférent, qui vous fera trimer toute une vie comme bête de somme, non seulement sans reconnaître vos efforts, mais avec coups et insultes en prime. Ensuite, on peut ne pas s'entendre avec les autres serviteurs de la maison, qui me détesteront d'emblée parce que mon zèle fera ressortir leur incurie, et qui tâcheront de me mettre en défaut devant le maître : mon existence sera un enfer. J'ai souvent observé ce genre de situations dans les grandes maisons, et je ne veux pas en être la victime. » « Les maisons dont tu parles, dit Porte-de-Fer, ont de nombreux serviteurs, de sorte que les maîtres ne peuvent connaître tout le monde. Il te suffit de choisir une maison d'importance moyenne, où le maître soit en état de distinguer les bons serviteurs des mauvais. En outre si la maisonnée est peu nombreuse, les autres seront forcés de t'accepter sans faire d'histoire. Chez moi, par exemple : si tu veux venir, tu trouveras une femme dès ton arrivée. Qu'en penses-tu ? » « Cela me plairait fort », dit Quan. Porte-de-Fer reprit : « A te dire le vrai, il me manque un domestique. Je vois que tu es zélé et honnête, je désire te garder, c'est pourquoi je t'ai posé cette question. Si vraiment tu es d'accord, il faut rédiger un contrat personnel d'engagement[35]. Combien demandes-tu ? Dis-le moi maintenant, pour que je puisse prendre mes dispositions. Le jour même où tu entreras chez moi, je te marierai. Cela te convient-il ? » « Si vous êtes si bon, dit Quan, dès demain je peux apporter le contrat et entrer chez vous. Cependant, quant à mon mariage, rien ne presse. Je ne suis pas très porté sur les femmes. Si j'ai une femme, très bien ; si je n'en ai pas, très bien aussi. Je n'en souhaite pas absolument. Si vous voulez me marier, attendez un peu pour voir si je me ferai à la maison, disons quelques années. Quand mes forces commenceront à décliner, il ne sera pas trop tard. A l'âge que j'ai, je veux consacrer mon énergie au service de mon maître, et non laisser une femme épuiser ma vigueur et mon endurance. En outre, il n'est pas utile de me verser un prix. Je suis seul au monde, je n'ai ni parents ni frères qui puissent en bénéficier. Il suffit que j'aie de quoi me nourrir et me vêtir ; à quoi bon de l'argent ? Seulement, si on passe cette clause purement et simplement sous silence, il est à craindre que le contrat ne perde de sa validité. On peut donc faire figurer sur le contrat une somme, celle qu'on voudra ; mais je n'ai pas besoin que vous déboursiez un centime. » Porte-de-Fer, à qui cette réponse agréait fort, dit : « On voit bien que tu es un serviteur fidèle, qui se soucie comme des siens propres des intérêts de son maître. Cependant, des deux clauses qui peuvent t'attacher à moi, il ne faut pas en rejeter plus d'une. Si tu ne veux pas du prix, soit ; j'en garderai le montant par-devers moi et j'y puiserai pour te faire faire des habits, cela peut aller. Mais si tu ne veux pas de femme, nous ne pourrons pas nous entendre. Les gens qui se vendent, d'ordinaire, le font pour obtenir une compagne, parce qu'ils escomptent les plaisirs conjugaux. Pourquoi ne veux-tu pas de femme ? Si tu ne reçois pas d'argent de moi, si tu ne veux pas non plus que je te donne une femme, quel lien auras-tu avec moi, et au nom de quoi te garderai-je[36] ? » Quan repartit : « Vous craignez que par la suite je change d'avis et que je vous quitte, c'est pourquoi vous voulez me marier pour vous assurer de ma loyauté. Avec moi, de telles précautions ne sont pas nécessaires ; mais puisque cela vous préoccupe, soit, j'accepte. » Tous deux s'étant mis d'accord, Quan n'attendit pas le lendemain ; le soir même il rédigea le contrat par lequel il se vendait comme serviteur. Porte-de-Fer, de son côté, n'attendit pas le lendemain, et le soir même il le maria à une servante.

Ensuite, Porte-de-Fer fit abattre la chaumière et coucher son nouveau serviteur dans la maison. Auparavant, quand il était son fermier, il le nommait Lai Sui-xin ; maintenant qu'il était son domestique, il supprima le nom de famille et l'appela tout bonnement Sui-xin. Quant à la servante qu'il lui avait donnée comme femme, elle s'appelait Ru-yi, « Idéalement ». On peut voir que la vengeance de maître Quan est déjà chose aux trois quarts faite, et que le nom de « Ru-yi » ajoute un présage favorable à celui de Sui-xin.

35. Contrat personnel d'engagement : c'est-à-dire de servitude, par lequel un homme entre au service d'un autre (sans pouvoir ensuite reprendre sa liberté) en échange d'une somme d'argent ou d'avantages équivalents.

36. Expression d'un droit en profondeur coutumier, où l'écrit n'est que la sanction du fait et ne suffit nullement à créer le droit.

Chapitre 14

Les plaisirs conjugaux se goûtent à portes fermées ; mais les murs ont des oreilles.

Ici celui qui épie la femme au bain reçoit des encouragements.

Avant que Quan le Brave acceptât de se vendre à Porte-de-Fer, la damoiselle Yuxiang trouvait la solitude bien pesante. Ayant autre chose à raconter, nous l'avions nous aussi délaissée. Privée, par la dureté d'un père, d'un mari dont elle avait appris à goûter la présence, elle faisait aussi triste mine que l'alcoolique sevré de sa boisson favorite, ou que le gastronome mis soudainement au régime. Trois nuits, cinq nuits sont bien longues pour qui les passe seul ; que dire d'une femme, dotée de toute l'ardeur de sa jeunesse, qui se retrouve comme veuve à longueur d'année ! Toute volupté réelle paraissant hors de portée, elle ne pouvait que se rabattre sur l'album de peintures que Weiyangsheng lui avait laissé en souvenir. Mais ce palliatif, loin d'étancher sa soif, ne faisait que la rendre plus ardente, et il lui fallut bientôt y renoncer. Elle essaya ensuite de se distraire par des lectures. A ton avis, lecteur, qui vaut mieux en un tel cas : des lectures légères ou sérieuses ? A mon humble avis, les romans, qui sont le recours habituel, ne peuvent apporter nulle consolation ; seuls les livres de son enfance, ceux que son père lui avait enseignés lui-même tels que le *Lienüzhuan* et le *Nüxiaojing*[37] auraient été susceptibles de l'aider. Si elle avait eu la sagesse et la modestie d'en prendre un sur l'étagère et de le relire, elle aurait puisé dans une telle lecture les forces nécessaires pour supporter un veuvage qu'on pouvait espérer temporaire : de tels livres ne sont-ils pas remplis à ras bord d'exemples de veuves véritables autant qu'héroïques ! Eh bien, l'idée ne lui en vint pas et tout au contraire, elle alla puiser dans la bibliothèque érotique rassemblée par son époux, composée (on s'en souviendra) de titres tels que *Chronique d'une pauvre folle* , *Petite Histoire de la Couche brodée* et *Histoire véridique de Monsieur Sans-Gêne* . Elle s'épuisa à les lire et à les relire jusque dans les moindres détails, et elle constata que tous ces livres avaient un point en commun : les performances fantastiques qu'ils attribuaient au sexe mâle. Les érections dont était capable le héros au cours d'une seule séance se chiffraient par myriades, à tout le moins par milliers ; quant à l'organe lui-même, il était régulièrement soit d'une longueur, soit d'une grosseur phénoménale. Le gland était comparé par les auteurs à un escargot, le corps à un lapin écorché. Elle se dit : « Je ne puis croire qu'il y ait sur terre des hommes pourvus de tels avantages. L'organe de mon mari n'excédait pas deux pouces de long et deux doigts de large ; il était capable tout au plus de cent ou deux cents érections avant d'émettre sa semence. Mille et au-delà, cela relève de l'affabulation. On a toujours dit[38] : Mieux vaudrait encore se passer de livres, plutôt que de croire à la lettre tout ce qui est écrit dans les livres. De telles rodomontades sortent de l'imagination fertile du romancier, cela est sûr. » Cependant, en réalité, elle ne savait que penser. Elle réfléchit encore et se dit : « Le monde est grand, les hommes nombreux ; toutes les curiosités se rencontrent ; donc, après tout, peut-être que ces livres ne disent que la vérité. En ce cas, une femme qui aurait la bonne fortune d'épouser un mari ainsi constitué, ne risquerait pas de s'ennuyer au lit : elle ne voudrait pas échanger sa condition contre celle d'une immortelle dans le paradis. » Elle demeura dans le doute à ce sujet.

Jour après jour, une fois levée, elle négligeait les travaux d'aiguille pour tenir conversation avec les livres que nous avons dits, dans l'intention de s'entretenir et maintenir en forme en attendant le retour de son époux. Mais, qui eût cru qu'il la laisserait complètement sans nouvelles ! Alors malgré elle, elle lui en voulut et se dit : « Quelles fautes ai-je dû commettre dans une vie antérieure, pour que mon lot dans celle-ci soit d'être unie pour la vie à un homme dépourvu de cœur, capable après quelques mois de vie commune de s'en aller ainsi et me laisser seule pour des années. Si j'avais su qu'il était un tel coureur de jupons, j'aurais eu moins de scrupules à le tromper. Mais, puisqu'il me montre ainsi le chemin, je saurai bien trouver quelque consolation par la petite porte. Je regrette fort que mon père me surveille de si près que je ne puis apercevoir aucun homme. »

A cette pensée, la frustration qu'elle éprouvait en songeant à son époux se tourna en ressentiment contre son père, et elle souhaita qu'il meure au plus tôt et lui donne la liberté de recevoir des hommes à sa guise. Quand elle aperçut Quan dans la maison, ce fut comme un aigle affamé qui aperçoit une poule : n'importe si la proie est grasse ou maigre, belle ou hideuse, il importe seulement de l'avaler au plus vite. Au début, lorsqu'il venait ponctuellement pour exécuter une tâche quelconque, comme elle avait déjà le désir de le séduire, elle ne put que constater qu'il était extrêmement sérieux : quand ils se rencontraient il ne levait même pas les yeux sur elle ; elle ne pouvait tout de même pas aller à lui et l'inviter. D'autre part, il venait travailler dans la journée et repartait le soir venu, ce qui ne facilitait pas les choses. Ensuite, elle entendit son père parler de le prendre dans la maison, et elle se réjouit fort, se promettant même de l'avoir dès la première nuit qu'il passerait sous leur toit. Elle n'avait pas prévu que son père le marierait sans attendre avec Ru-yi. Après les avoir vus tous deux accomplir dans la grand'salle les salutations rituelles aux ancêtres, puis se retirer dans leur chambre, elle fut en proie à la jalousie.

Quand son père fut couché, elle sortit de sa chambre à pas de loup pour aller écouter à leur porte.

Ru-yi était une jeune femme d'une vingtaine d'années, mais son maître, étant un homme foncièrement droit, ne l'avait jamais lutinée en cachette ; elle était encore vierge, comment aurait-elle pu s'accommoder d'un organe comme celui de Quan le Brave ! Ce furent gémissements, puis pleurs et cris à faire retentir le ciel et frémir celle qui écoutait à la dérobée. Quan lui-même, voyant qu'il n'y parviendrait pas d'emblée, dut remballer sa marchandise, de sorte que Yuxiang aussi en fut pour ses frais : ayant veillé toute la soirée pour rien, elle retourna chez elle se coucher. Elle recommença les nuits suivantes, toujours sans voir venir le plaisir attendu. Enfin, après plusieurs nuits de souffrances, Quan put déployer son talent. Les trois premiers soirs, il soufflait la lampe en se mettant au lit. Le quatrième, non seulement il laissa la lampe allumée, mais il ne tira pas les rideaux du lit. Avant toute chose, il fit manipuler par Ru-yi, à deux mains, sa verge de huit pouces de long, trop grosse pour tenir dans une seule main. Après s'être ainsi échauffé, il passa à l'acte et cette fois, le vase élargi par les exercices des nuits précédentes réussit à le recevoir.

Quan déploya alors tout son savoir-faire, et Yuxiang, incrédule d'abord puis émerveillée, put constater que sa cadence comme son endurance n'avaient rien à envier à celles des héros de ses livres de chevet. Ru-yi, après être passée par des douleurs singulières, expérimenta soudain une volupté sans égale, qui lui arracha de nouvelles exclamations à faire retentir le ciel. Quant à celle qui était aux aguets, après avoir souffert pour elle, elle se plongea avec elle dans les délices ; le spectacle la stimulait à tel point qu'elle répandait sous elle plus de liqueur que l'actrice en titre. A compter de cette soirée, Yuxiang s'éprit définitivement de Quan. Quant à lui, du jour qu'il eut franchi le seuil de la maison en qualité de domestique, son comportement changea du tout au tout. Quand il croisait Yuxiang, il ne lui ménageait pas les œillades ; si elle souriait, il répondait de même.

Un jour qu'elle était au bain dans sa chambre, il passa dans le vestibule, et toussa sans intention particulière. Yuxiang l'entendit ; il lui vint en tête que s'il la contemplait nue, il désirerait la posséder. C'est pourquoi faisant mine de s'effaroucher : « Qui va là ? cria-t-elle. Je suis dans mon bain ! N'entrez pas ! » Quan ne se méprit pas sur son ton ; ne voulant pas décevoir son attente, il perça un trou dans le papier huilé de la porte et y appliqua son œil. Yuxiang vit une ombre derrière le panneau de papier et sut qu'elle était observée. Alors, elle mit en évidence ses deux seins et son sexe afin qu'il puisse les regarder en détail. Craignant encore que ce qui était dans l'eau ne fût brouillé et peu visible, elle se renversa dans l'eau et elle écarta les jambes en les soulevant. Elle demeura un moment dans cette position, puis s'asseyant de nouveau, elle prit son sexe à deux mains, le regarda et émit un soupir audible, de l'air pitoyable de celui qui se trouve coincé dans une situation intenable. Quan comprit que cette femme était lascive au dernier degré, qu'en outre elle était acculée à la famine, et il se dit : « Si je passe outre aux convenances, et que j'entre maintenant, elle ne mettra pas dehors l'ami de passage. » Il poussa la porte et entra sans autre façon. S'agenouillant devant Yuxiang, il commença par dire : « Je mérite la mort », puis se relevant, il l'enlaça.

Yuxiang, feignant une vive surprise, s'exclama : « Qu'est-ce qui te prend ! » Quan répondit : « Si je me suis vendu, c'était pour vous approcher. Je pensais profiter d'un moment où nous serions seuls pour vous avouer mon amour, et seulement si vous étiez d'accord, manquer ensuite au respect que je vous dois. Je n'avais pas prévu qu'aujourd'hui j'apercevrais ce corps adorable : il a fallu que j'entre, au risque même de vous offenser. A présent, je vous supplie de me sauver ! » « Et que veux-tu de moi ? répliqua Yuxiang. Pour maintenant, je ne peux rien. » « Je le sais, dit Quan, je vous demande seulement permission de vous rendre visite la nuit prochaine. » « Comment cela ? dit Yuxiang, ne couches-tu pas avec Ru-yi ? Comment te permettrait-elle de découcher ? » Quan répondit : « C'est une dormeuse de première force ; quand nous en avons fini, elle s'endort, et sommeille d'une traite jusqu'au jour. Je peux découcher, elle n'en saura rien. » « Comme tu voudras », dit Yuxiang. Voyant qu'elle consentait, Quan la caressa des pieds à la tête, puis il la baisa deux fois sur la bouche. « A ce soir, dit-il, tiens la porte ouverte et attends-moi » – puis il sortit.

Le soir tombait. Yuxiang sortit du bain, se sécha, puis sans s'habiller, sans goûter seulement au dîner, elle alla au lit pour faire un somme afin d'avoir ensuite l'esprit et le corps plus dispos.

Mais elle ne put trouver le sommeil, et demeura étendue dans le lit jusqu'au début de la deuxième veille. Alors elle entendit la porte grincer et elle sut qu'il arrivait. Elle dit à voix basse : « Est-ce toi, Sui-xin ? » et Quan répondit de même : « C'est bien moi, Madame. » Craignant que dans le noir il ne trouve pas le lit, se blesse ou fasse du bruit, elle alla à sa rencontre et le prenant par la main elle l'amena près du lit. Une fois installés, elle lui dit : « Mon amour, j'ai vu que tu es drôlement bien pourvu, je ne pourrai te supporter si tu procèdes à la façon ordinaire. Je t'en prie, fais doucement. » Quan répondit : « Un corps précieux comme le vôtre, comment oserait-on le brusquer ! »

Il avait beau parler ainsi, dans son for intérieur il pensait que c'était minauderie de la part de cette femme. Selon lui, en effet, un homme qui fait profession de courir les jupons est forcément outillé en conséquence, de sorte que sa propre femme y est sûrement habituée. Aussi dirigea-t-il son organe vers le sexe de Yuxiang, et attaqua-t-il sans autre préliminaire. Yuxiang ne pouvant supporter l'assaut, dit d'un ton peiné et alarmé : « Je t'avais dit de faire doucement. Pourquoi me presses-tu ainsi ! » Quan voyant qu'il ne pouvait la pénétrer, comprit qu'elle n'avait pas parlé par fausse modestie. Alors il répondit avec une feinte humilité : « A vous dire le vrai, je n'ai jamais connu de femme aussi belle que vous. A présent qu'il m'est donné de vous connaître, mon amour pour vous est sans bornes, je suis par trop impatient de vous posséder, c'est pourquoi j'ai mal dosé ma force et je vous ai offensée. A présent, laissez-moi faire tous mes efforts pour me racheter. »

Alors il se mit à l'aborder de gauche et de droite avec son organe, la touchant à l'aine sans insister plus avant, afin d'éveiller en elle le désir et selon le dicton, « fendre le rocher pour faire jaillir la source ». Rien au monde n'est plus visqueux et glissant que la liqueur intime sécrétée par une femme quand faisant l'amour elle est possédée de désir. La nature elle-même a prévu ce dispositif afin de lubrifier le vase et lui permettre de recevoir le sexe mâle. La salive à défaut, peut en tenir lieu, mais elle n'a pas la même vertu ; ceux qui usent de salive sont en général des hommes impatients, qui ne savent pas attendre le moment où la liqueur féminine se répand d'elle-même, et ils ont trouvé ce palliatif ; mais en définitive, l'eau sortie d'une autre caverne ne vaut pas l'eau même de la source. Quan le Brave, au début, ne savait rien de ces subtilités. Dans les commencements de son mariage, comme il ne pouvait avoir commerce avec Yenfang, elle avait imaginé ce moyen et leurs rapports, d'infiniment douloureux qu'ils étaient, en étaient devenus aisés et fort agréables. A présent, la difficulté rencontrée avec Yuxiang étant de même nature que celle éprouvée dans les débuts avec Yenfang, Quan se remémorant soudain le passé, recourut au procédé qui lui avait alors réussi. Quand la liqueur féminine se répand sous l'effet de l'impulsion sexuelle, c'est comme lorsqu'un bateau dont la quille racle les fonds est rejoint soudainement par la crue des eaux printanières : il bondit en avant sans effort, et la rame ou la pagaie deviennent inutiles. Yuxiang, voyant qu'il demeurait à l'extérieur, dit en souriant : « Vous vous trompez de chemin, ce me semble. » « Nullement, dit Quan. J'entends que tu aies du plaisir, voilà tout. »

L'ayant excitée un moment, il sentit que l'intérieur de l'aine était maintenant très glissant. Il craignit, par suite de l'excès d'humidité, de ne pouvoir la pénétrer correctement ; pour éviter d'être ridicule, il prit la main de Yuxiang et la mit sur son organe en lui disant : « Vrai, j'ai fait fausse route ; je ne trouve plus l'entrée, montre-moi. » Yuxiang, obligeamment, l'amena jusqu'à son antichambre, et elle dit : « Tu y es ; entre toi-même. » Quan le Brave redressa son organe et le fit entrer ; chaque érection lui permit de pénétrer d'un ou deux centimètres, de sorte qu'en une vingtaine de coups, son organe long de huit pouces eut pénétré entièrement. Voyant qu'il procédait avec une habileté consommée, Yuxiang sentit croître le sentiment qu'elle avait pour lui, et l'embrassant étroitement, elle lui dit : « Mon amour, il y a peu de temps que tu fréquentes des femmes ; comment donc peux-tu être un amant aussi attentif ! Je t'aime à la folie, sais-tu bien ? » Quan, ainsi encouragé, naturellement se sentit tenu à la perfection, et il continua à un rythme soutenu, ni trop lent ni trop rapide, ni trop brutalement ni trop mollement. Etant parvenus au terme, tous deux étant trop épuisés pour parler, il s'arrêta. Yuxiang, n'ayant de sa vie goûté à un tel festin, était comblée. Désormais elle ne put se passer de lui, ne fût-ce qu'une nuit.

Au début, Quan allait la voir à l'insu de Ru-yi, mais ils comprirent ensuite qu'un jour ou l'autre elle éventerait leur manège ; il lui dit tout. Yuxiang craignait la jalousie de Ru-yi et elle fit tout son possible pour ménager sa susceptibilité, allant jusqu'à la traiter comme une seconde épouse traite l'épouse principale. Tantôt elles dormaient avec Quan à tour de rôle, tantôt au milieu de la nuit il quittait l'une pour aller rejoindre l'autre. Certaines nuits mémorables, tous trois dormirent ensemble.

L'idée de séduire Yuxiang avait été inspirée à Quan par son désir de vengeance. Ayant couché quelques mois avec elle, il se trouva empêché de partir par l'amour qu'elle lui portait. Tant il est difficile de ruser avec l'injustice et de s'en sortir les mains nettes, une fois le doigt mis dans l'engrenage ! Il avait vécu plusieurs années avec Yenfang sans avoir d'enfant. Ayant couché une fois avec Yuxiang, elle devint enceinte. Elle ne s'en aperçut pas d'abord, mais au troisième mois de sa grossesse, elle dut se rendre à l'évidence. Pour une tuile, c'en était une. Elle chercha par tous les moyens à avorter, mais sans succès. En larmes, elle dit alors à Quan : « Ma vie est entre tes mains. Tu connais la sévérité de mon père. Pour une parole de travers, il tempête et lève la main. Comment pourrait-il accepter une telle chose ? Il me tuera de ses propres mains. Je préfère en finir par moi-même, j'éviterai au moins sa rage. » Sur ces mots, elle voulut se pendre ; Quan la retint. Yuxiang dit alors : « Si tu veux que je vive, il n'y a qu'un moyen : nous enfuir ensemble loin d'ici. Nous échapperons ainsi à toutes représailles, nous pourrons vivre ensemble, et nous n'aurons pas à faire périr l'enfant à naître, qui est de toi. Qu'en penses-tu ? » Quan trouva qu'elle parlait sensément. Il aurait préféré agir à l'insu de Ru-yi, mais craignant d'être dénoncé par elle si elle venait à s'apercevoir de leurs préparatifs, il décida finalement d'agir en accord avec elle. Ils firent un ballot de leurs vêtements, et une nuit que Porte-de-Fer dormait, ils ouvrirent la grand'porte et tous trois prirent la poudre d'escampette. Où s'en allèrent-ils et que leur arriva-t-il ensuite, vous le saurez au dix-huitième chapitre, pas avant.

---

37. Le *Lienüzhuan* et le *Nüxiaojing* : ouvrages classiques de l'école confucéenne, destinés à enseigner leur devoir aux femmes.

38. Cette phrase se trouve dans le *Livre de Mengzi*, chapitre VII, B (« Jin xin, xia »), alinéa 3.

Chapitre 15

Ainsi que l'exige la fraternité,
les sœurs se partagent équitablement une nuit de plaisir.

On lira plus loin la fin du conte de la vengeance de Quan le Brave. Revenons pour le moment à Weiyangsheng et à ses grandes espérances. Lors de la nuit passée dans les bras de Xiangyun, il avait appris d'elle que les trois belles personnes rencontrées dans le temple étaient ses parentes, et pour les deux plus jeunes, ses amies intimes. La nuit s'acheva sans qu'il eût posé toutes les questions qu'il avait à poser, d'autant que tous deux avaient autre chose à faire ; il dut attendre le lendemain soir pour s'enquérir de leur identité. Xiangyun lui dit : « Celle que j'appelle 'tante' se nomme Hua-chen ; elle est veuve depuis une dizaine d'années. Elle se serait bien remariée, sans le fils qu'elle a eu de son défunt mari. Celles que j'appelle 'sœurs' sont ses nièces, Rui-zhu ('Perle-bénéfique') et Rui-yu ('Jade-bénéfique'). Le mari de la première est connu sous le nom de 'Lettré-couché-sur-un-nuage' ; quant au mari de Rui-yu, c'est le 'Lettré-appuyé-sur-un-nuage', ils sont frères. Toutes deux occupent des maisons contiguës, qui communiquent entre elles, à quelques dizaines de toises d'ici dans la même ruelle. » Plein de joie, Weiyangsheng se remémora les renseignements apportés par Sai-Kunlun et il vit que tout concordait. Alors il dit à Yuxiang : « La nuit dernière, dans ta générosité tu m'as promis que je les rencontrerais. Quand cela pourra-t-il se faire ? » « J'irai chez elles dans quelques jours, répondit Xiangyun, je pourrai alors te présenter à elles, rien de plus facile. Je te préviens seulement d'une chose : quand je serai allée chez elles, je ne reviendrai pas ici, et ce lit ne sera plus le lieu de nos amours. » « Et pourquoi cela ? » demanda Weiyangsheng étonné. » Les maris de mes sœurs, dit Xiangyun, sont des élèves de mon mari. Ils viennent d'être admis ensemble à suivre les cours de l'Université impériale. Ils ne peuvent se passer de leur maître en cette circonstance : donc tous trois vont se rendre ensemble à la capitale. Mon mari craint que je reste seule sans personne pour s'occuper de moi, donc il m'a proposé d'aller habiter avec elles jusqu'à son retour. Il part dans quelques jours. Quand je serai sur place, rien de plus simple que de te donner rendez-vous là-bas et d'organiser une rencontre. »

Weiyangsheng en crut à peine ses oreilles. Les trois maris s'absentant ensemble, les trois femmes réunies dans un même lieu, il semblait que le ciel lui-même voulût lui faciliter les choses : il se voyait déjà profitant d'elles suivant son bon plaisir. Effectivement, quelques jours plus tard, maître et élèves se mirent en route, et avant le départ le mari de Xiangyun aida celle-ci à s'installer chez ses amies. Les amants filaient pour lors le parfait amour et n'eussent pu supporter une longue séparation : ils auraient forcément, en présence de tiers, laissé paraître la nature de leur relation. C'est pourquoi ils en avaient discuté ensemble et arrêté en détail comment ils procéderaient.

Le jour suivant son installation, Xiangyun dit à ses amies : « Et depuis l'autre fois, êtes-vous retournées au temple brûler de l'encens ? » Rui-yu répondit la première : « Non, que crois-tu, nous n'avons pas que cela à faire. » Xiangyun reprit : « Si un prince charmant me saluait jusqu'à terre chaque fois que j'y vais, j'irais sans hésiter deux fois par semaine. » « J'y serais bien allée aussi, dit Rui-zhu, mais je n'avais rien à lui offrir en retour, pas même un éventail. » « Ne te moque pas de moi, dit Xiangyun. Quant à mon éventail, il est perdu ; mais son hommage ne vous a guère servi, puisque vous ne l'avez pas revu. » « C'est vrai, dit Rui-yu, et quand nous en parlons entre nous, nous ne nous expliquons pas son attitude : pourquoi faire une entrée si fracassante, si c'est pour finir en queue de poisson ? A voir sa mine éperdue, on aurait juré qu'il ne pouvait attendre jusqu'au lendemain, et que le soir même nous le verrions arriver : mais il s'est évanoui sans laisser de trace. Quand on a le cœur aussi sec, on peut, il me semble, se dispenser de gestes aussi spectaculaires. » Xiangyun repartit : « Mon petit doigt m'a dit, cependant, qu'il n'a cessé de penser à vous, seulement il n'a pu retrouver votre trace. » « Je crois bien, répliqua Rui-zhu, que s'il pense encore à quelqu'un, c'est à celle qui lui a laissé l'éventail ; il risque d'en tomber malade d'amour. » « Si l'éventail a fait de tels dégâts, dit Xiangyun, ils sont maintenant réparés ; reste qu'il n'a pu vous oublier et que le mal s'aggrave de jour en jour, de sorte qu'il vous tient pour comptables de sa vie. »

Rui-zhu et Rui-yu trouvant ces paroles étranges, remarquèrent que tout en parlant, Xiangyun souriait d'un air de triomphe. Elles s'écrièrent : « A te voir aussi satisfaite, on dirait bien que tu l'as revu, et de près ! » « C'est à peu près cela, dit Xiangyun ; j'ai réglé mon compte avec lui sans vous en parler. » A ces mots, toutes deux furent décontenancées, elles arborèrent la mine déconfite du candidat malchanceux qui rencontre un de ses condisciples plus heureux que lui : honteux et respectueux tout ensemble. Avec un sourire forcé, elles s'exclamèrent : « Alors là, félicitations ! Nous avions un tel beau-frère, et nous ne le savions même pas. Où est-il à présent ? Peut-on jeter un coup d'œil ? » Xiangyun, feignant par plaisanterie de vouloir leur tenir la dragée haute, répondit : « Vous l'avez déjà vu, à quoi bon ce surcroît de politesse ! » Rui-yu de protester : « Mais, c'était en pleine rue ! En outre, tout s'est passé si vite que je n'ai rien pu lui dire. A présent tout est différent, puisqu'il est désormais de la famille. Qu'est-ce qui s'oppose à une réunion au cours de laquelle nous pourrions au moins lui rendre la politesse, et l'accueillir comme il se doit dans le cercle familial. » Xiangyun repartit : « Si vous voulez vraiment le voir, rien n'est plus facile : je peux aller le chercher à l'instant même. Mais il est à craindre qu'en vous voyant, il ne perde à nouveau la tête et vous offense d'une manière ou d'une autre, ce qui serait encore plus embarrassant. » « Allons donc, dit Rui-yu, il a agi ainsi parce qu'alors il était libre et sans attachement ; en ta présence, il ne risque pas d'encourir ta jalousie et de manquer aux bienséances. » Rui-zhu s'adressant à sa sœur, dit avec vivacité : « Tu perds ton temps ! Comment pourrait-elle consentir à montrer à d'autres l'élu de son cœur ? Naguère, quand nous nous sommes juré fidélité, nous avons convenu de tout partager, le meilleur comme le pire ; aujourd'hui cependant, nous n'en demandons pas tant : si elle voulait bien cesser d'être jalouse et qu'il ne soit plus question entre nous de ce qui s'est passé à la porte de ce temple, ce serait merveilleux. »

Ces paroles permirent à Xiangyun de mesurer l'inquiétude de sa compagne ; elle lui dit en toute franchise : « Tu n'as aucune raison de t'énerver ; si j'avais voulu le garder pour moi il m'aurait suffi de rester à la maison, je n'aurais pas accepté de venir chez vous, et j'en aurais pris tout à mon aise de jour comme de nuit. La jalousie n'est pas une denrée qu'on apporte avec soi dans les maisons des autres. Le simple fait que je vous en parle, indique déjà quelles sont mes intentions. Puisque nous en sommes là, convenons entre nous d'une règle équitable, afin de ne donner prise par la suite à nulle contestation. Quand ce sera bien décidé, je le ferai venir et vous pourrez causer ensemble comme bon vous semblera. »

« Si vraiment tu es si bonne, s'écria Rui-zhu, ce n'est pas en vain que nous avons accompli naguère cette cérémonie. Fixe une règle et nous la suivrons sans discuter. »

Xiangyun dit : « La première j'ai eu l'honneur de faire connaissance avec lui ; donc en toute logique, il devrait s'ensuivre un privilège en ma faveur. Mais eu égard à nos excellentes relations, je ne puis consentir à procéder de la sorte. Il suffit que nous observions un ordre de préséance et tout ira bien. Pour tous nos plaisirs, le jour comme la nuit, l'aînée doit passer avant la cadette et être respectée d'elle. Même en paroles, il convient de ne pas se marcher sur les pieds. Les avantages de la jeunesse ne doivent pas se mettre en valeur au détriment de celle qui a quelques années de plus. Il ne faut pas non plus que les nouvelles relations deviennent intimes au point d'éclipser complètement les anciennes ; il me semble que de cette façon notre bonne entente sera préservée, et de même la justice. Qu'en pensez-vous ? » Rui-zhu et Rui-yu approuvèrent avec empressement. « Assurément, c'est tout à fait juste ! Comment ne serions-nous pas d'accord ? » « En ce cas, dit Xiangyun, laissez-moi lui écrire un mot pour le convoquer ici. »

Elles apportèrent une feuille de papier filigrané, et Xiangyun s'étant assise traça ces deux vers :

« Sur la terrasse céleste les compagnes
Réunies attendent leur héros. »

Ensuite elle plia la lettre et voulut la cacheter. Rui-yu prit la parole : « Pourquoi, dit-elle, écrire seulement deux vers ? Quel genre nouveau de poème est-ce là ? » Sa sœur l'interrompit : « J'ai compris l'idée de Xiangyun, fit elle, c'est afin d'exercer un peu ses méninges qu'elle a laissé en blanc les deux derniers vers. Ainsi il n'aura qu'à compléter le poème et nous le retourner. Xiangyun est au moins aussi impatiente que nous ! »

Xiangyun sourit, elle scella la lettre et la remit à une servante en lui donnant instruction de la porter chez elle et de la glisser par la fente de la cloison de planches en demandant à haute voix une réponse. Quand la messagère fut partie, Rui-zhu demanda : « Comment as-tu fait pour l'attirer chez toi ? Combien de nuits avez-vous passées ensemble ? » Xiangyun leur dit tout : comment il habitait la maison contiguë à la sienne, comment il était venu la trouver, combien de fois il était revenu la voir, elle raconta tout en détail. « Quel amant est-il ? » demanda Rui-yu. « Dans ce domaine, dit Xiangyun, il est absolument incomparable. Vous avez vu sa beauté mais évidemment vous ne connaissez rien de son bijou : c'est un joyau qui n'a pas son pareil au monde. Non seulement aucune femme n'en a vu de semblable, mais personne n'en a jamais entendu parler. » Les deux sœurs s'exclamèrent de concert, on eût dit des écoliers qui n'ont pas encore subi l'examen et qui voyant un condisciple sortir de la salle, l'assiègent pour connaître les sujets proposés et l'humeur des examinateurs : « Grand ou petit ? Long ou court ? Se met-il sur le dos ?... » et ainsi de suite à n'en plus finir. Comme on était à la fin du repas et que la vaisselle était encore sur la table, Xiangyun se servit des objets qu'elle avait sous la main pour répondre à leurs questions : pour la longueur une baguette, pour la grosseur un récipient à thé ; questionnée sur la fermeté, elle désigna du doigt un plat de *dôfu*. Ce fut un éclat de rire général. Les deux sœurs se récrièrent : « S'il est aussi mou que cela, de quoi lui servent sa longueur et sa grosseur ! » Xiangyun leur dit : « Vous n'y êtes pas. Rien au monde n'est dur comme le *dôfu,* pas même les métaux comme le bronze ou le fer. Exposés au feu ces derniers s'amolliront, tandis que le *dôfu* ira en durcissant à mesure que la chaleur se fera plus intense. Il en va de même avec son organe : quand il est en action, il devient dur. C'est pour cela que j'ai employé cette comparaison. » Les deux sœurs de se récrier encore : « Comment croire qu'il existe un homme ainsi fait ! » Attendez, dit Xiangyun, je n'en ai pas fini avec ses avantages. Attendez et si vous ne me croyez pas, dans peu de temps vous aurez l'occasion de vérifier par vous-mêmes. » Toutes deux s'exclamèrent ensemble : « Parle ! »

Xiangyun leur exposa alors les mystères de l'organe de Weiyangsheng, comme il prenait du volume et s'échauffait dans le feu de l'action. Les deux jeunes femmes, en l'écoutant, se sentirent malgré elles enflammées de désir : les oreilles rouges, le visage en feu, elles brûlaient littéralement de le voir déployer son talent. Mais, la messagère ne se montrait toujours pas. Comme Weiyangsheng n'était pas à la maison, elle était demeurée à attendre. Coffre-de-Livres l'aperçut, il alla la rejoindre, et tous deux passèrent agréablement le temps jusqu'au retour du maître. Celui-ci ayant reparu, Coffre-de-Livres alla lui porter la lettre, puis il revint avec la réponse, et celle-ci s'en retourna enfin avec la messagère. Les trois femmes ouvrirent la lettre et lurent : comme prévu, il avait complété le poème avec ces vers :

« J'ai prévu une soupe de riz épicée de sésame
Pour apaiser la faim des entrailles lors de notre rencontre »

Rui-zhu et Rui-yu comprirent que c'était pour le soir même, sans ambiguïté aucune. Elles furent au comble de la joie. Xiangyun leur dit : « Il nous reste à décider entre nous de celle qui sera sa partenaire pour cette nuit, afin d'éviter toute contestation en sa présence. » Rui-zhu comprit fort bien que si elle disait cela, c'est qu'elle pensait céder son tour, ayant déjà passé plusieurs nuits avec lui. Mais elle fit exprès de répondre humblement : « Ne viens-tu pas toi-même d'établir une règle ? L'aînée doit passer avant la cadette. Il va donc de soi que c'est toi qui commences. » « Il devrait bien en être ainsi, dit Xiangyun, mais pour ce soir il y aura une dérogation à la règle. Ne dit-on pas : le maître passe d'abord, l'invité ensuite. Les nuits que j'ai déjà passées à ses côtés attestent de mon privilège. La nuit prochaine est destinée aux invités. Quand chacune de vous aura dormi avec lui, ce sera de nouveau mon tour. Inutile de faire des manières. Ce soir, c'est à Rui-zhu de jouer ! Je vous laisse le soin de décider entre vous si chacune aura une nuit complète ou seulement une demi-nuit. » Les deux sœurs ayant réfléchi un moment, répondirent en chœur : « Ce n'est pas à nous de décider : parle et nous obéirons. »

Xiangyun dit : « Personnellement, je trouve bien plus satisfaisant d'avoir chacune une nuit complète. Mais si vous pensez qu'il est trop dur d'attendre, on peut aussi partager équitablement cette nuit-ci. Qu'en pensez-vous ? » Comme elles demeuraient coites, Xiangyun reprit : « Je sais pourquoi vous vous taisez. Celle qui passera en premier, craint de n'avoir pas l'esprit libre le moment venu, étant obligée de prévoir l'arrivée de la seconde. Quant à celle-ci, elle craint de trouver un partenaire épuisé. Je peux vous le dire en toute honnêteté : c'est un homme capable de satisfaire plusieurs femmes d'affilée. » Puis, elle dit à Rui-zhu : « Même si tu dors avec lui une nuit complète, tu as tout intérêt à ne faire l'amour que la moitié de la nuit ; et je crains même que tu ne tiennes pas jusque-là. » Ensuite s'adressant à Rui-yu : « On dit depuis toujours : 'Le vin enivre le dernier venu.' A plus forte raison dans ce cas : tu verras que la dernière part de la bouteille est encore meilleure que le début. N'hésitez plus ! » Yuxiang ayant ainsi apaisé leurs craintes, les deux sœurs acceptèrent sans arrière-pensée. Xiangyun envoya une servante attendre au-dehors. Peu après, celle-ci revenait accompagnée de Weiyangsheng.

En le voyant entrer, Rui-zhu et Rui-yu, simulant la timidité, se retirèrent dans le fond, laissant à Xiangyun le soin de l'accueillir. Weiyangsheng salua profondément Xiangyun et s'adressant à elle : « Dites, je vous prie, à ces dames d'approcher, que nous puissions faire connaissance. » Xiangyun revint en les tenant chacune par une main. Les salutations d'usage échangées, Rui-zhu dit à une servante d'apporter le thé. « Ces politesses sont superflues[39], reprit Xiangyun. Cela fait longtemps qu'il attend cette heure, songeant à vous sans relâche. A présent, si vous lui offrez chacune, disons, le rubis de vos bouches, cela lui tiendra lieu de thé. » Alors elle mit leurs mains dans celles de Weiyangsheng. Weiyangsheng les attira toutes deux à lui et se tournant vers Rui-zhu, il la baisa sur la bouche en faisant passer sa langue ; il la laissa en jouir un moment, puis il fit de même avec Rui-yu. Ensuite, leurs trois bouches se rapprochèrent et il reçut dans la sienne leurs deux langues. Les ayant relâchées, il vit qu'on disposait la table pour le dîner. Il s'assit à la place d'honneur, ayant en face de lui Xiangyun, Rui-zhu à sa gauche et Rui-yu à sa droite.

Le dîner achevé, comme on débarrassait la table, Weiyangsheng dit à Xiangyun en aparté : « Et pour ce soir, comment procéderons-nous ? » « Tout est prévu, dit Xiangyun ; tu passeras avec Rui-zhu la première moitié de la nuit, la seconde avec Rui-yu. » « Et toi ? » dit Weiyangsheng. « Pour cette nuit, dit Xiangyun, je leur cède la place. A partir de demain soir, nous procéderons plus régulièrement : un soir chacune, à commencer par moi. Pour ce soir, tiens-t'en à mes instructions. » « Ce n'est pas un problème, dit Weiyangsheng, c'est seulement dommage pour toi. » Xiangyun fit venir une servante et lui dit de prendre une lampe et de conduire Weiyangsheng et Rui-zhu à la chambre. Pour que Rui-yu ne s'ennuie pas, elle lui tint compagnie en causant de choses et d'autres, puis elle alla dormir.

Quand Weiyangsheng et Rui-zhu furent entrés dans la chambre, ils se dévêtirent et montèrent dans le lit. Les débuts furent difficiles, mais Rui-zhu, dûment prévenue de ce qui allait suivre, subit l'assaut les dents serrées. Peu à peu, elle sentit l'organe de son amant grandir et s'échauffer à mesure qu'il opérait. Quand il fut entré entièrement, elle éprouva du plaisir avant même qu'il eût commencé à se mouvoir. Elle sut alors que Xiangyun n'avait dit que la vérité, et que cet organe était véritablement un « suprême trésor ». Serrant Weiyangsheng dans ses bras, elle lui dit : « Mon amour, avec le visage que tu as et avec, en plus, ce suprême trésor, quelle est la femme au monde qui pourrait te résister ! » Weiyangsheng répondit sur le même ton : « C'est ce qui s'appelle un amant fatal. Et toi, es-tu prête à quitter cette vie et à mourir ici même d'amour ? » « Après une telle rencontre, dit Rui-zhu, qui songerait encore à rester en vie ! Cependant, je veux auparavant jouir le plus possible, ensuite je mourrai de gaieté de cœur. Ne me tue donc pas du premier coup ! » Stimulé par ces paroles, Weiyangsheng se sentit pousser des ailes et il fit un vacarme à ébranler ciel et terre. Le vase de Rui-zhu était profond, mais le cœur de la fleur se trouvait presque en surface, à un ou deux pouces du bord ; de sorte qu'en opérant, il n'avait pas besoin d'aller jusqu'au fond. Après un bon demi-millier d'érections, Rui-zhu arriva aux limites de ses forces ; elle gémit : « Mon amour, je suis à bout ; arrête, je t'en prie. » Weiyangsheng voulait faire une démonstration de ses talents ; il fit comme s'il n'avait pas entendu et continua sans faiblir pendant une autre veille. Alors il constata que Rui-zhu était affaiblie des quatre membres et que son haleine était froide. Il comprit qu'elle n'était plus en mesure de continuer, et il s'arrêta ; puis l'enlaçant étroitement, ils dormirent ensemble un moment. Rui-zhu s'éveilla et se tournant vers lui, elle dit : « Mon cher, tu es un amant à nul autre pareil. Ma sœur t'attend dans sa chambre, va vite la rejoindre. » « Dans le noir, objecta Weiyangsheng, je ne trouverai pas le chemin. » « Attends, reprit Rui-zhu, je vais appeler quelqu'un pour te conduire. » Elle fit lever la servante ; celle-ci prit Weiyangsheng par la main et l'emmena.

Cette fille avait quinze ou seize ans, et les ayant entendus faire l'amour à renverser les murs, elle avait été remplie de désir, et inondée de surcroît, cela va sans dire. Maintenant qu'elle tenait Weiyangsheng par la main, comment l'aurait-elle laissé aller ! Arrivés dans un recoin obscur elle lui dit : « Quel égoïste vous faites ! Pourquoi ne pas me laisser goûter à ce plat délicieux ? » Ce disant, elle le retenait d'une main tandis que de l'autre elle retirait son pantalon. Weiyangsheng voyant ses dispositions, fut gêné de refuser ; il s'étendit avec elle sur un lit de repos, entrouvrit les cuisses de la fille, darda son engin et sans même l'enduire de salive, attaqua. Cette fille était vierge et croyait qu'il était aussi simple de faire l'amour que de manger une bonne soupe. Elle avait craint seulement d'essuyer un refus, et à part cela, rien. Elle n'avait pas prévu une douleur à couper le souffle : elle se mit à crier. Weiyangsheng comprit qu'elle était vierge ; il s'enduisit d'un flot de salive et recommença. La fille se remit à crier : « Impossible ! Si c'est comme cela, cela n'a aucun intérêt ! Comment donc ma maîtresse peut-elle avoir du plaisir ? » Weiyangsheng, patiemment, lui expliqua comment dans les premiers rapports le sexe de l'homme déchire l'hymen en faisant couler le sang, et que ce n'était pas avant d'avoir eu des rapports plus de dix fois qu'une femme pouvait éprouver du plaisir. Il lui dit pour la consoler : « Mon pénis est trop gros pour toi. Mais j'ai un domestique que j'appelle Coffre-de-Livres, le sien te conviendra parfaitement. Demain il viendra ici avec moi ; il couchera avec toi plusieurs fois, après quoi nous essaierons de nouveau. » Cette fille se leva, tout émue de gratitude, remit son pantalon, puis elle l'amena jusqu'à la porte de Rui-yu. A l'intérieur, vacillait la flamme d'une bougie : elle attendait.

Ayant entendu le bruit de pas dans le couloir, la servante de Rui-yu ouvrit la porte et fit entrer Weiyangsheng. Celui-ci alla jusqu'au lit et il dit à voix haute : « Mon amour, je suis en retard. Ne m'en tiens pas rigueur ! » Puis il se dévêtit, souleva la couverture et, se glissant auprès d'elle, attaqua immédiatement.

Rui-yu éprouva au début la même gêne que sa sœur ; mais une fois arrivée dans d'autres eaux, celles de la volupté, son visage exprima quelque chose de très différent de ce qu'avait éprouvé Rui-zhu ; si Weiyangsheng avait pu la voir, il l'aurait prise en pitié. En effet, étant plus jeune que sa sœur de trois ou quatre ans, elle avait encore toute la sveltesse virginale, et sa chair était d'une beauté sans pareille. Debout sur le perron, on craignait qu'elle ne fût renversée par le vent ; assise dans un fauteuil, il fallait encore la soutenir sous les bras : comment aurait-elle enduré un tel amant ! Après quelques centaines de coups, l'étoile de son regard pâlissait, ses lèvres étaient entrouvertes ; elle n'avait plus la force de parler. Ce corps fragile était à bout de forces, cette âme odorante sur le point de périr. Weiyangsheng sentit qu'en continuant de la sorte, il mettait sa vie en danger. Attendri à l'extrême, il dit : « Mon amour, tu ne peux pas aller plus loin, n'est-ce pas ? » Trop affaiblie pour parler, Rui-yu hocha seulement la tête ; alors, Weiyangsheng s'étendit à ses côtés, pour la laisser reprendre haleine et revenir à la vie. Cependant son ardeur n'avait point été étanchée, au contraire. Alors il la prit sur lui, allongée sur son ventre, et ils dormirent ainsi jusqu'au jour. Au point du jour, Xiangyun et Rui-zhu se levèrent pour discuter un plan à long terme. Elles allèrent dans la chambre de Rui-yu et pressèrent Weiyangsheng de se lever ; puis n'obtenant pas de réponse, elles tirèrent les rideaux du lit. Elles virent alors Rui-yu couchée sur Weiyangsheng. Elles s'efforcèrent de les éveiller, non sans force plaisanteries : « Ce soir, pour avoir de la lumière, on n'aura pas besoin de chandelle », etc.

Les trois femmes s'étant diverties un moment, retrouvèrent leur sérieux pour discuter avec Weiyangsheng. « Si tu sors d'ici au grand jour et reviens chaque soir, tu vas forcément te faire repérer. La femme avec qui tu vis s'apercevra aussi que tu découches nuit après nuit et elle voudra tirer la chose au clair. Ne vaudrait-il pas mieux t'installer carrément ici quelque temps ? Quand nous ne serons pas au lit, nous pourrons jouer aux échecs, faire des poèmes[40], ou simplement causer de choses et d'autres ; nous nous amuserons bien. Qu'en dis-tu ? »

Weiyangsheng répondit : « Avant même de venir ici, j'ai imaginé un stratagème dans ce sens. » « De quoi s'agit-il ? » demandèrent-elles en chœur. « Ma concubine attend un enfant, expliqua Weiyangsheng, et nous sommes séparés de fait jusqu'à la naissance. Je lui ai dit hier : 'Cela fait longtemps que j'ai quitté ma femme et mon beau-père, il serait bon que j'aille voir une fois si tout va bien. Je pourrais y aller maintenant ; trois mois suffisent et je serai de retour pour l'accouchement, ainsi je pourrai ensuite rester avec toi et l'enfant.' Elle a reconnu que j'avais raison. Aujourd'hui, quand je serai de retour chez moi, ce sera pour préparer ma valise et partir en voyage.

En fait je ne ferai qu'un saut de puce pour venir jusqu'ici. En trois mois, nous aurons tout le temps, en plus de jouer aux échecs, de faire des poèmes, et de causer, de jouer l'opéra sans discontinuer. » A ces mots, les trois femmes exultèrent et s'exclamèrent à qui mieux mieux. Weiyang-sheng reprit : « Il nous reste un point à régler. J'ai avec moi deux domestiques. Je laisserai le premier à la maison et amènerai le second avec moi. L'ennui, c'est qu'il est d'une humeur semblable à la mienne, et il faudrait trouver moyen de lui être agréable ; s'il est mécontent de moi et s'avise d'aller jaser à mes dépens, il pourrait en résulter du scandale. » « Ce n'est pas un problème, dit Rui-zhu ; il y a ici suffisamment de bonnes, libre à lui de s'occuper avec elles. Non seulement cela le retiendra ici, mais cela mettra les bonnes de notre côté ; elles non plus ne risqueront pas d'avoir la langue trop longue au retour de nos maris. » « Voilà qui est parler », dit Weiyangsheng. Alors la réunion fut levée. Weiyangsheng s'en fut, et le soir même il était de retour avec son bagage. A compter de ce jour, non seulement il put se gorger des voluptés qu'il prisait plus que tout, mais son serviteur lui-même goûta à des délices qui lui étaient encore inconnues. Dommage seulement que les vives couleurs printanières s'effacent du jour au lendemain, laissant celui qui fréquentait le jardin en proie à d'éternels regrets.

---

39. « Ces politesses sont superflues » : le thé est en Chine, par excellence, la boisson qu'on offre aux invités ; or il importe de ne pas traiter le parent ou l'ami intime comme un étranger.

40. Faire des poèmes : ce peut être en Chine un « jeu de société ».

Quatrième partie

Hiver

Chapitre 16

Un lutin surgit pour interrompre la partie ; une image du plaisir, en chair et en os,
trouve refuge dans le coffre.

Le poème dit :

« Est-il un cœur parfumé pour renoncer de lui-même aux jours du printemps !
Dans la chaumière, les doigts effilés brodent une gaze bleutée –
Arrivée aux canards mandarins, l'aiguille soudain se brise :
Dans la peinture, près de la volupté se cache un esprit malin ! »

Xiangyun et ses amies, ayant hébergé clandestinement Weiyangsheng chez elles, comme convenu précédemment, prirent à tour de rôle leur plaisir avec lui. Après avoir été reçu plusieurs fois par chacune d'elles, Weiyangsheng ajouta aux jeux ordinaires une nouveauté de son invention, qu'il baptisa « trois fois séparément-une fois ensemble ». Comme le nom l'indiquait, cela consistait pour lui, après avoir passé trois nuits séparément avec chacune d'elles, à dormir pour une nuit avec toutes trois ensemble. On disposa pour ce faire un lit d'une largeur spéciale, garni d'un traversin de cinq pieds de long et d'une couverture faite de huit lés de tissu cousus ensemble. Les nuits où on utilisait ce lit, les trois femmes s'allongeaient tête contre tête ; quant à Weiyangsheng, il ne reposait pas sur la natte mais sur l'une d'elles, puis sur l'autre à son gré. Il faisait l'amour lorsque le désir le prenait. Par chance pour lui, ces femmes, quoique sensuelles, n'étaient pas extrêmement lascives : après cent ou deux cents coups de boutoir, elles succombaient infailliblement. Quand il avait satisfait, disons, celle du milieu, il restait à notre héros d'autres ressources à droite et à gauche. Après une ou deux veilles, ayant achevé le programme du jour, il visitait les fleurs d'autre façon, les caressant et les respirant tout à loisir.

Un jour Xiangyun et ses amies tinrent conseil entre elles à l'insu de Weiyangsheng. Xiangyun dit : « Nous avons recueilli chez nous, pour notre usage, un immortel et son trésor. On peut dire que c'est pour nous un bonheur tout à fait inespéré. Seulement, le bonheur attire la malveillance d'autrui et il s'ensuit des catastrophes. C'est pourquoi, pendant que tout va bien, il vaut mieux nous prémunir contre tout accident. Il ne faut pas que notre secret puisse être éventé et se répandre au-dehors à notre honte : ensuite, notre ami ne pourrait plus mettre le pied ici. » « Ma maison est tout à fait isolée, dit Rui-zhu, personne n'y peut entrer sans s'être annoncé au préalable. Comment un étranger saurait-il ce qui s'y passe ? Les serviteurs mâles ne sont pas admis dans cette cour-ci. Cependant, l'indiscrétion pourrait venir d'une femme, auquel cas nos affaires seraient bien compromises. » « A qui penses-tu ? » demanda Xiangyun. Rui-zhu répondit : « A notre tante Hua-chen. Tu sais qu'elle est d'une sensualité sans bornes. Elle observe le veuvage, mais non sans penser constamment aux hommes. Par exemple, le fameux jour où nous avons rencontré Weiyangsheng dans le temple, elle en avait les esprits tellement retournés que je m'attendais à la voir se prosterner à terre pour lui rendre son salut. A notre retour ici elle n'a pas tari d'éloges sur sa beauté, regrettant hautement de ne pas connaître son identité ni son domicile ; si elle les avait sus elle ne l'aurait pas lâché dans la nature, fais-moi confiance. Si maintenant elle apprend qu'il se cache ici même pour nous faire l'amour, comment ne serait-elle pas jalouse, comment ne conspirerait-elle pas contre nous ? A coup sûr, non seulement c'en serait fini de nos plaisirs, mais qui sait dans quels malheurs nous serions entraînées. » « Tu parles d'or, reprit Xiangyun, il est vrai qu'elle est fort portée sur la chose et qu'il nous faut en effet compter avec elle. » Rui-zhu dit : « Au début je craignais l'indiscrétion des bonnes, mais elles ont maintenant Coffre-de-livres et je suis rassurée de ce côté : aucune d'elles ne nous trahira. Mais que faire si Hua-chen vient en personne nous rendre visite ? Il est dans ses habitudes de débarquer sans crier gare, tout à coup elle est là et ses yeux furètent comme ceux du rat qui vien voler de l'huile ; rien ne lui échappe et on dirait toujours qu'elle croit qu'on lui cache quelque chose. Il faut absolument éviter d'être surprises par elle. Pour cela, je vais poster des servantes aux entrées, en instaurant un tour de garde et en convenant d'un signal pour le cas où elle se montrerait, de façon à nous donner le temps de cacher notre ami. En second lieu, il faut prévoir une cachette sûre, où elle ne puisse fourrer son nez. » « Quel endroit pourrait convenir ? » dit Rui-yu. « Derrière une porte ? sous un lit ? » « Vous n'y êtes pas, dit Rui-zhu. On dirait quc vous nc la connaissez pas ! S'il se met sim plement derrière une porte ou sous un lit, il sera découvert à coup sûr. »

Ayant réfléchi, ses yeux tombèrent sur un coffre de bambou, destiné à abriter des rouleaux de peinture. Ce coffre avait six pieds de long, deux de large et trois de haut, il était recouvert de soie à l'extérieur et garni à l'intérieur, sur toutes les faces, de planches de bois minces. Rui-zhu désignant le coffre du doigt, dit à ses compagnes : « Voilà ce qu'il nous faut ; ce coffre n'est ni trop grand ni trop petit. Si nous retirons les peintures qui s'y trouvent, une personne peut s'y allonger à l'aise. En cas d'urgence nous y ferons entrer Weiyangsheng et elle ne se doutera de rien. Le seul problème, c'est l'aération ; il suffira de retirer deux des planches qui garnissent l'intérieur. » « Excellente idée », dirent ensemble Xiangyun et Rui-yu. Le plan approuvé à l'unanimité, elles envoyèrent les servantes garder les issues à tour de rôle, avec ordre de prévenir si quelqu'un arrivait. Ensuite, elles enlevèrent deux des planches du revêtement, et elles donnèrent instruction à Weiyangsheng de se cacher dans le coffre, sans faire le moindre bruit, si d'aventure une visite était annoncée. Dans les semaines suivantes, il y eut effectivement plusieurs alertes qui donnèrent loisir d'éprouver ce dispositif. Les premières fois, tout alla à merveille : le signal fonctionna, Weiyangsheng se cacha en toute hâte et la visiteuse ne put rien remarquer.

Un jour que les amies étaient réunies, en fouillant dans la malle de Weiyangsheng, elle dénichèrent un carnet. L'ayant ouvert à tout hasard, elles virent qu'il contenait les noms d'une multitude de femmes, affectés d'un classement par ordre de beauté, et que chaque nom était suivi d'une appréciation ; le tout rédigé de la main de Weiyangsheng. Elles lui demandèrent : « Depuis quand tiens-tu ce carnet ? A quoi te sert-il ? » Weiyangsheng répondit : « Quand j'habitais dans le temple, chaque fois que je remarquais une femme digne d'intérêt, je l'inscrivais dans ce carnet. Je pensais m'en servir, quand je l'aurais complété, pour sélectionner celles avec qui j'entrerais en relations. » Toutes trois s'exclamèrent : « Et maintenant, as-tu fait ta sélection ? » « Oui, dit Weiyangsheng, puisque je suis ici ! C'est vous trois que j'ai retenues finalement. » Elles répondirent en riant : « Qui pourrait croire que nous méritons cet honneur ! » « C'est facile à vérifier », dit Weiyangsheng. Il feuilleta le carnet pour leur montrer le classement et les appréciations correspondant à leurs noms. Toutes trois lurent et elles furent satisfaites, à l'exception de Xiangyun qui fit grise mine car la notice se rapportant à elle était plus brève et un peu moins dithyrambique. Heureusement, Weiyangsheng avait prévu qu'un jour ou l'autre elle consulterait le carnet : il avait par avance ajouté un encadré autour de son nom. Voyant qu'il ne l'avait pas considérée inférieure à ses amies, elle fut rassérénée.

Ayant lu tout le passage en question, elles arrivèrent ensuite à la « dame en noir » qui faisait l'objet d'une appréciation tout aussi élogieuse que Rui-yu et Rui-zhu. Etonnées, elles demandèrent : « Et qui est donc cette autre beauté ? » « C'est, dit Weiyangsheng, la dame qui était avec vous ce jour-là. Auriez-vous oublié ? » Les sœurs éclatèrent de rire à ces mots. « Non, mais c'est cette vieillerie ! A son âge ! Avec son physique, elle a été admise comme nous au rang des 'hors-classe' ! Ce n'est pas de jeu. » Xiangyun ajouta : « S'il en est ainsi, il n'y a pas de quoi se glorifier d'y avoir nous aussi eu droit ; en fait, il faudrait plutôt se sentir vexées d'être en telle compagnie. De tels honneurs, mieux vaut encore les effacer au plus vite. » Weiyangsheng voulait expliquer ses raisons, mais les trois élèves, déchaînées, firent un tapage tel qu'on ne pouvait s'entendre. Rui-zhu et Rui-yu s'exclamèrent : « Xiangyun a mille fois raison. Nous allons supprimer nos noms sur ce registre, et laisser notre ancienne maîtresse seule dans la place. » Alors Rui-zhu, saisissant le pinceau, raya les paragraphes qui avaient trait à elles trois, puis elle ajouta à la suite cette phrase vengeresse :

« Il convient que les plus jeunes se retirent au bénéfice de leur aînée ; n'osant partager son rang, elles lui cèdent respectueusement la place. »

Ensuite s'adressant à Weiyangsheng, elle lui dit : « Vous avez de la chance, votre jeune élève n'est pas bien loin : elle habite la porte à côté. Veuillez donc l'honorer comme bon vous semblera. Quant à nous trois, nous nous retirons sur la pointe des pieds. »

Devant leur colère, Weiyangsheng avait jugé inutile d'entamer une discussion ; tête basse, il laissa passer l'orage. Quand les filles se furent calmées, il ouvrit la bouche et expliqua : « Je l'ai englobée dans l'éloge que je faisais de vous, ayant dans l'idée de me servir d'elle pour vous être présenté. C'est pourquoi j'ai ajouté quelques phrases flatteuses sur elle. En effet, cette appréciation ne correspond pas à la réalité, mais en sachant les raisons, vous ne devez pas m'en vouloir. » Ces paroles dissipèrent entièrement le courroux des jeunes personnes. Weiyangsheng voulant remettre de l'ambiance, retira ses vêtements et s'étendit sur le lit, les invitant à faire de même. Alors qu'elles allaient le rejoindre, elles entendirent la servante de garde qui toussait à plusieurs reprises. Elles réenfilèrent leurs habits en grande hâte, et les deux sœurs, laissant Xiangyun dans la chambre, allèrent accueillir la maudite visiteuse. Comme les habits de Weiyangsheng étaient restés sous ceux de ses amies, il avait dû attendre qu'elles les reprennent et ensuite, il ne lui resta pas de temps pour se rhabiller : il dut entrer, nu comme un ver, dans le coffre.

Arrivée au salon, Hua-chen fut reçue par Rui-zhu et Rui-yu et à leur mine toute retournée, comprit qu'il se passait quelque chose de louche. Aussi se précipita-t-elle dans les chambres pour les inspecter dans les moindres recoins. Mais Xiangyun avait déjà rangé dans le coffre à dessins cette image vivante de l'amour. Arrivée dans la chambre où se tenait Xiangyun, Hua-chen fit exprès de dire sur un ton de louange : « On voit que je ne suis pas venue de longtemps ; tout est si bien rangé aujourd'hui. » Elle tourna un moment autour du lit, regarda dans les placards et les armoires, mais sans trouver âme qui vive. Elle commença à se dire qu'elle avait été injuste ; elle s'assit et bavarda un moment avec les trois sœurs. Cependant, celles-ci avaient négligé un détail important : à force d'aller et de venir, le sabot du cheval finit par se montrer. Quand la servante avait donné l'alerte, les trois femmes tout affolées n'avaient eu que le temps de se vêtir et de dissimuler leur galant : aucune d'elles n'avait songé au fameux carnet de Weiyangsheng, demeuré en évidence sur la table. C'est seulement pendant la conversation que l'une d'elles, l'apercevant soudain, voulut le ramasser ; mais Hua-chen, plus prompte, l'avait déjà en mains.

Les trois jeunes femmes, très alarmées, s'avancèrent pour le reprendre, mais celle qui le tenait n'avait nulle intention de le lâcher. Xiangyun comprit la première que la partie était perdue. S'adressant à ses amies, elle dit négligemment : « Ce n'est qu'un calepin abîmé trouvé dans la rue ; nous pouvons aussi bien le laisser à la tante. Qu'en ferions-nous, du reste ! » Hua-chen dit : « Grand merci à Xiangyun. Et maintenant, voyons un peu ce que renferme ce carnet. »

Elle s'éloigna de quelques pas, et ouvrit le carnet à la première page. Le titre « Collection des couleurs printanières » l'allécha, elle pensa avoir en mains un album de dessins osés et elle tourna avidement toutes les pages pour chercher des illustrations : mais, rien. Revenue au point de départ, elle lut le sous-titre, et commença à comprendre quel était l'objet véritable du carnet. L'ayant feuilleté en tous sens sans y trouver une seule image, voyant qu'il ne contenait qu'une collection d'appréciations mises bout à bout, elle réalisa que le carnet appartenait à un lettré versé dans la galanterie, et qu'il lui servait à noter ses rencontres. Elle trouva la chose piquante, plus encore s'il se pouvait qu'un cahier de dessins obscènes ; et elle se mit à lire les notices une à une. Elle arriva ainsi à « la belle en robe noire », dont la notice était conçue comme s'il s'était agi d'elle-même : malgré elle elle en fut touchée, et commença à se demander si l'auteur n'était pas le jeune inconnu rencontré dans le temple. Elle revint en arrière pour relire les titres des chapitres, et remarqua alors seulement que tel jour, il avait rencontré « trois reines de beauté ». Les indications sur les costumes qu'elles portaient ce jour-là confirmèrent ses soupçons. En outre, elle tomba sur les lignes ajoutées de la main de Rui-zhu, dont elle reconnaissait l'écriture. Elle ferma alors le carnet et le plaça dans sa manche, puis elle s'écria emphatiquement : « Celui qui a inventé l'écriture était véritablement d'une intelligence supérieure. »

« Pourquoi dis-tu cela ? » demanda Xiangyun. Hua) chen répliqua : « Tous les caractères d'écriture créés par lui ont une explication que l'expérience confirme. Par exemple, le mot signifiant 'adultère' ; eh bien ! il est composé de trois signes signifiant 'femme'. Tout comme qui dirait vous autres. Vous êtes trois qui habitez ensemble et vous commettez l'adultère. Vous serez bien obligées de convenir avec moi que cet inventeur était un grand sage ! »

« Nous sommes trois qui habitons ensemble, dit vivement Rui-zhu, et nous n'avons rien fait de tel. Qui te permet de parler ainsi ? » Hua-chen rétorqua : « Si vous n'avez rien fait de semblable, alors d'où tenez-vous ce carnet ? » « Je te l'ai dit, répondit Xiangyun, c'est moi qui l'ai ramassé sur le chemin, en venant. » Hua-chen lui dit : « N'essaie pas de me tromper. Je vous demande où se trouve à présent le possesseur du carnet. Dites-moi bien tout et ne me celez rien. Si vous persistez à nier, j'écrirai une lettre à laquelle je joindrai ce carnet et j'enverrai le tout à vos maris ; vous vous expliquerez avec eux. »

Les trois femmes sentirent que l'affaire prenait vilaine tournure ; le ton de leur tante n'était nullement engageant. Voulant éviter de la défier ouvertement, elles continuèrent néanmoins à dire que le carnet avait été trouvé à terre, qu'on ignorait tout de son auteur, etc. Hua-chen prit un air inquisiteur et du regard, elle passa la pièce au peigne fin. Elle se dit : « J'ai regardé partout, sauf dans ce coffre à dessins. On doit l'ouvrir souvent, alors pourquoi tout à coup est-il fermé à clef ? L'explication doit se trouver à l'intérieur. »

Elle dit hypocritement : « Puisque vous ne voulez rien me dire, je suspends provisoirement l'enquête, nous en reparlerons plus tard. Parlons d'autre chose. Je sais que vous avez dans ce coffre quelques peintures anciennes, je ne les ai jamais vues, pourriez-vous me les montrer ? »

Rui-zhu répondit : « Fichue idée que j'ai eue de le fermer à clef, je ne sais plus où j'ai placé la clef ; cela fait plusieurs jours que je la cherche. Quand je l'aurai retrouvée, je vous ferai porter les peintures. »

Hua-chen repartit : « Ce n'est pas un problème. J'ai chez moi un grand nombre de clefs, rien de plus simple que de les envoyer chercher. » Sitôt dit, sitôt fait ; un quart d'heure ne s'était pas écoulé que la servante revenait avec plusieurs centaines de clefs. Hua-chen prit les clefs et s'approcha du coffre. Les trois jeunes femmes, pétrifiées d'épouvante, et ne pouvant ni se fâcher, ni s'opposer à ce qu'elle faisait, gardaient les yeux rivés sur elle, espérant encore qu'aucune des clefs ne pourrait ouvrir le cadenas. Las ! La première tentative fut la bonne. Hua-chen souleva le couvercle, et elle vit alors un garçon à la peau blanche comme neige, endormi à l'intérieur, avec en travers des jambes une espèce de battoir de chair absolument mou. En le regardant, on ne pouvait s'empêcher d'en être étonné, et d'imaginer ce que cela pouvait être quand il était dur et rigide. Après avoir observé à loisir cette merveille, Hua-chen n'osa pas le réveiller et elle referma le coffre à clef. Ensuite, elle dit aux trois jeunes femmes : « Vous en faites de belles. Depuis quand ce garçon est-il ici ? Combien de nuits avez-vous passées en sa compagnie ? Allons, dites-moi bien tout, sans quoi je vous dénonce et je l'expédie au tribunal, dans cet appareil même et dans ce coffre. »

Xiangyun et ses amies étaient terrorisées. Elle tinrent conciliabule et dirent : « Il nous faut à tout prix apaiser cette vipère. Sinon, elle est capable de mettre ses menaces à exécution. Il faut la persuader de le relâcher en lui faisant comprendre qu'elle y trouvera aussi son compte. » Alors, elles allèrent ensemble à Hua-chen et elles lui dirent :

« Nous avons eu tort d'agir à votre insu ; il est trop tard pour tenter de nous justifier. Faites montre de générosité, laissez sortir celui qui est dans le coffre, et il vous fera ses excuses. » Hua-chen reprit : « Et comment s'y prendra-t-il ? » Xiangyun répondit : « Pour ne rien vous cacher, nous couchons avec lui à tour de rôle. Vous pouvez avoir part égale avec nous. » Hua-chen éclata de rire. « Voilà un bon moyen de présenter ses excuses ! Ecoutez : vous cachez ce garçon chez vous, vous couchez avec lui depuis je ne sais combien de temps, et maintenant que je vous prends sur le fait, vous m'offrez simplement de le partager avec vous. Il me semble pourtant qu'il existe un arriéré en ma faveur. » « Selon vous, dit Rui-zhu, comment faut-il procéder ? » « Je ne vois qu'une façon de faire, dit Hua-chen, si vous voulez vraiment que la chose reste entre nous : il faut me le prêter quelque temps. Quand j'aurai couché avec lui autant de nuits que vous, je vous le rendrai, sans faute. Ensuite, nous coucherons avec lui à tour de rôle. L'autre solution, c'est de recourir aux tribunaux au risque de casser la marmite, de sorte que tout le monde se serrera également la ceinture. Quoi d'autre ? » « En ce cas, dit Rui-zhu, il faudrait prévoir un temps, disons trois nuits, ou cinq, au terme desquelles tu le relâcheras. » « Ce n'est pas à moi d'en décider, répliqua Hua-chen, quand il sera chez moi je l'interrogerai pour savoir combien de temps il a couché avec chacune de vous et je le garderai le même temps exactement. » A ces mots les trois jeunes femmes se dirent que Weiyangsheng, qui les préférait à elle, déguiserait sûrement la vérité afin d'abréger son temps de pénitence. Elles approuvèrent à voix haute et ajoutèrent : « Si tu fais ainsi, il sera bientôt de retour car il n'est ici que depuis avant-hier. Fais comme tu l'entends. »

Elles s'attendaient que Hua-chen ouvrît le coffre, mais celle-ci, qui craignait de voir le jeune homme s'éclipser avant que d'arriver chez elle, leur dit : « S'il sort en plein jour, il risque fort d'être aperçu. J'ai une meilleure idée : inutile d'ouvrir le coffre maintenant. Disons qu'il est plein à ras bord de vieilles peintures qui m'appartiennent ; je vais faire venir quelques-uns de mes gens pour l'emporter jusque chez moi. » Aussitôt dit, aussitôt fait. Elle donna ses instructions à une servante, et en moins de temps qu'il n'en faut pour le dire, on vit arriver quatre valets robustes qui hissèrent le coffre sur leurs épaules et partirent en courant.

Les trois amies, pantoises et désolées, allèrent dans la rue. On aurait dit qu'elles suivaient le cercueil de leur époux : la seule différence est qu'elles n'osaient verser de larmes. Non seulement leur peinture vivante leur était enlevée, mais son écrin lui-même s'en allait chez une autre. Elles étaient pleines d'appréhension, craignant que cette veuve fringante le fît mourir d'épuisement, et qu'il ne fît pas l'aller et le retour. Il est certain que se trouver dans un coffre porté sur les épaules de quatre gars est pour notre héros de sinistre augure.

Chapitre 17

Se laisser aisément aveugler sur son propre compte ; des inconvénients de l'arrogance.

Le coffre à peintures une fois en sûreté chez elle, Hua-chen renvoya les serviteurs, ouvrit ses propres armoires, trouva des habits d'homme, une coiffe, des chaussures et des chaussettes, le tout ayant appartenu à son défunt mari. Elle les posa à côté du coffre, puis elle ouvrit le cadenas et pria à haute voix Weiyangsheng de sortir.

Quand il se fut habillé, tous deux se firent les politesses usuelles, puis ils s'assirent en vis-à-vis. Weiyangsheng, on le sait, était doté d'une langue habile à flatter son monde. Il dit donc à Hua-chen que depuis leur rencontre dans le temple, il ne cessait de penser à elle ; que ne connaissant pas son nom, il ne pouvait entreprendre de recherches ; qu'en ce jour, le Ciel lui avait donné le bonheur de la retrouver, quoique ce fût par une voie détournée. Hua-chen, qui avait lu dans le carnet la notice la concernant, n'eut aucun mal à le croire et elle prit ses protestations enflammées au pied de la lettre. Pleine d'allégresse, elle ne put attendre le soir et tous deux se mirent aussitôt au lit.

Hua-chen n'était pas vraiment grosse, mais elle était bien en chair. Quand Weiyangsheng l'eut enfourchée, il se sentit étroitement embrassé, reçut un baiser sur la bouche et s'entendit appeler « mon amour » : le désir naquit dans tout son corps et il trouva que de toutes celles qu'il avait connues, aucune ne savait s'y prendre aussi bien. Il comprit alors que parmi la gent féminine, celles qui procurent le plaisir des yeux ne sont pas forcément aptes à en procurer d'autre, et réciproquement. Pour qu'elle soit agréable à regarder, une femme doit impérativement posséder trois qualités : elle doit être maigre et non pas grasse ; petite et non pas grande ; fragile et non pas robuste. C'est ainsi, d'ailleurs, que sont faites toutes les beautés qu'on représente en peinture : aucune d'elles n'a un corps grand et fort, ou un esprit vigoureux et intrépide. En effet, les peintures sont faites pour le plaisir des yeux. Pour être d'un commerce agréable, une femme doit répondre à de tout autres critères : elle doit être grasse et non pas maigre, être grande et non pas petite, être robuste et non pas fragile. Quelle en est la raison ? Un homme, pour avoir commerce avec une femme, se couche généralement sur elle. Il aime être à son aise, comme sur des coussins moelleux ; il aime que les parties du corps se correspondent exactement ; et il faut bien en outre que votre partenaire ait la force de vous porter. Une femme frêle, quand on se couche dessus, est un sac d'os : c'est aussi inconfortable que de reposer sur une dalle de pierre ou sur une planche. Tandis que, sur une femme replète, avant même que de commencer, on se sent envahi par une douce chaleur et l'esprit disposé vers ce qui va suivre. Si l'on est avec une femme de petite taille, les membres ne pourront se correspondre : si les hauts sont ensemble, les bas seront décalés ou inversement : c'est bien ennuyeux. Quant au poids d'un homme, il varie entre soixante-dix et cent livres à peu près, si la femme n'est pas robuste, elle ne peut vous soutenir sans en être incommodée, et de votre côté vous craignez de l'étouffer : ce sont là inconvénients majeurs dans un moment pareil. Si de part et d'autre on n'est même pas à son aise, comment pourrait-on encore avoir du plaisir ! On voit bien par là que ce qui convient aux yeux peut s'avérer impropre à l'usage. Si une femme pouvait réunir en elle les deux avantages, sans être d'une beauté parfaite, elle n'en serait pas moins la femme idéale.

Hua-chen, malgré son âge, se rapprochait de cette définition : quand Weiyangsheng se mit au lit avec elle, ce fut pour lui une révélation. Enlacé, en haut, par deux bras satinés, en bas, par deux jambes veloutées, il se sentit comme enveloppé d'un duvet moëlleux. Des femmes qu'il avait possédées jusqu'alors, toutes étaient jeunes, sveltes et délicates : aussi ce fut pour lui une sensation entièrement nouvelle, et il se sentit comme engourdi de plaisir. Avant qu'il eût fait un geste pour la pénétrer, son sexe était devenu ferme et rigide ; alors, il le darda vers l'orifice. Hua-chen avait déjà enfanté, le passage était élargi ; elle n'éprouva aucune sensation douloureuse mais commença aussitôt à jouir. Après une petite dizaine d'érections elle l'enlaça en disant : « Mon amour, accélère un peu et je vais succomber. » Weiyangsheng appuya à fond ; encore une petite dizaine et il entendit : « Mon amour, ne bouge plus : je succombe. » Weiyangsheng ayant atteint avec son gland le point névralgique, s'immobilisa. Quand elle se fut pâmée, il recommença à aller et venir, tout en lui demandant : « Mon amour, pourquoi as-tu si peu d'endurance ? Je ne peux pas faire succomber tes nièces à moins de cent ou deux cents coups, quelquefois trois cents ; je dois me retenir jusque-là. Et encore cela n'a-t-il rien d'exceptionnel, il est des femmes bien plus résistantes ; je n'aurais pas cru qu'il y en avait aussi qui succombaient, comme toi, pour ainsi dire dès l'ouverture. » « Ne tire pas encore de conclusion, dit Hua-chen, car mon endurance d'ordinaire va bien au-delà : je peux soutenir jusqu'à mille ou deux mille coups, et même à ce moment, celui qui veut me faire succomber doit encore s'en donner la peine. » « En ce cas, dit Weiyangsheng, que t'arrive-t-il aujourd'hui ? Aurais-tu voulu me faire marcher ? » « Non, dit Hua-chen, mais cela fait plus de dix ans que je n'ai connu d'homme, aussi ai-je extrêmement désiré ce moment ; lorsque j'ai vu ta beauté d'une part, ton organe d'autre part, j'ai éprouvé une joie extrême, et dès le premier moment de nos rapports, j'ai répandu ma liqueur : j'ai pour ainsi dire succombé par moi-même, indépendamment de tes soins. Si tu as des doutes, attends un peu, tu vas voir. » « Ah, c'est ainsi, dit Weiyangsheng. En ce cas, explique-moi : pour te faire succomber, est-il besoin d'une technique spéciale, d'un adjuvant au procédé ordinaire ? » « Tu as deviné juste, repartit Hua-chen, au moment crucial il faut que je sois stimulée par des bruits ou par quelques paroles salées. Si je joue une pièce silencieuse avec un partenaire muet, l'intérêt n'est pas stimulé et le dénouement s'en ressent : dusses-tu continuer jusqu'aux aurores, je ne pourrai m'épancher totalement. Encore un détail : quand je succombe, je suis comme morte et il me faut un bon quart d'heure pour recouvrer mes esprits ; te voici prévenu. »

« A ce qu'il paraît, dit Weiyangsheng, ce n'est pas une mince affaire que de te conduire au port : il y faut une santé vigoureuse et une énergie intacte. Mon énergie ne me permet peut-être pas de figurer dans la classe supérieure, mais tout au moins dans les premiers rangs de la seconde classe : je suis probablement de force égale avec toi. Qu'en était-il de ton défunt mari ? » « Tout au plus, dit Hua-chen, méritait-il de trouver place dans les premiers rangs de la troisième classe. Dans son jeune temps, lui aussi courait les jupons avec fureur et il a provoqué plus d'un scandale. Il m'a dit une fois : « Les autres femmes ont un sexe de chair, mais le tien est en fer forgé. On a beau faire, on ne peut en venir à bout. » C'est pourquoi il avait imaginé maint adjuvant destiné à attiser mon ardeur, et quand il les employait sa tâche s'en trouvait grandement facilitée. Que ce soit après mille ou deux mille assauts, il suffisait que je fusse encore possédée de désir pour succomber. » « Et, dit Weiyangsheng, quels étaient ces adjuvants ? »

Hua-chen repartit : « Ils ne présentent aucune difficulté et le résultat est immédiat. Il existe trois variantes. » Weiyangsheng ayant demandé quelles elles étaient, Huachen énonça :

« regarder des images obscènes,
lire des livres licencieux,
écouter des sons stimulants. »

« Quant aux deux premiers moyens, dit Weiyangsheng, je les ai employés dans les premiers temps de mon mariage et j'en garantis l'efficacité. Quant au troisième, je ne vois même pas de quoi tu veux parler. »

« Sache, dit Hua-chen, que j'adore écouter les autres faire l'amour. Autrefois, du vivant de mon époux, c'est moi qui l'incitais à coucher avec les servantes, et je lui disais de faire le plus de bruit possible. Au moment où la femme avait le plus de plaisir, elle poussait des cris ; de mon côté, j'attendais d'être en parfaite condition et alors je toussais. Il accourait, il me portait sur le lit, me pénétrait aussitôt et y allait d'un train d'enfer, sans observer aucune des règles de l'art militaire : un vrai corps-à-corps de sauvages. A ce rythme, non seulement je jouissais à l'intérieur, mais également à l'épigastre, et il suffisait de sept ou huit cents coups pour que je succombasse. Ce procédé est encore plus efficace que les deux premiers. »

« Voilà, dit Weiyangsheng, une discussion singulièrement captivante. Cependant il est un point que je ne m'explique pas : ne m'as-tu pas dit que la vigueur de ton mari le rangeait dans la troisième catégorie ? Comment alors trouvait-il moyen de coucher avec la servante, puis avec la maîtresse tout d'une haleine ? Et encore lui fallait il, quand il était avec la première, produire et du bruit, et des sensations fortes. On devrait s'attendre qu'en arrivant dans ton lit, il fût à bout de course et bien incapable de soutenir un nouveau corps-à-corps, surtout tel que tu viens de le décrire. »

« Au début, dit Hua-chen, il n'avait pas à payer de sa personne : il y avait quelqu'un pour le faire à sa place. C'est seulement dans un second temps que son concours actif était sollicité. Autrement, il n'y serait jamais arrivé. » « Je sais qui est ce remplaçant, rétorqua Weiyangsheng ; c'est un nommé 'Lacorne', n'est-ce pas ? » « C'est lui-même, dit Hua-chen ; il ne manque pas de ces bibelots chez moi. Aujourd'hui, c'est la première fois que tu me fais l'amour, j'ai pensé que l'on pouvait se passer de tels artefacts. Mais dès demain tu feras connaissance avec eux. »

Après cette conversation, Weiyangsheng, piqué d'émulation, et mettant de côté toutes ses connaissances stratégiques, voulut tâter lui aussi d'un combat à la sauvage ; il se livra à un assaut désordonné, qui se prolongea pendant plus de mille coups. A ce moment, le plaisir était remonté à l'épigastre. Hua-chen était gelée aux extrémités, son regard était fixe, sa bouche entrouverte, on l'aurait crue morte. Si Weiyangsheng n'avait été dûment prévenu, il aurait pris peur. Etant demeurée dans cet état un moment, elle revint à elle, et serrant Weiyangsheng dans ses bras, elle lui dit : « Mon amour, tu n'auras pas besoin de recourir à un 'remplaçant' : tu es capable de me faire succomber par tes seules forces. Il est clair que ta vigueur te range dans les amants de première classe. Pourquoi te dénigres-tu toi-même ? » Weiyangsheng répliqua : « Sur mon carnet, je t'avais attribué la meilleure note ; à présent tu me rends la pareille, c'est normal. »

Hua-chen reprit : « A propos, sur ce carnet, qui donc a pu effacer les noms de mes trois nièces, et ajouter une ligne au bas de la page ? » Weiyangsheng, pris de court, dit qu'il n'était pas au courant. « Tu n'oses pas m'expliquer ce qui s'est passé, dit Hua-chen, mais j'ai fort bien compris que ces trois pestes me trouvant vieille et défraîchie, n'ont pas accepté que je fusse placée sur le même rang qu'elles. Sans me vanter, quoiqu'elles soient plus jeunes et plus fraîches que moi, on peut s'asseoir en face d'elles pour causer et se regarder, mais cela ne va pas plus loin. Quand on en vient aux choses sérieuses, il est à craindre qu'elles ne me vaillent pas. Mais je ne vais pas me disputer avec elles ; je suis disposée pour l'heure à endurer leur mépris, en attendant l'occasion de me mesurer à elles dans une véritable compétition opposant l'amant hors pair et les quatre reines de beauté. Nous nous dévêtirons et chacun montrera ce qu'il sait faire. On verra bien alors si les jeunes l'emportent sur la vieille. » « C'est une idée excellente », repartit Weiyangsheng. Ils virent qu'il faisait jour ; ils se levèrent et s'habillèrent. Une servante apporta le déjeuner, qui fut copieusement arrosé. Hua-chen buvait comme un homme et elle vida force coupes avec son amant. Tous deux jouèrent au poing menteur[41] et aux devinettes, et ils festoyèrent jusqu'au soir. Gris tous deux, ils retournèrent alors au lit. Ce soir-là, amollis qu'ils étaient par la bonne chère et l'oisiveté, ils purent encore sans peine épancher leurs sucs, sans recourir à aucun des trois procédés chers à Hua-chen.

Le jour suivant, celle-ci sortit de ses placards quantité de peintures obscènes et de livres licencieux, qu'elle disposa sur une table, et ils les feuilletèrent ensemble en attendant de passer aux travaux pratiques. En outre, Hua-chen fit venir deux servantes âgées de dix-sept ou dix-huit ans, jolies et déjà déniaisées, qu'elle supposait capables d'avoir commerce avec Weiyangsheng. Elle leur donna instruction de rester dans la chambre afin d'y servir leur maîtresse dans ses ébats et de stimuler ses appétits. A compter de là, ils passèrent chaque journée dans le plaisir, chaque nuit dans la volupté, en recourant aux trois moyens précités.

Hua-chen craignait que ses voisines ne vinssent avant l'heure pour récupérer leur bien ; aussi, depuis que le coffre à peintures était arrivé chez elle, avait-elle verrouillé sa maison ; qu'on frappât ou qu'on appelât, elle faisait la sourde. Le cinquième jour, comme les trois filles faisaient du tapage à l'extérieur, elle fut obligée de leur dire qu'au bout de sept jours, il serait libre de s'en retourner. Voyant qu'un terme était fixé à sa captivité, elles se calmèrent et rentrèrent chez elles. Le huitième jour au matin, Weiyangsheng se prépara au départ et prit congé de son hôtesse ; il faut croire qu'il sut y faire, puisque celle-ci alla ouvrir la porte de côté pour le laisser aller.

On pense si les trois amies furent heureuses de le revoir. Elles brûlaient de curiosité quant aux nuits qu'il avait passées avec Hua-chen. Weiyangsheng, averti qu'il était de leur jalousie, se garda de leur dire tout le bien qu'il pensait de leur rivale ; il leur fit un compte-rendu assez vague, mentionnant toutefois les 'trois procédés' habituels de leur tante, ainsi que son projet de 'compétition amicale'. L'idée reçut un accueil mitigé – est-il convenable de mettre ainsi en jeu les mérites amassés pendant une longue période, et de se trouver à la merci d'un accident ou d'une défaillance passagère ! Ayant ouï les nouvelles, les trois amies conférèrent entre elles et elles supputèrent que Hua-chen n'ayant fixé aucune date, on devait en déduire qu'elle avait abandonné l'idée. Xiangyun dit : « A partir d'aujourd'hui, nous devrions recommencer notre roulement. Qu'en pensez-vous ? » « Tout à fait d'accord », dirent les sœurs. Mais quelques jours s'étaient à peine écoulés que Hua-chen fit passer un mot invitant ses nièces à organiser chez elles une partie fine, où l'on boirait et où l'on ferait l'amour.

Les trois jeunes femmes se réunirent de nouveau et elles dirent : « Cela tombe bien : c'est aujourd'hui que nous faisons chambre commune, ne dit-on pas : quand il y en a pour trois, il y en a pour quatre. Qu'elle vienne, cela n'en sera que plus gai, elle ne nous lésera en rien et nous nous donnerons l'apparence de lui complaire. » Elles renvoyèrent immédiatement une réponse : « A vos ordres. »

On se demandera peut-être pourquoi la tante, au lieu de les recevoir chez elle, se faisait inviter par ses nièces. Il faut savoir qu'elle demeurait avec son fils, âgé de dix ans ; ce n'était plus un petit enfant, il pouvait comprendre certaines choses. Elle avait réussi à lui cacher pendant une semaine la présence de Weiyangsheng dans sa chambre ; mais c'était autre chose que d'organiser une partouze à quatre femmes et un homme, pour se saouler à qui mieux mieux et s'envoyer en l'air : ce genre de chose ne peut guère passer inaperçue à l'intérieur même de la maisonnée. Xiangyun et ses amies n'avaient pas d'enfant, il suffisait de rester entre soi, derrière deux portes closes, pour être à l'abri des regards indiscrets. C'est pourquoi

Hua-chen, passant outre aux préséances, avait choisi de se faire inviter.

La réponse était partie depuis un quart d'heure quand on la vit arriver. Weiyangsheng l'aperçut et il vit qu'elle apportait quelque chose dans sa manche. Il l'apostropha : « Qu'y a-t-il dans ta manche ? » « C'est, dit Hua-chen, un accessoire indispensable à nos plaisirs d'aujourd'hui. » Elle le sortit et le montra à tout le monde : c'était un jeu de cartes coquin. Weiyangsheng dit : « On en fera usage au cours de notre compétition ; mais il ne faut pas regarder les cartes à l'avance. Quand nous serons tous en condition, chacune de vous tirera une carte et exécutera avec moi la figure qui s'y trouve représentée. » « Cependant, dit Xiangyun, laisse-nous d'abord les regarder une fois afin qu'on comprenne au moins le sens de chaque figure. » « Tu as raison », dit Weiyangsheng. « Pour moi, dit Hua-chen, je les connais par cœur. Regardez donc tout à votre aise. »

Les trois jeunes femmes, en souriant, étalèrent les cartes sur la table et les examinèrent une par une. Elles tombèrent sur une carte représentant une jeune fille, à demi couchée sur un rocher au bord d'un lac, qui tendait les fesses pour se faire sodomiser. Ayant regardé, elles se mirent à rire et dirent : « Qu'est-ce que cela ! C'est tout simplement dégoûtant. » « De quelle carte parlez-vous ? » dit aussitôt Hua-chen. « Montrez-la moi. » Ayant jeté un coup d'œil, elle dit : « Cette figure a une histoire. On dirait que vous ne la connaissez pas. » « De quoi parles-tu ? dit Xiangyun, veuille éclairer notre lanterne. » Hua-chen reprit : « Il s'agit d'une nouvelle intitulée 'Je dois me marier.' Il était une fois une belle fille et un jeune lettré également bien de sa personne, qui habitaient deux maisons voisines. Le jeune homme était amoureux de sa voisine, au point qu'il en tomba malade. Il lui fit dire : 'Si je peux vous rencontrer une fois en privé, je mourrai heureux ; je ne ferai rien qui offense la pudeur.' Prise de pitié, la fille y consentit. Au cours de l'entretien, elle se laissa embrasser, caresser, baiser sur la bouche, mais ne consentit pas à aller plus loin. Quand il voulut la prendre, elle s'y refusa en disant : 'Je dois me marier, ce que vous demandez est impossible.' Le garçon se jeta à ses pieds mais elle persista dans son refus, répétant 'Je dois me marier', et ajoutant : 'Si tu as insisté pour me rencontrer, c'est qu'épris de moi parce que je suis belle, tu désirais être assis contre moi et me toucher ; je suis assise sur tes genoux, tu peux me toucher à ta guise et apaiser ainsi ce qui te tourmente. Pourquoi vouloir à tout prix m'ôter ma virginité ? Lorsque je me marierai et que mon époux verra que je ne suis pas vierge, je serai déshonorée pour la vie. Pourquoi es-tu si déraisonnable ?' Ce jeune homme repartit : 'Quand un homme et une femme ont commerce ensemble, il faut à toute force que la femme soit pénétrée par cette chose longue de trois pouces, sinon cela ne s'appelle pas de l'amour. Vous avez beau être assise sur mes genoux, mon désir n'est pas satisfait.' Il se jeta de nouveau à genoux et la supplia en vain. Emue cependant, la jeune fille baissa la tête pour réfléchir et elle imagina une solution. Elle dit alors : 'Je suis destinée à me marier et, en conséquence, il m'est impossible de te donner ce que tu demandes. Si je t'offrais autre chose à la place ?' 'Et que pourrait-il y avoir d'autre ?' dit le jeune homme. La fille lui dit : 'Il faut laisser l'avant et prendre l'arrière. Nous aurons eu réellement commerce de chair et tu seras satisfait.' Le jeune homme trouva qu'elle disait vrai, il n'osa plus insister ; il prit ce qu'elle lui offrait. La carte s'inspire de ce conte. On voit que vous n'avez pas lu tous les bons livres. »

L'arrogance dont était empreint tout ce discours confondit et inquiéta grandement Xiangyun et ses compagnes. Elles abandonnèrent les cartes et se retirèrent à l'écart pour conférer entre elles sur le moyen de rabattre son caquet. Hua-chen, qui n'avait pas vu Weiyangsheng de trois jours, fut ravie d'être seule avec lui ; tous deux s'embrassèrent, se donnèrent des baisers et bavardèrent d'importance. Les trois amies revinrent et firent servir le repas. Weiyangsheng s'assit à la place d'honneur, avec

Hua-chen en vis-à-vis et les trois amies sur les côtés. Après qu'on eut vidé force coupes, Hua-chen proposa qu'on prenne les cartes. Mais Xiangyun dit : « Si on regarde ça maintenant, on n'aura plus qu'une envie, se mettre au lit au plus vite ; on ne pourra même plus boire. Attendons d'être un peu gaies, alors nous prendrons les cartes et nous boirons et ferons l'amour selon ce qui sortira. » Weiyangsheng approuva.

Rui-zhu alla chercher un plateau et des dés. Weiyangsheng dit : « Lancer les dés chaque fois, c'est fatigant ; il vaut mieux disputer une partie de poing menteur[41] et fixer de cette façon un ordre de préséance auquel on se conformera ensuite, et pour boire et pour faire l'amour. Qu'en pensez-vous ? » Hua-chen était championne à cette sorte de jeux, aussi reçut-elle cette proposition avec le sourire, sûre de devenir ainsi l'arbitre de la partie. Elle craignait cependant que le gagnant dût non seulement arbitrer, mais passer en premier pour jouer et cela ne lui agréait pas, car on l'a vu, elle préférait entendre les autres avant de monter en scène. Après un moment de réflexion, elle répondit donc : « On n'est pas forcé de respecter le même ordre pour boire et pour faire l'amour ; il vaut mieux laisser toute latitude à l'arbitre pour établir une règle du jeu. » Weiyangsheng approuva. Les cinq poings se tendirent et ce fut à Weiyangsheng de deviner. Rui-yu fut perdante et Hua-chen, comme elle l'avait prévu, fut gagnante, de sorte qu'elle fut proclamée arbitre du jeu.

Sans attendre que fussent annoncées la deuxième et la troisième, elle dit d'un ton d'autorité : « Maintenant c'est moi qui commande ; quiconque désobéira aux ordres devra vider une grande coupe. » « Parle, dit Weiyangsheng, annonce le règlement. »

Hua-chen dit : « L'arbitre boit en premier et la troisième boit en dernier, en augmentant chaque fois les quantités. La perdante verse à boire aux autres et ne boit pas elle-même. Pour faire l'amour, ce sera le contraire : d'abord la troisième, puis la seconde, enfin l'arbitre, en augmentant chaque fois la dose ; la perdante tiendra la serviette pour ceux qui en auront besoin et ne participera pas. » Ensuite elle dit à Weiyangsheng : « Pour le moment tu es dispensé de passer l'examen, tu es surveillant. Ensuite on aura besoin de tes services. » « Ah, dit Weiyangsheng, je devrai vous servir mais auparavant vous ne m'aurez pas laissé boire. » « Au contraire, dit Hua-chen, tu boiras plus que les autres puisque, chaque fois que l'une de nous videra une coupe, tu seras tenu par le règlement d'en faire autant. Quant à la perdante, qui est astreinte à servir les autres, il t'est défendu de l'aider ; si tu l'aides pour te faire bien voir, tu seras sanctionné d'une 'super-coupe'. » Weiyangsheng répliqua : « En ce cas, tant pis pour la perdante, je ne m'occuperai pas d'elle. »

Xiangyun et ses compagnes n'intervenaient pas dans ce débat ; elles avaient un plan entre elles pour damer le pion à Hua-chen. Xiangyun dit à Weiyangsheng : « Puisque tu es surveillant, si l'arbitre est injuste, tu dois intervenir et la rappeler à l'ordre, non pas fermer lâchement les yeux et la laisser nous tyranniser ; sinon, nous nous révolterons, règlement ou pas. » « Si je suis injuste, dit Hua-chen, il ne sera pas nécessaire de faire intervenir le surveillant : il suffit que vous leviez le poing toutes ensemble, je m'inclinerai et j'accepterai d'être punie. »

Le règlement étant ainsi établi, Hua-chen fit sortir Weiyangsheng et elle fit subir un nouveau test aux trois amies. La chance cette fois concorda avec l'ordre d'aînesse : Xiangyun fut déclarée deuxième, Rui-zhu troisième, et Rui-yu, qui de toute façon ne supportait pas de faire longtemps l'amour, resta la dernière.

Les rôles étant attribués, Hua-chen ordonna à Rui-yu de servir une coupe de vin à elle-même, deux à Xiangyun et trois à Rui-zhu ; Weiyangsheng recevant chaque fois une ration équivalente. Quand ces libations furent achevées conformément au règlement, Hua-chen enjoignit à Rui-yu de battre les cartes et de les mettre sur la table, puis de prendre une serviette et de se tenir à côté du lit. Rui-yu obéit. Ensuite Hua-chen dit à Weiyangsheng :

« Avec la première, tu as droit à cent coups, ni plus ni moins, et à deux cents pour la seconde. Chaque coup en plus ou en moins te vaudra un gage. Qu'elle succombe ou non, tu ne t'en occupes pas. La troisième à entrer en lice sera moi-même. En ce qui me concerne, on ne comptera pas les coups ; tu n'auras droit de t'arrêter que lorsque j'aurai succombé. Pour les deux premières, ce sera à la perdante de compter. » Puis elle dit à Xiangyun et à Rui-zhu : « Prenez une carte et montrez-la. Vous ferez l'amour suivant ce qui est représenté, que cela vous plaise ou non ; de plus, il faut reproduire l'original le plus fidèlement possible ; sinon, non seulement il faudra boire, mais on retranchera sur le nombre qui vous est dû. » Rui-zhu dit : « Si nous sommes infidèles à l'original, il est normal que nous soyions punies. Mais si l'arbitre elle-même ne se conforme pas au modèle, comment réglera-t-on le différend ? » Hua-chen dit : « Si l'arbitre ne se conforme pas au modèle, qu'elle boive trois coupes et recommence tout. »

Rui-zhu tendit la main vers le paquet de cartes. La carte qu'elle tira représentait une femme étendue sur un lit, jambes écartées. L'homme se tenait à un mètre d'elle environ ; repoussant le lit à deux mains, il se tenait incliné en avant et opérait suivant une figure appelée « la libellule effleure l'eau ». Ayant montré sa carte à l'assistance, Rui-zhu enleva son pantalon et se coucha sur le dos. Weiyang-sheng s'approcha d'elle à la façon de la « libellule », et il inséra son sexe dans celui de Rui-zhu avec des mouvements calculés pour l'agacer. Pour complaire à l'arbitre, Rui-zhu n'attendit pas d'avoir du plaisir pour s'exclamer ; les inflexions de sa voix suivaient les mouvements de son partenaire. Quand il cessa, elle se tut. Xiangyun dit : « C'est à moi. » Elle prit la deuxième carte. On y voyait une femme allongée sur un divan. L'homme était debout et avait posé les pieds de la femme sur ses épaules ; repoussant la couche à deux mains, il s'activait de tout son cœur. La figure se nommait « pousser le bateau dans le sens du courant ». Xiangyun, ayant montré la carte à l'assistance, s'allongea sur le divan et elle imita la figure avec

Weiyangsheng. Les bruits divers qu'elle émettait différaient fort de ceux de Rui-zhu. Un bateau qui suit le courant est aisé à pousser ; l'eau qui suivait le bateau coulait plus aisément encore ; et la proue et la coque résonnaient de concert. Hua-chen avait souvent assisté, dans l'obscurité, aux amours des autres ; elle n'avait jamais vu de ses yeux le plaisir s'inscrire sur la figure d'autrui. L'impression qu'elle en éprouva fut violente, à peine put-elle attendre que Xiangyun eût achevé son tour. Se levant alors, elle déclara : « C'est le tour de l'arbitre. » D'une main elle prit une carte, tandis que de l'autre elle défaisait sa ceinture.

Quand elle eut retourné la carte, après un seul coup d'œil, elle blêmit, l'affolement se peignit sur son visage ; elle dit aux autres : « Cette carte est inutilisable, on est obligé de la changer contre une autre. » Xiangyun et ses compagnes protestèrent avec énergie. Elles prirent les cartes qui restaient et les mirent hors de portée, puis elles s'approchèrent pour voir la figure représentée : c'était « Je dois me marier ». Quelle coïncidence ! Pourquoi Huachen était-elle tombée sur cette carte ? C'était l'effet de la machination ourdie par ses nièces. Ayant prévu que Huachen les ferait concourir à tour de rôle, elles avaient pris soin de faire une marque au revers de cette carte à l'intention de celle qui serait chargée de battre le jeu. L'événement avait entièrement confirmé leurs prévisions. Huachen ayant voulu passer en dernier, Rui-yu, au moment de battre le jeu, n'avait eu qu'à placer cette carte en troisième position. A présent elle l'avait tirée et c'était bien fait pour elle : c'était le juste châtiment de son arrogance.

Les trois amies ayant regardé la carte, pressèrent Huachen de s'exécuter. Celle-ci s'y refusant avec la dernière énergie, leur dit : « Je vous le demande, cette figure est-elle réalisable ? A plus forte raison (désignant Weiyangsheng) équipé comme il l'est, pensez-vous que ce soit faisable ? Réfléchissez-y seulement, je fais appel à votre esprit de justice. » Les trois amies répliquèrent : « Si l'une de nous avait tiré cette carte, lui aurais-tu fait grâce ?

C'est toi-même qui l'as dit, il est défendu de refuser une carte et de la remplacer par une autre. C'est toi qui es familière avec toutes ces figures. Si tu savais que cette carte était inutilisable, pourquoi ne l'avoir pas supprimée avant de venir ici ? Le sort a voulu que tu la tires. De quoi te plains-tu ? Allons, dépêche-toi d'enlever toi-même ton pantalon, sinon nous saurons bien t'y aider. » Ensuite elles dirent à Weiyangsheng : « Excellent surveillant que tu es, pourquoi n'ouvres-tu la bouche ni ne fais un geste ? A quoi sers-tu ? » Weiyangsheng répondit : « Je ne veux pas être accusé de partialité en sa faveur ; réellement, mon pénis est trop gros pour que son rectum puisse le supporter sans dommage. Il est absolument nécessaire que nous introduisions dans le règlement une possibilité de se racheter. Qu'elle boive plusieurs coupes en guise de punition et qu'elle tire une autre carte. » Les trois amies se gaussèrent de lui. « Tu parles pour ne rien dire. S'il suffisait de boire pour se dispenser du reste, nous nous serions 'rachetées' les premières. Qui est-ce qui n'est pas sensible à la honte de s'exhiber ainsi devant les autres ! » Weiyangsheng vit que la logique était de leur côté ; il ne sut que répondre. D'une voix suppliante, il dit : « Vous avez raison, je l'avoue ; j'implore à présent votre clémence. N'exigez pas que j'effectue complètement cette figure, au risque de la blesser. Quand elle aura retiré son pantalon, permettez-moi d'en exécuter une version simplifiée. » Xiangyun et Rui-yu étaient inexorables, exigeant que cette figure fût réalisée aussi bien que les autres. Mais Rui-zhu leur fit un clin d'œil et elle dit : « Allons, s'il le fait à peu près cela ira. Il ne faut pas être des juges impitoyables et appliquer la loi dans toute sa rigueur. »

Weiyangsheng s'empressa d'approuver ; il attira à lui Hua-chen et la força à enlever son pantalon, quoiqu'elle résistât. Il la fit allonger sur le ventre sur le divan, puis il se dévêtit, mouilla son pénis de salive et lui porta deux coups dans le rectum. Hua-chen se mit à crier et elle voulut se relever sans le laisser aller plus loin. Mais elle avait compté sans la malignité des jeunes. Les paroles conciliantes de Rui-zhu étaient une ruse destinée à la faire capituler. Quand elle se fut allongée sur le divan, toutes trois s'avancèrent ensemble et lui maintinrent l'une la tête, la seconde les bras ; elle voulait se lever, elle n'y put parvenir. Elle voulut s'agiter, elle se trouva immobilisée. La plus maligne des trois s'était postée derrière Weiyangsheng et quand il la pénétra, elle le poussa de toutes ses forces, de sorte que le pénis entra sur la moitié de sa longueur ; et ensuite elle le maintint dans cette position, l'obligeant à aller et venir comme quand on fait l'amour. Hua-chen se mit à hurler comme un goret qu'on égorge. « Grâce ! grâce ! » Weiyangsheng dit : « Il y va de sa vie, ce que vous faites est mal ; soyez généreuses. » Les autres dirent : « N'a-t-elle pas précisé avant de commencer : pour l'arbitre on applique une règle spéciale, défendu d'arrêter avant qu'elle ait succombé ? Demande-lui donc où elle en est ! » Hua-chen incontinent se mit à crier : « J'ai succombé ! J'ai succombé ! » Les autres virent qu'elle n'en pouvait plus et elles la laissèrent aller. Hua-chen se releva péniblement. Elle était plus morte que vive et ne pipait mot ; ne pouvant se tenir debout, elle dut appeler sa servante pour qu'elle l'aidât à s'en retourner chez elle. Son rectum enfla, elle eut de la fièvre et demeura couchée trois ou quatre jours, puis elle réussit à se traîner hors du lit.

La journée lui laissa un souvenir cuisant ; mais comme elle était tombée elle-même dans le piège qu'elle avait tendu aux autres, elle ne pouvait guère les tenir pour responsables ; elle dut leur faire bonne figure et renouer avec elles de bons rapports. Tous cinq continuèrent à partager les plaisirs pris sur l'oreiller, et on n'en finirait pas de les décrire en détail.

Lorsque Weiyangsheng avait quitté Yenfang, il s'était engagé à ne pas prolonger son absence plus de trois mois. Plongé dans les délices, il oublia cependant sa promesse. Quand il y songea pour la première fois, le terme était dépassé. Il envoya Coffre-de-livres aux nouvelles, et sut ainsi que Yenfang avait mis au monde deux filles jumelles. Hua-chen et ses nièces fêtèrent joyeusement l'événement, et après avoir fait la noce pendant quelques jours supplémentaires, elles le laissèrent enfin repartir.

Yenfang, qui craignait d'être trop accaparée par les devoirs de la maternité pour se livrer à l'amour, avait mis les petites en nourrice. La période de « quarantaine »[42] s'achevait, et elle arrivait aux relevailles, quand Weiyangsheng reparut. Elle l'invita à fourbir son matériel et à relever ses fortifications, fermement résolue à recouvrer chaque centime de sa dette. Las ! Maigres étaient les ressources du débiteur : on ne put que constater sa défaillance.

A quoi l'attribuer ? Quatre ou cinq mois passés joyeusement en compagnie de quatre femmes, à s'adonner sans retenue aux jeux de l'amour, de nuit comme de jour, avaient eu raison de la vigueur de Weiyangsheng. Déçue et frustrée, Yenfang commença à regretter de s'être unie à lui.

---

41. Ce n'est ni la mourre (jeu auquel on montre un certain nombre de doigts tout en criant un chiffre), ni la courte paille, mais un jeu analogue où les participants doivent deviner ce que l'un d'eux tient dans son poing fermé.

42. « Quarantaine » : pendant le mois qui suit un accouchement, la mère reste confinée chez elle et soumise à toutes sortes de tabous (ne pas couper les cheveux, les ongles, etc.)

Chapitre 18

La déchéance de l'épouse efface les dettes accumulées ; en se disputant les faveurs d'une courtisane, les frères recouvrent leur dû sans le savoir.

Les aventures galantes de Weiyangsheng trouveront dans un moment leur conclusion. Revenons à sa femme, Yuxiang : on se souvient qu'elle avait quitté la maison paternelle en compagnie de Quan le Brave et de la servante Ru-yi. Quelques jours après le départ, comme ils passaient la nuit en un certain lieu, elle ressentit soudain une vive douleur au ventre. Lorsqu'elle était encore chez elle, elle avait essayé tous les moyens pour avorter, sans résultat. A présent qu'elle était sur les routes, l'inquiétude, les fatigues d'une existence précaire et inconfortable produisirent leur effet : elle eut une fausse couche. Si cela était arrivé quelques jours plus tôt, le destin de Yuxiang aurait été bien différent : mais il était trop tard pour revenir en arrière. Elle était désormais une fugitive à la merci du sort, et cette triste situation, elle la devait sans nul doute aux péchés de ses vies antérieures.

Quan le Brave, dans toute cette aventure, avait été mu par le désir de vengeance, non par la concupiscence. Son but était largement atteint : il avait enlevé la femme de son rival, le déshonorant publiquement. Il s'était dit qu'il se débarrasserait d'elle ensuite en la vendant comme prostituée ; mais, comme elle attendait un enfant de lui, il avait différé sa décision. L'avortement leva ses scrupules.

En compagnie de la servante et de la maîtresse, il se rendit dans la capitale, descendit dans une auberge, puis se mit en quête d'un acheteur. Un homme qui veut vendre sa femme à une maison de plaisir, est obligé de recourir à une mise en scène pour la tromper. Quan prétendit qu'il avait des parents sur place qui pourraient l'aider à trouver un logement. Ce conte lui permit d'endormir la méfiance de Yuxiang, qui ne s'étonna pas qu'ils reçussent de la visite. La transaction conclue, le même prétexte servirait pour la conduire dans la maison qui l'aurait achetée.

Il y avait dans la capitale une tenancière, qu'on appelait « Gu-xian » (« qui a pour clients des immortels ») ou encore « Xian-niang », « la fée céleste » ; on verra plus loin pourquoi. Un coup d'œil sur Yuxiang la convainquit que c'était une affaire en or. Elle ne discuta pas le prix demandé par l'intermédiaire, paya comptant, et acheta en même temps Ru-yi pour qu'elle continue à servir Yuxiang.

Yuxiang une fois vendue, Quan ne tarda pas à être tourmenté par sa conscience. Il se dit : « Je crois qu'il est dit dans les Ecritures bouddhiques : 'Si tu veux savoir ce qui s'est passé dans tes vies antérieures, considère ce qui t'advient dans celle-ci ; si tu veux savoir ce qui t'attend dans une vie future, considère ce que tu fais dans celle-ci.' Ma propre femme a commis l'adultère et m'a déshonoré : sais-je si dans une vie antérieure, je n'ai pas séduit la femme d'un autre, déterminant ainsi mon infortune dans celle-ci ? Quand j'ai subi ce malheur, j'aurais dû courber le front et accepter ma destinée. Pourquoi, par orgueil, ai-je voulu me venger en allant à mon tour séduire cette femme, amorçant ainsi un nouvel enchaînement de catastrophes ? Même en acceptant cette idée de vengeance, j'étais vengé dès lors que j'avais souillé le lit conjugal de mon rival ; pourquoi encore en rajouter ? Pourquoi par cupidité ai-je vendu cette femme comme prostituée ? Et pourquoi encore avoir vendu avec elle sa servante innocente ? » Harcelé de remords, battant sa coulpe, il se détesta lui-même et pensa que sa vie n'était qu'une suite de fautes irréparables. C'est seulement par la prière et la méditation qu'il pouvait encore espérer, dans quelque mesure, améliorer son sort dans une vie ultérieure. C'est pourquoi, il prit l'argent qu'il avait retiré de la vente des deux femmes et le distribua en aumônes aux estropiés, malades et indigents. Il se rasa la moitié de la tête en signe de sa volonté de se faire religieux. Puis il se mit à errer en quête d'un maître qui voulût bien le prendre comme disciple. Ses pérégrinations le conduisirent finalement jusqu'à l'ermitage du mont Guacang, où vivait le révérend Gufeng. Reconnaissant en lui un saint homme, il prit la tonsure et l'habit et entra en religion avec lui. Après vingt années d'austérités, il obtint l'illumination ; on verra plus loin comment.

Yuxiang ayant été vendue comme fille de joie, arriva avec Ru-yi chez Xian-niang. En observant ce qui se passait dans la maison, elle comprit que c'était un lieu de mauvaise vie. Quand une femme a franchi le seuil d'une maison de rendez-vous, fût-elle un modèle de vertu, elle n'a pas la moindre chance d'en ressortir ; à plus forte raison, une femme qui a déjà perdu sa pudeur. Yuxiang vit clairement qu'elle n'avait d'autre issue que de se mettre au diapason. Elle changea de nom et prit un nom sous lequel elle devint connue des clients ; quant à nous, nous continuerons comme devant de la nommer Yuxiang, pour ne pas embrouiller le lecteur.

Le soir de son arrivée dans la maison, elle dut recevoir un gros bonnet. Le lendemain, avant de prendre congé, cet homme dit à la patronne : « La fille que tu m'as présentée est belle, adorable, parfaite, si ce n'est qu'elle ignore tout de tes 'trois secrets'. Tu devrais les lui enseigner. Quand elle les saura, je reviendrai. » De quoi parlait cet homme et que voulait-il dire ? Sachez que Xian-niang avait acquis, dans le cours de sa vie, trois techniques de plaisir qu'elle était seule de toutes les femmes à connaître et à pratiquer. Dans sa jeunesse, malgré une figure ordinaire, elle avait joui trente années durant d'une réputation inégalée, recherchée par le gratin de l'aristocratie et par les fils de la meilleure société. A plus de quarante ans, elle était encore fréquentée par des clients haut placés, et cela, uniquement à cause de ses « trois secrets ». Quels étaient-ils donc ? « Abaisser le yin à la rencontre du yang ; hausser le yin jusqu'au yang ; abandonner le yin pour bénéficier au yang ».

Quand elle était avec un homme, elle lui disait de s'allonger sur le dos, elle se couchait sur lui de façon à être pénétrée par lui, puis elle se redressait, s'asseyait une fois, deux fois, et ainsi de suite. Cette gymnastique aurait épuisé rapidement toute autre femme, qui en aurait eu les jarrets coupés. Mais Xian-niang semblait posséder des genoux en acier trempé : plus elle opérait, et plus elle avait de force. En procédant ainsi, non seulement elle contentait son client, mais elle obtenait pour elle-même le maximum de plaisir. Telle était la première technique. D'autres fois, c'était elle qui se couchait sur le lit ; mais même ainsi, elle ne laissait pas l'homme se dépenser seul ; quand il descendait sur elle, elle montait à sa rencontre et participait au coït, réduisant ainsi de moitié l'effort que devait fournir son partenaire. D'ailleurs, si dans le commerce sexuel la femme est inerte, pourquoi ne pas utiliser un mannequin où l'on aurait pratiqué un trou, au lieu de recourir à une personne de chair et d'os ? Les courtisanes devraient comprendre ceci et s'en souvenir, si elles veulent véritablement et plaire à leurs clients, et avoir elles-mêmes du plaisir. Telle était, en tout cas, la seconde technique. Quant au troisième secret, c'était aussi le plus mystérieux. Lorsque Xian-niang faisait l'amour, elle ne répandait pas inutilement sa liqueur intime ; seulement lorsqu'elle succombait, elle en usait de sorte que son partenaire y trouve profit. Comment s'y prenait-elle ? Sachez que, lorsqu'elle était avec un client et près de succomber, elle disait à l'homme de poser son gland au « cœur de la fleur » sans plus bouger. Elle était capable de faire coïncider le canal minuscule situé au « cœur de la fleur » avec le canal situé à l'extrémité du gland. Au préalable, elle avait enseigné à l'homme comment « aspirer la liqueur » ; au moment capital, lorsque celle-ci s'écoulait, il arrivait alors à la recueillir et à l'« aspirer » à travers ses propres canaux, pour la faire remonter jusqu'au diaphragme. Une telle pratique, non seulement est supérieure à l'ingestion régulière de ginseng et de graines d'aconit, mais permet de différer le vieillissement tout en obtenant une longue vie. A l'âge de seize ans, Xian-niang avait eu comme client un mage qui avait mentionné devant elle, sans intention particulière, ce fait : il n'était pas tombé dans l'oreille d'une sourde. Par la suite, chaque fois qu'elle était avec un client qui était amoureux d'elle, elle le faisait profiter de ses connaissances. Si son partenaire se conformait à ses indications, il en ressentait infailliblement les bienfaits : après avoir passé quelques nuits avec elle, il avait l'esprit dispos et vif, et son teint prenait un éclat nouveau. La réputation de Xian-niang grandit à vue d'œil et c'est à cette époque que le caractère « xian » (« immortel ») fut introduit dans son nom. Quoiqu'elle fît connaître le procédé aux clients, ceux-ci une fois de retour chez eux ne pouvaient l'utiliser et le propager. Pourquoi ? Sachez que si la façon d'« aspirer la liqueur » est enseignable, la façon correcte de faire coïncider les orifices ne saurait s'enseigner ; il faut, au moment où l'on fait l'amour, tomber sur une femme qui entende ce mystère. Enfin, ce secret n'était compris et connu que de Xian-niang seule, et lui valait une réputation inouïe.

En arrivant dans la maison, comment Yuxiang aurait-elle seulement soupçonné de telles choses ! Quand son premier client passa la nuit avec elle, il vit bien qu'elle n'en connaissait pas le premier mot, aussi abrégea-t-il et dormit-il jusqu'à l'aube. Comme il avait été touché de sa beauté, au moment de partir, il donna ses instructions à la patronne. En rentrant dans la maison après l'avoir reconduit sur le seuil, Xian-niang alla directement chez Yuxiang et elle exhala sa mauvaise humeur : « Ne savoir que minauder, mais être incapable de complaisance ; un tel client, le laisser repartir après une seule nuit ! Comment feras-tu pour gagner ta vie ? » etc. Après avoir suffisamment grondé, elle sortit le fouet. Yuxiang épouvantée se jeta à genoux. Xian-niang accepta pour cette fois de passer l'éponge, et elle se mit aussitôt en devoir de lui inculquer les « trois techniques », de jour comme de nuit. Quand elle-même recevait un client, elle faisait venir Yuxiang en tiers et lui disait de rester debout près du lit pour se pénétrer de tous les détails ; ensuite, le client parti, elle répondait à ses questions. Quand Yuxiang était avec un client, la patronne s'asseyait à côté, suivant tout d'un œil attentif et n'hésitant pas à faire une remarque le cas échéant. Le proverbe dit justement : vouloir, c'est pouvoir. Yuxiang, craignant les foudres de sa patronne, étudia diligemment ce qu'on voulait lui faire apprendre ; il ne lui fallut que quelques semaines pour posséder à fond les « trois techniques ». Belle et cultivée comme elle l'était de surcroît, elle ne tarda pas à être connue de tout ce qui comptait dans la capitale.

Deux mandarins, prodigues entre tous, étaient de ses admirateurs. Pour la retenir une nuit, ils dépensaient sans hésiter dix ou vingt onces d'or. Qui étaient-ils, direz-vous ? C'étaient les époux de Rui-zhu et de Rui-yu, Wo-yun-sheng et son frère Yi-yun-sheng, qui étudiaient, on s'en souvient, à l'Université impériale. Ayant chacun de leur côté entendu parler de Yuxiang, ils allèrent la trouver séparément pendant quelque temps. Ensuite, ils s'avouèrent leurs frasques, et découvrirent qu'ils avaient tous deux une liaison avec la même femme. Dorénavant ils la firent venir chez eux et non seulement ils se partagèrent ses faveurs, mais ils en firent également profiter leur maître. Et qui était ce maître ? Nul autre que le mari de Xiangyun, le maître Puits-de-Science ; souvent, après s'être mis en frais de toilette, il couchait avec elle une ou deux nuits. Il ne lui fallut guère de temps pour se sentir une seconde jeunesse ; il comprit alors que cette femme recélait en elle une fontaine de jouvence, et que celui qui l'aurait eue comme femme n'aurait pas eu besoin d'échappatoires pour se dérober à ses devoirs conjugaux.

Quand Wo-yun-sheng et son frère eurent passé un an à l'Université impériale, ils songèrent au pays natal et à leurs femmes. Invoquant des raisons de famille, ils sollicitèrent et obtinrent du grand maître de l'Université un congé de plusieurs mois. Maître et élèves dirent au revoir à Yuxiang et ils s'en furent ensemble comme ils étaient venus.

De retour chez eux, passées les effusions des retrouvailles, leurs épouses ne manquèrent pas de leur demander combien de femmes ils étaient allés voir dans les maisons de la capitale. Les maris alors racontèrent leurs relations avec Yuxiang et ils parlèrent des « trois secrets » qu'elle possédait, non sans enjolivements et fioritures. Le lendemain, Yuxiang et ses compagnes, en se revoyant, firent le point sur ce qu'elles avaient appris. Rui-zhu dit : « Je ne puis croire qu'il y ait une femme capable de tels tours de force. S'il en existe une, elle nous surclasse toutes, nous ne sommes bonnes à rien comparées à elle. Il y a fort à parier que ces trois-là se sont donné le mot pour nous mystifier et exiger de nous des prouesses. » Xiangyun reprit : « Nous devrions en parler à notre ami. Il a davantage d'expérience que nous sur ce chapitre et il saura si de telles choses sont ou non vraisemblables. Quand il viendra, nous lui poserons la question et nous serons fixées. » Ses compagnes approuvèrent. Lorsqu'arriva la fête de la Pure Clarté, vers le milieu du printemps, les maris allèrent ensemble à la campagne visiter les tombes de la famille ; ils ne devaient pas revenir avant le lendemain. Leurs femmes firent porter un message à Weiyangsheng, l'invitant à une réunion amicale.

Dès qu'elles le virent, elles l'interrogèrent. Weiyangsheng leur dit : « Le monde est plein de merveilles en tout genre. Y a-t-il ou non des courtisanes douées de tels talents, je n'en sais rien. Puisque celle-ci habite la capitale, je l'y rencontrerai bien un jour ou l'autre. Je coucherai avec elle et nous en aurons le cœur net. » Ayant causé un bon moment, tous quatre passèrent la nuit ensemble.

Le lendemain, en sortant de chez elles, Weiyangsheng se dit : « les maris ont tous trois raconté exactement la même chose ; il est probable qu'ils disent la vérité. S'il existe au monde une telle femme, je me dois d'aller la voir. Cela tombe on ne peut mieux, parce que je m'affaiblis à vue d'œil ces temps-ci et il me faut absolument trouver une méthode pour me refaire une santé. Il me suffira de dormir une nuit avec cette courtisane pour apprendre d'elle le moyen d''aspirer la liqueur', et j'en tirerai avantage pour le reste de mes jours. » Il décida de passer en premier dans son pays d'origine et de rendre visite à sa femme et à son beau-père, puis d'aller de là directement à la capitale pour faire connaissance avec cette courtisane célèbre. Sa destinée, et non lui, en avait décidé ainsi. Il ignorait qu'après avoir mis son projet à exécution, il pourrait renverser le Mont de l'Est sans épuiser la violence de son chagrin, et vider toute l'eau du Fleuve de l'Ouest sans parvenir à laver sa honte[43]. Vous saurez tout au chapitre suivant.

---

43. Le Mont de l'Est : la principale montagne sacrée de Chine. Le Fleuve de l'Ouest : tout grand fleuve chinois (puisqu'ils descendent des chaînes de montagnes de l'Asie centrale).

Chapitre 19

La chaîne des péchés est complète ; les deux épouses finissent dans la boue.

L'éveil est proche : vanité des plaisirs de l'amour.

Avant son départ, Weiyangsheng alla prendre congé de son ami Sai-Kunlun. Il le pria de prendre soin, en son absence, de Yenfang et de ses enfants. Sai-Kunlun lui dit : « Ce n'est pas une petite responsabilité. J'accepte de m'occuper des enfants ; quant à ta femme, c'est une autre paire de manches. Je veillerai qu'elle ne manque de rien, je ne puis m'engager à rien d'autre. » « Aussi je ne te demande rien d'autre, répliqua Weiyangsheng. Cette femme a quitté son mari pour m'épouser, ce n'est pas comme une femme qui se marie pour la première fois. En ce monde, tous les maris valent plus ou moins Quan le Brave. Elle s'est fatiguée de lui, elle a voulu passer avec moi le restant de ses jours, croyant que j'étais unique au monde. Donc, inutile de te faire du souci. » « Bien, dit Sai-Kunlun. Puisque tu me fais une telle confiance, j'accepte, pas de problème. » Ayant pris congé de lui, Weiyangsheng écrivit en secret une lettre à Hua-chen et à ses nièces. Il resta encore quelques nuits avec Yenfang, puis il s'en alla. Arrivé dans son village, il alla directement à la maison de son beau-père et frappa un grand moment sans qu'on lui réponde. Il se dit : « A ce que je vois, sa porte est toujours hermétiquement close ; si l'on n'a pas affaire ici, difficile d'y mettre les pieds. J'aurais pu rester absent plusieurs mois encore en toute sécurité. » Le jour déclinait et il était encore dehors, quand une ombre humaine se profila par la fente de la porte. Weiyangsheng dit : « Beau-père, ouvrez-moi, c'est votre gendre. » Porte-de-Fer s'empressa d'ouvrir et le fit entrer. Weiyangsheng le suivit jusqu'à la grand'salle et il lui présenta ses respects selon les formes. Il lui demanda des nouvelles de sa santé, ainsi que de Yuxiang. Le bonhomme poussa un soupir. » Je vais assez bien, merci, dit-il. Mais ma fille a commencé à dépérir après votre départ. Elle a perdu ensemble le sommeil et l'appétit, à coup sûr c'était une maladie de langueur. En moins d'un an, elle est passée de vie à trépas. » Ce disant il éclata en sanglots. « Est-il possible ! » s'écria Weiyangsheng, et il fondit en larmes à son tour.

Après un moment il demanda où se trouvait le cercueil, et si on avait procédé ou non à l'inhumation. Porte-de-Fer dit : « Le cercueil est jusqu'à présent dans la chambre froide. J'ai différé l'enterrement pour attendre ton retour. » Ils se levèrent et Porte-de-Fer conduisit son gendre auprès du cercueil. Weiyangsheng, écroulé dessus, pleura tout son saoul. Tu me diras, lecteur : d'où sort ce cercueil ? Après avoir découvert que sa fille s'était enfuie avec son galant, Porte-de-Fer fut rempli de honte et n'osa en parler à personne. Il craignait de devenir la risée du canton, il craignait aussi que son gendre ne lui réclame sa femme. C'est pourquoi il recourut à l'expédient d'acheter un cercueil, de le faire venir chez lui et de le clouer, prétendant qu'il renfermait le corps de sa fille morte chez elle de maladie, ce qui lui permettait de déjouer la curiosité des voisins tout en fournissant une réponse adéquate aux questions de son gendre. Comme son beau-père était un homme absolument droit, franc et incapable de traîtrise, Weiyangsheng ne douta pas un instant qu'il ne lui dît la vérité. Au contraire il se reprocha d'avoir été, par une trop longue absence, cause de la fin prématurée de Yuxiang, et il alla trouver plusieurs moines éminents pour organiser un service funèbre de trois jours et trois nuits, dans le but d'apaiser l'âme de la défunte, de favoriser sa réincarnation et d'éviter qu'elle poursuive de sa vindicte le mari volage dans cette vie et, plus tard, aux enfers. Les cérémonies terminées, invoquant ses études, il prit congé de son beau-père et se mit en route pour la capitale afin d'essayer l'effet de ce fortifiant merveilleux.

Sitôt débarqué, il déposa ses bagages à l'auberge et se rendit à l'adresse indiquée. Il entra dans la maison et il demanda à rencontrer cette courtisane célèbre. Malheureusement, Yuxiang se trouvait invitée pour plusieurs jours chez un grand personnage qui ne l'avait pas encore laissée repartir. Ayant reçu de la patronne cette réponse, Weiyangsheng fut obligé de s'en retourner à l'auberge. Le surlendemain, il revint à la charge. Xian-niang lui dit : « Ma fille m'a fait dire qu'elle rentrerait ce soir. » A ces mots, Weiyangsheng lui remit trente onces d'or ; il avait aussi apporté avec lui quelques présents qu'il souhaitait remettre directement à la fille. La patronne accepta l'argent, puis elle lui dit : « Il est encore tôt ; inutile que vous attendiez ici toute la journée, vous pouvez aller en ville et ne revenir que ce soir. Mais si vous préférez, vous pouvez rester. » Weiyangsheng répondit : « Je ne suis venu dans cette ville que pour la voir ; je n'ai rien d'autre à faire. » « En ce cas, dit la patronne, allez donc vous asseoir dans sa chambre, vous pourrez vous reposer ou lire en l'attendant. Dès qu'elle sera rentrée, elle ira vous tenir compagnie. » Elle le conduisit à la chambre, et commanda à une petite prostituée de faire du thé et de rester aux ordres du monsieur. Ensuite elle dit à Weiyangsheng : « On a besoin de moi dans la maison, je ne puis rester bavarder avec vous. A tout à l'heure ! » et elle sortit.

Weiyangsheng se dit qu'il ferait aussi bien de se préparer en vue des fatigues de la nuit ; on était aux environs de midi, il se coucha et dormit jusqu'au crépuscule. S'étant levé, il prit un livre. Tandis qu'il lisait, il aperçut derrière le rideau de gaze une belle femme qui le regardait avec de grands yeux ; mais avant qu'il ait pu seulement la saluer, elle s'éclipsa. Weiyangsheng étonné, demanda à la petite prostituée : « Qui donc est cette personne qui me regardait à travers le rideau ? » « C'est elle, dit la fille, c'est ma maîtresse. »

Weiyangsheng se dit que ces préliminaires auguraient mal de la suite qui serait donnée à sa demande ; aussi sortit-il de la chambre afin de lui parler. Yuxiang, qui avait reconnu son époux, pensant qu'il venait pour la reprendre et morte de honte à la seule idée de le voir face à face, courut chez la patronne afin de s'expliquer avec elle. Hélas ! Comme elle arrivait devant la porte, elle aperçut de loin Weiyangsheng qui pressait le pas pour la rejoindre. Elle eut seulement le temps de dire à Xian-niang : « Cet homme, je ne peux pas le recevoir ; il ne faut même pas qu'il me voie. » Elle se précipita dans la chambre de la patronne, s'y enferma et s'y tint coite. Xian-niang, qui n'y comprenait goutte, pensa que le client ne lui plaisait pas et n'alla pas chercher plus loin. Elle s'avança vers Weiyangsheng et lui dit : « Ma fille a envoyé un billet, elle est encore retenue ce soir. Qu'allons-nous faire ? » Weiyangsheng dit fermement : « Votre fille est de retour. Pourquoi essayez-vous de m'en faire accroire ? Trouvez-vous que je n'aie pas acheté assez cher le droit de la voir ? » « Non certes, dit la patronne, elle n'est pas rentrée, c'est tout. »

Weiyangsheng reprit : « Je l'ai vue à l'instant. Elle m'a regardé, puis elle s'est enfuie. Ce que vous me dites n'a aucun sens. Même si elle a quelque chose à me reprocher, qu'elle me laisse au moins lui parler. Si elle m'explique ce qui se passe, je la laisserai aller. Quel besoin de claquer ainsi la porte au nez des gens ! » La patronne, coincée, répéta ce qu'elle avait déjà dit.

Weiyangsheng, qui commençait à perdre patience, lui dit : « Je viens de voir une femme entrer dans ta chambre. S'il est vrai qu''elle' n'est pas rentrée, laisse-moi y aller voir. Si je ne la trouve pas, je renonce à la rencontrer ce soir, et tu n'auras pas à me rendre l'argent ; je m'en irai comme je suis venu. »

La patronne vit qu'il parlait comme un homme poussé à bout ; elle ne voulut pas s'exposer à la honte d'être convaincue de mensonge, aussi lui dit-elle en forme d'excuse : « A vous dire le vrai, elle est bien rentrée ; mais ce sale type l'a tannée plusieurs nuits d'affilée, elle est exténuée et a besoin de repos, disons une ou deux nuits, avant de prendre de nouveau un client. Si vous voulez absolument la voir, je vais la faire sortir. » Weiyangsheng dit : « Je vais moi-même l'en prier, pour qu'elle voie que je tiens à elle. »

Tous deux s'approchèrent et frappèrent à la porte. Xianniang appela : « Ma fille ! Monsieur a quelque chose à te dire. Pourrais-tu venir lui parler ? » Elle eut beau s'égosiller, on n'entendit ni réponse, ni bruit d'aucune sorte. Weiyangsheng n'eut pas plus de succès.

Yuxiang se savait acculée. Quand son mari l'aurait reconnue, il faudrait endurer l'enquête de police, le tribunal et le châtiment. Mourir pour mourir, autant valait mourir tout de suite, ce qui éviterait au moins une confrontation pénible pour tous les deux. Elle dénoua sa ceinture et se pendit à une poutre.

Lorsque Weiyangsheng, voyant que ses supplications étaient peine perdue, enfonça la porte, elle avait cessé de respirer : il se trouva devant une pendue. Il comprit alors que quelque chose d'irréparable avait été commis par sa maladresse, et ne songea plus qu'à s'extraire lui-même de ce guêpier : sans regarder la morte, il tourna les talons pour s'en aller au plus vite. La patronne, voyant qu'il avait acculé au suicide la plus précieuse de ses pensionnaires, ne l'entendait pas de cette oreille. « Eh ! dit-elle, où vas-tu ? Je ne t'avais rien fait : pour quelle raison as-tu causé la mort d'une personne de ma maison ? »

Ils en étaient là quand on vit surgir une foule de clients importants, amants de Yuxiang ; ayant ouï-dire qu'elle était enfin rentrée, ils venaient dans l'espoir d'en être reçus. Apprenant par la rumeur qu'un inconnu l'avait poussée au suicide, ils frémirent d'indignation et leurs cheveux se dressèrent sur leur tête. Ils appelèrent les domestiques à la rescousse pour empêcher Weiyangsheng de fuir et se saisir de lui : il fut plaqué au sol et rossé d'importance à coups de bois vert. Il ne reçut pas de blessure mortelle, mais tout son corps ne fut bientôt que plaies et bosses, d'une couleur variant du bleu au noir. Ensuite, on l'enchaîna auprès du cadavre, en attendant que les prud'hommes de la localité vinssent sur place constater les faits et statuer sur son sort.

Weiyangsheng, qui d'emblée avait voulu prendre la fuite pour éviter de regarder la morte, se retrouva roué de coups et enchaîné à ses côtés. Il pensa qu'il était perdu de toute façon. Il leva les yeux sur elle : cette vue fut un double choc. Il se dit : « C'est le portrait même de ma défunte femme. Se peut-il qu'il y ait au monde sosie si parfait ? » Extrêmement troublé, il la regardait de nouveau, plus frappé chaque fois de la ressemblance ; puis il réfléchissait de nouveau, plus certain chaque fois d'être bien en face d'elle. Tant et si bien que le doute germa dans son esprit, et qu'il se dit : « Et sais-je, après tout, si ma femme ne s'est pas enfuie avec un autre, et si mon beau-père pour éviter la honte n'a pas monté cette mascarade d'enterrement pour m'abuser ? Il fallait une raison impérieuse pour que cette femme-ci se cache en m'apercevant et que ne pouvant s'échapper, elle recoure à ce moyen extrême pour ne pas me parler. » A ce moment il avait de lui-même aux huit dixièmes résolu l'énigme.

Il se souvint que sa femme avait au sommet du crâne une cicatrice où les cheveux ne poussaient pas. Il se dit qu'il lui fallait absolument en avoir le cœur net, donc il défit le chignon de la morte et chercha. Il trouva : une surface grande comme un doigt où ne poussait aucun cheveu. C'était elle.

Soudain, il vit venir à lui les prud'hommes du canton. Ils lui demandèrent comment cette femme était morte. Weiyangsheng dit : « La pendue est ma femme. Elle a été séduite et s'est enfuie avec un homme, après quoi il l'a vendue à Madame. J'ignorais cela quand je suis venu ici comme client. Quand elle m'a aperçu, plutôt que de me rencontrer, elle a préféré mettre fin elle-même à ses jours. C'est parce que j'ai été enfermé ici avec le corps que j'ai pu la reconnaître. Assurément, mon cas est mauvais et je ne puis éviter d'aller devant un juge. Je demande donc à voir le juge le plus tôt possible afin de faire éclater la vérité. » On interrogea la patronne pour savoir qui lui avait vendu Yuxiang. La patronne commença par dire qu'elle ne croyait pas un mot de ce que racontait Weiyangsheng. Elle ajouta : « Cette fille a été vendue avec sa propre servante, qui est arrivée ici en même temps qu'elle. » Les prud'hommes dirent alors : « La pendue ne peut s'expliquer, mais si on interroge cette servante, la vérité apparaîtra. » La patronne alla chercher Ru-yi ; mais celle-ci demeura introuvable. On pensa qu'elle s'était enfuie ; en fait, elle se cachait sous le lit de Xian-niang, dans la pièce même où se déroulait l'interrogatoire. Elle fut finalement débusquée. Elle aussi avait entrevu Weiyangsheng et tout aussi affolée que sa maîtresse, elle s'était réfugiée dans cette chambre en même temps qu'elle. Voyant que Yuxiang s'était pendue, lorsque Weiyangsheng entra après avoir enfoncé la porte, elle s'était dissimulée sous le lit.

Les gens lui demandèrent en désignant Weiyangsheng : « Connais-tu cet homme ? » Ru-yi s'entêta à nier ; mais son visage décomposé, sa voix tremblante se chargèrent de l'aveu à sa place. Les prud'hommes comprirent qu'il n'y a pas de fumée sans feu. Ils s'efforcèrent de lui délier la langue en la menaçant des pires châtiments. Alors, elle raconta comment Yuxiang avait eu un amant, comment, enceinte et épouvantée à l'idée du courroux paternel, elle n'avait eu d'autre ressource que de fuir avec sa servante et son séducteur, et comment celui-ci, contre toute attente, les avait vendues par traîtrise dans une maison de rendez-vous.

Apprenant toute l'histoire, les prud'hommes conseillèrent à Weiyangsheng, comme à Xian-niang, d'en rester là, et de ne pas mettre en branle la justice. En effet, avoir tué sa propre femme ne pouvait conduire un homme à la peine capitale, et employer au grand jour une femme pour distraire des clients ne tombait pas non plus sous le coup de la loi. Ils demandèrent à Weiyangsheng s'il voulait reprendre son ancienne servante ; s'il le désirait, lui dirent-ils, il pouvait la racheter et s'en retourner avec elle.

Weiyangsheng, à ce moment, était pour ainsi dire déjà mort. Sa personne même lui était un fardeau, et il aurait désiré mourir tout de suite ; comment se serait-il embarrassé d'une servante ! Alors, il déclara devant tout le monde : « En toute logique, je devrais aller devant le juge, pour lui demander de tirer au clair pour moi cette affaire, et redresser les torts même cachés. Cependant, cela risque de faire du bruit et ma réputation en sera ternie pour toujours. Il vaut mieux suivre votre conseil, quitte à serrer les dents et supporter quelque injustice en silence. Quant à cette servante, puisqu'elle est devenue une prostituée, je ne puis guère la ramener dans ma maison : qu'elle demeure ici. »

La patronne vit qu'il parlait sans détour, avec l'accent de la sincérité ; elle se dit qu'il ne changerait pas d'avis, et elle accepta elle aussi de régler le cas à l'amiable. Alors elle libéra Weiyangsheng de ses chaînes, lui rendit les trente onces et le raccompagna à la porte. Une fois sur le pas de la porte, il fut encore copieusement hué par les clients, enfin il réussit à se retirer.

De retour à l'auberge, ses plaies s'ulcérèrent, au point qu'il dut se mettre à crier de douleur. Cependant il se disait en lui-même : « Je pensais que les femmes des autres m'appartenaient de droit, mais que ma femme n'aurait aucune possibilité de me rendre la pareille. C'est pourquoi j'ai vécu pour la débauche, en prenant à mon aise avec l'univers entier. Le châtiment céleste m'a atteint comme la foudre. J'ai couché avec d'autres femmes ? D'autres hommes ont couché avec ma femme ! Quand je couchais avec ces femmes, c'était en secret, mais ces hommes ont couché avec ma femme au grand jour, dans une maison de prostitution. J'ai pris sa femme à un homme et j'ai fait d'elle une concubine : lui a pris ma femme et il a fait d'elle une prostituée. Ceci prouve irréfutablement qu'il est défendu de convoiter la femme d'autrui. Il me souvient à présent qu'il y a trois ans, le révérend Gufeng s'était évertué à me persuader d'entrer en religion ; mon orgueil m'avait empêché de le suivre. Afin de mieux me convaincre, il m'a démontré quelle était la rétribution inévitable de la luxure. Mais je n'en voulais pas démordre, et je suis allé jusqu'à soutenir que le châtiment ne s'appliquait pas à tous ; aujourd'hui cette discussion me revient en mémoire ; aujourd'hui aussi, je suis tiré d'erreur. Je disais aussi que même à supposer qu'il y ait châtiment, celui-ci était forcément limité par le nombre des épouses du fautif, tandis qu'innombrables sont les occasions de péché : selon cette comptabilité, un grand pécheur est sûr d'être gagnant. Mais si je fais mes comptes à présent, je n'ai possédé en tout et pour tout que six ou sept femmes, tandis que ma propre femme a été possédée par des dizaines d'hommes. Où est l'avantage ? Gufeng me l'a bien démontré, mais j'ai prétendu qu'il n'y avait pas de preuve à l'appui de ses dires. Il m'a répondu : à votre aise, suivez votre penchant, pratiquez la religion de la chair et vous verrez où cela vous mènera. L'éveil est venu : à présent tout m'apparaît clairement. Ces dernières années, j'ai goûté à toutes les saveurs sur la natte des voluptés terrestres. Maintenant, mon humiliation est telle qu'il m'est impossible, de toute façon, de retourner dans mon village. Si maintenant je n'entends pas la voix du Ciel qui me montre le chemin à suivre, quand l'entendrai-je ? Je dois premièrement écrire à Sai-Kunlun une lettre honnête pour lui demander de se débarrasser de Yenfang en la confiant à un autre. Quant aux enfants, qu'elle les garde avec elle ou que Sai-Kunlun les élève. Ensuite j'irai seul au mont Guacang, je me rendrai auprès du révérend Gufeng et je frapperai cent vingt fois le sol de mon front pour me repentir de mon insolence de naguère. Je le supplierai de m'enseigner la voie. N'est-ce pas la meilleure chose à faire ? »

Son idée arrêtée, il voulut s'asseoir à sa table pour écrire la lettre. Mais ses bras étaient dans un tel état qu'il en fut incapable. Au bout d'un mois, ses plaies guérirent. Il s'apprêtait à écrire cette lettre quand arriva précisément une lettre de Sai-Kunlun. Il l'ouvrit : elle expliquait seulement qu'il s'était produit un accident imprévu, et lui mandait de rentrer immédiatement, sans donner d'autre éclaircissement. Weiyangsheng interrogea le porteur de la lettre. Celui-ci finit par lui dire : « Votre deuxième épouse s'est enfuie avec un galant. » Weiyangsheng voulut savoir qui était ce galant, le messager lui dit : « Je n'en sais rien ; même les voisins et les serviteurs ne le connaissent pas. Avant qu'elle parte, chaque nuit on pouvait entendre du grabuge dans la chambre ; mais si on allait voir, personne. Cela a continué ainsi une dizaine de nuits. Le jour de son départ, un voisin sorti de très bonne heure a vu les deux portes d'entrée de chez vous grandes ouvertes. Il a cherché votre épouse, mais elle n'était plus là. Monsieur Sai-Kunlun a interrogé les voisins et il m'a envoyé vous prévenir. »

Weiyangsheng s'exclama : « Voici la suite de mon châtiment. Je me suis chargé inconsidérément de dettes : pour une piastre empruntée, il faudra rendre le centuple. Qui sait, même, si cette dette ne retombera pas sur mes enfants ? Le temps presse, je n'ai plus guère le choix. » Il écrivit une lettre à Sai-Kunlun pour rompre toutes relations avec lui. La lettre disait :

« Une femme folle de son corps a fui avec son galant : la chose est commune, il n'y a rien là qui doive étonner. Elle était arrivée irrégulièrement, elle est repartie de même. Une mésaventure du même ordre s'est produite dans ma propre maison. J'ai compris que la mesure de mes péchés étant pleine, l'heure de la rétribution avait sonné. Mais le jour où se dissipent, comme de mauvais rêves, les démons de la luxure est aussi celui où se révèle à moi l'intention de suivre la Voie. Je ne retournerai pas vers l'aval du Fleuve, je prendrai la route qui monte vers le couchant[44]. Un seul regret me reste, et un souci : la chaîne des malheurs peut se continuer en la personne de mes enfants. Puis-je demander à mon ami de prendre soin d'elles, en attendant que, ayant rencontré le Bouddha, je puisse emprunter l'épée de charité et couper le mal à la racine. Toute réponse est inutile. »

Il renvoya le messager avec la lettre, après quoi il voulut se mettre en route. Il avait songé un moment à emmener avec lui Coffre-de-livres, pour faire de lui un frère convers. Mais en y réfléchissant, il craignit qu'avec ce malin garçon auprès de lui, il ne retombât dans le péché de chair. Il était plus sage de bannir de sa vue toute tentation, s'il voulait s'assurer la quiétude de l'âme. C'est pourquoi il ordonna à Coffre-de-livres de s'en retourner avec le messager. Ensuite, il rassembla son bagage et s'achemina, seul, vers le mont Guacang.

---

44. L'aval du Fleuve : le fleuve boueux des apparences et des vicissitudes, où l'on est entraîné indéfiniment si l'on ne prend la décision de s'en arracher.

La route qui monte vers le Couchant : la voie difficile, mais sûre, qui mène à la vérité et au salut.

Chapitre 20

Ample est la besace : le séducteur et l'assassin s'y retrouvent.

Large est la chaussée : le mari trompé et le galant s'y rencontrent.

Or donc, l'ermite Gufeng, depuis qu'il avait laissé partir Weiyangsheng, à tout moment s'adressait des reproches. Il se disait : « Finalement, ma spiritualité est creuse et mon esprit de charité sans profondeur. J'ai regardé partir ce séducteur impénitent, sans être capable de l'arrêter, lui permettant d'aller répandre son poison par le monde et semer le désordre dans les familles : les malheurs qui en résulteront seront de ma faute. Puisque je n'ai pu y enfermer les démons, cette besace ne me sert à rien, pourquoi la garderais je ? » Alors il la prit et alla la suspendre à la cime d'un pin planté devant la porte de l'ermitage. Ayant découpé dans du bois une petite planchette, il y écrivit plusieurs lignes en petits caractères, puis il apposa l'écriteau au tronc du pin. On y lisait :

« Tant que Weiyangsheng ne sera pas revenu, je ne reprendrai pas la besace. Tant que la besace n'aura pas pourri, ma résolution ne fléchira pas. Puissé-je reprendre bientôt la besace, pour qu'il ne reste pas indéfiniment sur la natte des voluptés terrestres. »

Or, oyez une autre merveille. Depuis le départ de Weiyangsheng, la besace de peau était demeurée en haut du pin ; depuis trois ans qu'elle y était, non seulement le cuir n'avait pas commencé de se corrompre, mais il paraissait plus solide et plus luisant que jamais.

Quand Weiyangsheng arriva, il aperçut de loin quelque chose accroché à la cime du pin : une besace. S'étant approché, il vit qu'au tronc de l'arbre était fixé un écriteau portant deux colonnes de fine écriture. Il lut une fois ce qui était écrit et sans comprendre ce qui lui arrivait, il éclata en sanglots. Considérant l'écriteau rédigé de sa main comme représentant le saint ermite lui-même, il s'agenouilla auprès du pin et salua je ne sais combien de fois. Ensuite il grimpa à l'arbre, prit la besace, et une fois descendu la mit sur sa tête ; puis il entra dans la salle de prière. Justement Gufeng était là, assis en méditation. Weiyangsheng s'agenouilla devant lui et obéissant à une impulsion irrésistible, il se mit à le saluer et à le resaluer, tout le temps que dura la méditation, soit environ six de nos heures ; sans s'arrêter même après avoir frappé cent vingt fois le sol du front.

Quand Gufeng se leva de la natte de prière, il alla poser la main sur l'épaule de Weiyangsheng et il lui dit : « Vous êtes donc revenu : vous avez pris le tournant décisif. Pourquoi donc pratiquer des politesses aussi solennelles ? Veuillez vite vous relever. » Weiyangsheng dit : « Vous avez devant vous un élève stupide et ignorant, qui se repent amèrement de n'avoir pas à l'époque su entendre votre enseignement. Par son orgueil et son extravagance, il a tout fait de ce qui conduit en enfer. J'en ai déjà reçu en cette vie tout le châtiment possible ; mais, bien sûr, j'ignore encore le sort qui me sera réservé après ma mort. Je voudrais vous supplier d'avoir pitié de moi et de me recueillir sous la chape de la Loi, afin qu'ayant fait pénitence pour les fautes de toutes mes existences, je puisse obtenir la grâce de l'illumination. Je ne sais si vous accepterez de me prendre. » Gufeng répondit : « Puisque tu es entré avec ma besace, je n'ai aucune raison de ne pas t'accepter. Mais je crains que tes pensées d'élévation spirituelle ne soient point assez solides, et que par la suite tu retombes encore dans le péché. » « C'est, dit Weiyangsheng, l'extrémité du remords qui m'a fait opérer ce retour sur moi-même. A présent il ne me reste qu'un désir, me sauver de cet enfer ; comment oserais-je encore y retourner ? Cela ne risque pas de se produire. Je vous supplie seulement de m'accepter. » « En ce cas, dit Gufeng, qu'il en soit comme tu le désires. » Weiyangsheng s'étant relevé, le salua de nouveau. Gufeng choisit un jour faste pour procéder à la cérémonie de tonsure, selon l'usage bouddhique.

Weiyangsheng avertit Gufeng qu'il choisirait lui-même un nom en religion, contrairement à la coutume qui veut qu'on laisse ce soin au maître. Il prit le nom de Wan-shi, « Pierre-dure » : d'abord, parce qu'il s'en voulait de ne s'être pas laissé plus tôt ouvrir les yeux ; ensuite, et pour rendre hommage à l'excellence de la prédication de Gufeng, en tant qu'allusion aux « pierres dures qui après trois ans hochèrent la tête »[45]. Ensuite, il s'adonna à la méditation.

Entrer en religion alors qu'on est encore jeune ne va pas sans difficultés. Quelque effort qu'on fournisse pour réprimer les désirs charnels, ayant passé la journée à lire les Ecritures en les comprenant plus ou moins, au milieu de la nuit on est brusquement réveillé par une certaine partie du corps qui, sans modestie aucune, se démène sous les couvertures ; sans que la main même puisse la calmer et sans non plus qu'on puisse la laisser se rebeller à sa guise, comme si elle ne faisait pas partie de vous-même. Dans un besoin si pressant, il faut pourtant trouver une issue : soit se résigner à utiliser ses propres doigts pour parer à l'urgence, soit recourir à la complaisance d'un ami. C'est ainsi, du moins, qu'en usent d'ordinaire les moines. Cependant, Weiyangsheng en jugeait autrement. Il estimait que quiconque entre en religion, quelque grand pécheur qu'il ait pu être et amateur de jouissances charnelles, doit tirer un trait sur le passé et fort de cette expérience même, se guider sur un seul principe, qui est la suppression des désirs à la racine. Or, les deux palliatifs ci-dessus mentionnés, quoiqu'ils ne contreviennent pas à la lettre de la règle monastique, et qu'ils permettent même de sauvegarder nominalement la chasteté sans être déshonorants par eux-mêmes, ne sont en rien un moyen de lutter contre le mal et de supprimer les désirs à la racine : et, de ce point de vue, ils ne diffèrent en rien de la fornication ordinaire. On pourrait même soutenir que la masturbation, en apaisant momentanément la faim avec un objet factice, ne fait qu'exaspérer les appétits de l'homme et qu'elle fraye de la sorte la voie à la fornication : de l'un, il en viendra forcément à l'autre. Il suffit de comprendre ce lien de cause à effet, pour trouver en soi la force de s'interdire d'emprunter une voie si dangereuse.

Une nuit, Weiyangsheng eut un rêve où il voyait Hua-chen et ses nièces, venues au monastère faire leurs dévotions : même, Yuxiang et Yenfang se trouvaient avec elles. En voyant ces dernières, Weiyangsheng fut saisi d'une violente colère : il demanda aux quatre autres de l'aider à les enfermer. Mais déjà les deux coupables avaient disparu. Hua-chen et ses nièces alors l'entraînèrent dans sa cellule, tout le monde ôta ses vêtements pour se livrer, comme au bon vieux temps, à un « concours ». Il s'apprêtait à faire l'amour avec l'une d'elles, quand il entendit dans un bois voisin un chien aboyer : il s'éveilla en sursaut. Alors il sut qu'il avait rêvé. Mais son organe ne l'entendait pas ainsi, qui continuait à jouer la pièce sous les couvertures. Pierre-dure prit cette chose entre deux doigts et il cherchait un expédient, quand il se dit subitement : « Les péchés de toute ma vie viennent de là : c'est mon ennemi malin. Comment pourrais-je, maintenant encore, lui laisser les coudées franches ! » Il s'efforça de se rendormir, mais sans succès, dérangé qu'il était sans arrêt par cette tige de malheur. Il se dit alors : « Cet instrument de péché attaché à mon corps m'embarrasse pour la vie. Mieux vaudrait le retrancher et supprimer ainsi toute source future de catastrophes. D'ailleurs, la chair des chiens est considérée comme impure par le bouddhisme, et il est mauvais pour moi qu'elle fasse partie de mon corps. Tant que je ne l'aurai pas retranchée, je ne serai pas différent des bêtes. Même en menant une vie parfaitement sainte, je ne pourrai faire plus que passer de la bête à l'homme ; l'état de bouddha me sera à jamais fermé. »

Arrivé à ce point de ses réflexions, sans attendre le lever du jour, il fit du feu dans une tuile vernissée ; il se saisit d'un couteau de cuisine, et tenant d'une main son organe, de l'autre il leva le couteau effilé et coupa de toutes ses forces. Ainsi, il devint un autre homme et retrancha de soi-même la part bestiale. Quand il coupa, il trouva la douleur supportable.

Cette solution radicale, bien sûr, mit fin à ses ennuis ; il eut dès lors la tranquillité nécessaire pour s'affermir de jour en jour dans la pensée du bien. Il passa encore six mois dans le monastère avant de prononcer ses vœux. Ce temps écoulé, il réunit une dizaine de novices fermement décidés, comme lui-même, à embrasser l'état monastique, et tous ensemble ils prièrent Gufeng de leur expliquer la procédure.

Pour qu'un moine soit autorisé à prononcer ses vœux, il lui faut d'abord se confesser devant son maître et ses frères. Chacun s'agenouille ensuite devant le Bouddha et demande au supérieur d'exprimer pour lui son repentir et d'intercéder en sa faveur. En de telles circonstances, soustraire une seule faute à la confession est en soi un péché d'une exceptionnelle gravité, qui ne pourrait en aucun cas être remis par la suite, quelques mortifications qu'on s'inflige.

Les novices, ayant prié Gufeng de prendre place sur une estrade, se rangèrent autour de la salle par ordre d'arrivée dans le monastère. Quand tous furent assis sur les côtés, Gufeng leur expliqua les articles de la règle monastique qui ont trait à la prise de vœux. Ensuite, il les appela un par un. Pierre-dure était le dernier ; il put donc entendre ses condisciples s'accuser d'avoir assassiné, incendié, volé, forniqué.

L'avant-dernier était un homme d'aspect lourd et fruste. Il parla ainsi : « Je n'ai rien fait de mal dans ma vie, sinon que m'étant vendu chez un homme comme domestique, j'ai séduit sa fille, puis je l'ai enlevée ainsi que sa servante, et je les ai ensuite vendues toutes deux comme courtisanes. Ce sont là en vérité des crimes que la mort ne rachèterait pas ; aussi je vous supplie, maître, d'intercéder en ma faveur. » Gufeng lui dit : « Dans un cas aussi grave, je crains que le repentir ne suffise pas. On dit de toute antiquité : le péché de chair est à la source de tous les autres. Cela ne te suffisait donc pas d'avoir séduit la fille de ton maître ? Pourquoi diable avoir fait d'elle une prostituée ? Un tel péché, plusieurs vies ne suffiraient pas à le racheter. Même si je demande pour toi l'absolution, je crains que le Maître suprême ne repousse ma requête. » Le moine dit : « Maître, j'ai été poussé par un autre dans la voie du crime. Le mari de cette femme avait séduit ma propre femme, me forçant même à la lui vendre : n'étant pas de taille à lui résister, j'ai dû en passer par là. C'est pour cela que je suis devenu un criminel. Si vous comprenez l'enchaînement des faits, vous accepterez mon repentir. »

Quand Pierre-dure entendit cette confession, il en fut ému malgré lui. Il demanda : « Frère aîné, la femme que tu as vendue, quel était son nom ? Comment s'appelaient son mari et son père ? Où est-elle à présent ? » « C'était, dit l'autre, la femme de Weiyangsheng, la fille de l'ermite Porte-de-Fer ; elle s'appelait Yuxiang, quant à la servante, elle portait le nom de Ru-yi. Elles sont encore toutes deux dans la capitale. »

Extrêmement troublé, Weiyangsheng dit : « En ce cas, tu es Quan le Brave. » « Ne serais-tu pas Weiyangsheng ? » dit l'autre. « Oui », dit Weiyangsheng. Tous deux se levèrent de leurs nattes et se demandèrent mutuellement pardon. Ensuite, tournés vers Gufeng, ils racontèrent toute l'histoire en détail, chacun relayant l'autre pour s'accuser de ses propres crimes.

Gufeng se mit à rire et il leur dit : « De bons ennemis finissent toujours par se retrouver. Le Bouddha, dans sa miséricorde, a prévu pour vous cette issue, pour qu'ayant emprunté tous deux la même voie, vous n'en subissiez nul dommage. Si vous vous étiez rencontrés sur un autre chemin, nul doute, vous n'en auriez pas été quittes à si bon compte. Vos péchés à tous deux sont gravissimes, et de l'espèce qui ne peut normalement s'absoudre. Mais il se trouve que vos femmes ont payé à votre place et allégé ainsi votre dette. Sans quoi, même en pratiquant l'ascèse dix vies durant, vous n'auriez pu échapper au cycle des réincarnations et des catastrophes sans nombre en auraient encore résulté. A présent, je vous donne l'absolution en demandant au Bouddha, dans sa miséricorde, de vous traiter avec mansuétude en considération du sacrifice de vos épouses. »

Ce disant, il les fit tous deux agenouiller devant le Bouddha, puis il donna lecture d'un passage des Ecritures et il leur donna l'absolution.

Quand ce fut fait, Pierre-dure dit : « Maître, si un homme qui a commis l'adultère a une femme et une fille ; si cette femme a déjà 'payé pour lui' ; est-ce que sa fille, qui peut-être n'était même pas née à l'époque des crimes de son père, pourra être épargnée ? Sera-t-elle dispensée de payer elle aussi pour son père ? »

Gufeng secoua la tête. « Non, dit-il, il n'y a pas dans ce cas de dispense. Si l'adultère a une fille, la faute du père retombera forcément sur elle. Qu'est-ce qui pourrait l'en dispenser ! »

Weiyangsheng dit : « En ce cas, je vous dirai qu'il me reste au monde deux telles 'héritières'. S'il est écrit qu'il ne sera pas fait miséricorde, il me faut vous prier de me laisser retourner là-bas et, usant de l'épée de charité, couper le mal à la racine. Pour moi, ce sera comme si je les avais noyées à leur naissance.

Gufeng joignit les mains et il s'écria : « Amitabha ! », puis il dit : « Une telle horreur n'aurait dû ni sortir de ta bouche, ni entrer dans mon oreille. Comment un moine qui a prononcé ses vœux peut-il encore songer à tuer des êtres humains ! » Pierre-dure reprit : « S'il est défendu de tuer, comment dois-je faire pour résoudre ce problème ? »

« Ces deux enfants, dit Gufeng, ne t'appartiennent pas. Le Ciel, voyant l'immensité de tes péchés, les a envoyées exprès pour payer à ta place. Le vieil adage dit excellemment : une seule bonne chose peut racheter cent mauvaises. Pourvu que désormais tu t'efforces tout entier au bien, sans osciller ni louvoyer, peut-être le Ciel reviendra-t-il sur sa décision et te fera-t-il la grâce de les rappeler à lui. » Pierre-dure hocha la tête et il dit : « Qu'il en soit ainsi. »

Ensuite, il vécut dans une observance rigoureuse, tendu tout entier vers le bien. Quelque six mois s'étant écoulés, il se trouvait dans la salle de prière et parlait avec Gufeng, lorsqu'ils virent un grand gaillard pénétrer dans la cour : Pierre-dure reconnut aussitôt Sai-Kunlun. Celui-ci étant entré dans la salle, s'inclina devant le Bouddha, puis s'approchant d'eux il salua Gufeng. Pierre-dure dit à Gufeng : « Cet homme est mon frère juré, il a nom 'Sai-Kunlun' et c'est un fort galant homme. » « Est-ce que, dit Gufeng, ce serait lui le héros passe-muraille, celui qui a un code d'honneur lui faisant défense de voler dans cinq cas précis ? » « C'est lui-même », dit Pierre-dure. « En ce cas, dit Gufeng au visiteur, vous êtes le Bouddha des voleurs. Qui suis-je en vérité pour accepter de vous ces respects ? Je me dois de vous les rendre. » Sai-Kunlun se hâta de l'arrêter et il dit : « Votre disciple vient à la fois rendre visite à son ami et au Bouddha vivant que vous êtes. Si, d'un homme dans mon genre, vous n'acceptez pas même une salutation[46], cela revient à lui couper la route du bien et à confirmer en lui le mauvais penchant. Cela prouve aussi qu'il vaut mieux être un imposteur qu'un voleur qui s'avoue comme tel, qu'il vaut mieux être un voleur revêtu du manteau et de la coiffe[47], qu'un monte-en-l'air comme moi. » « Si vous prenez la chose ainsi, dit Gufeng, je ne vous rends pas votre salutation. » Sai-Kunlun et Pierre-dure se saluèrent, puis tous trois s'assirent dans les formes normales. Sai-Kunlun ayant parlé un moment avec Gufeng de la pluie et du beau temps, se leva pour aller dire à Pierre-dure quelque chose en privé. Mais celui-ci lui dit : « Le maître est au fait de toute ma vie passée. S'il est arrivé quelque chose dans ma famille, tu peux en parler devant lui. »

Sai-Kunlun sans s'étonner, se rassit et il dit : « Je n'ai guère été digne de votre confiance et me suis bien mal acquitté de ma tâche. Non seulement je n'ai pas gardé convenablement votre femme, mais je n'ai même pas pu garder les enfants saines et sauves ; de sorte qu'en me présentant devant vous aujourd'hui, je suis rempli de honte. » « D'après ce que vous dites, fit Pierre-dure, il est donc arrivé quelque chose à mes enfants ? » Sai-Kunlun répondit : « Elles étaient en bonne santé et paisiblement endormies dans leur lit, quand soudain la mort les a fauchées. Cette nuit-là, les deux nourrices ont vu en rêve quelqu'un crier : 'La dette de votre famille est éteinte ; on n'a plus besoin de vous, revenez à moi.' S'éveillant là-dessus, elles se sont levées pour voir les petites, mais il était trop tard. C'est un malheur peu ordinaire. » A ces paroles, Pierre-dure fut rempli de joie ; alors il conta d'un trait combien il avait redouté que ses enfants ne dussent plus tard expier les péchés de leur père, comment le maître l'avait réconforté et engagé à persévérer dans la voie droite, lui faisant espérer un miracle du ciel en sa faveur. Il acheva ainsi : « La nouvelle de cette disparition est pour moi une grâce inouïe. Il est évident que vous n'avez rien à vous reprocher. »

A ce récit, Sai-Kunlun se sentit l'échine parcourue d'un frisson. Après avoir gardé le silence un moment, il dit : « J'ai une autre nouvelle, bonne celle-là. Ta femme infidèle, Yenfang, t'a abandonné par traîtrise, quoi de plus détestable ! Je l'ai d'abord recherchée sans succès. Figure-toi qu'elle s'était laissée enlever par un moine, et que tous deux se cachaient dans une grotte. L'y ayant retrouvée par hasard, j'ai fait justice à ta place. » « Dans une grotte ! dit Gufeng, pour une cachette, c'en était une. Comment as-tu fait pour la trouver ? » « Ce moine, dit Sai-Kunlun, se tenait en embuscade aux carrefours et détroussait les voyageurs, quelquefois il leur coupait la gorge. J'avais ouï dire qu'il avait amassé un trésor dans une grotte. Donc, cette nuit-là, j'étais parti en expédition pour m'en emparer. A mon étonnement, je le trouvai au lit avec une femme ; ils parlaient. Je me cachai près du lit pour les écouter. La femme disait : 'Mon premier mari s'appelait Quan le Brave. C'était un imbécile, mais fidèle et loyal. Malheureusement, Sai-Kunlun est venu en reconnaissance chez moi, puis il a amené un sien ami, un séducteur sans scrupules dénommé Weiyangsheng ; il m'a ramassée dans ses filets, et forcée à l'épouser. En fait, c'était un coureur qui avait abandonné sa propre femme et songeait sans cesse à de nouvelles aventures. Il n'a pas tardé à me délaisser, ne revenant que totalement épuisé et hors d'usage. Ensuite, il est parti en voyage, s'inquiétant peu alors de ce qu'il adviendrait de moi. Pourquoi ai-je suivi cet homme indigne !' A tout ce discours, naturellement j'ai reconnu Yenfang. Enflammé de colère, j'ai tiré une épée affilée, j'ai écarté le rideau et j'ai fait justice de ces deux individus. Ensuite, j'ai fait du feu et j'ai recherché la cache au trésor. J'en ai trouvé pour deux mille onces d'or ; j'ai tout récupéré et je l'ai dépensé en aumônes. Maître, à présent, dites-moi : ces deux-là ne méritaient-ils pas la mort ? Et cet argent, ne fallait-il pas le prendre ? »

Gufeng dit : « Ils méritaient la mort, et l'argent devait être pris. Mais ce n'est pas toi qui devais ni les tuer, ni le prendre. Tu as tort, que ce soit devant la justice du Ciel ou devant celle des hommes. C'est pourquoi, je le crains, tu n'échapperas ni au châtiment dans cette vie-ci, ni à la rétribution dans la suite des temps. » « Allons, répliqua Sai-Kunlun, mon sens de la justice à moi est satisfait : aux yeux du Ciel quel est mon crime ? D'autre part, voleur est mon métier, et il ne m'est jamais encore arrivé rien de fâcheux. Ce n'est pas l'argent dérobé dans cette caverne qui me conduira en prison, ou cela m'étonnerait fort. »

Gufeng dit : « Il ne faut pas parler ainsi. La justice du Ciel, comme la loi des hommes, ne laisse rien échapper. Si l'on offense l'une ou l'autre, on en subira forcément, tôt ou tard, le châtiment. Si tel est le cas, mieux vaut encore payer tout de suite, on s'en sortira à meilleur compte ; quand le châtiment est tardif, il vous tombe dessus comme la foudre, pas moyen de résister. Ce moine commettait l'adultère en couchant avec une femme qui ne lui appartenait pas, et cette femme avait commis le mal en s'enfuyant avec un homme qui n'était pas son mari : le Ciel n'aurait-il pas su les atteindre ? N'a-t-il pas à sa disposition l'esprit du Tonnerre, qu'il doive recourir à votre bras ? D'ailleurs, quand il aurait eu besoin d'un bras, tous les humains en sont pourvus : crois-tu donc qu'il ait fait appel à toi, entre tous, et que seul tu aies un bras capable de frapper à mort ? Il est dit : 'Le pouvoir suprême ne se délègue pas, l'épée Tai-E n'accomplit pas de basses besognes'. Quand il s'agit de tuer, le Ciel ne s'en occupe pas lui-même : il s'arrange pour que les pécheurs soient punis par d'autres pécheurs. Comment, en effet, de telles actions demeureraient-elles impunies ? Dans l'avenir tu n'éviteras pas la rétribution céleste. Ta faute est moins grave que le crime de celui qui assassine des innocents, c'est possible. Cependant, tu as exercé ta vie durant le métier de voleur et tu y as gagné une sacrée réputation. Il n'est pas un juge, pas un gouverneur qui ne soit au courant. Tu as donné aux pauvres l'argent que tu as pris, mais le juge et le gouverneur n'en croiront rien : ils feront un jour ou l'autre fouiller ta maison pour mettre la main sur le magot, et ils t'arrêteront toi-même. Si réellement tu avais gardé chez toi les richesses que tu as récupérées de droite et de gauche, ton cas ne serait pas pendable : tu aurais de quoi soudoyer les juges et restituer leur dû aux victimes, on t'infligerait une peine de principe et on te ferait grâce de la vie. Mais celui qui donne aux pauvres l'argent volé est incapable de le restituer, et il doit s'attendre à payer un jour ou l'autre de sa tête. C'est pourquoi, dans l'avenir, tu n'échapperas pas au châtiment terrestre ; il est seulement à craindre pour toi que celui-ci s'étant par trop fait attendre, les crimes qu'on t'imputera ne soient augmentés d'autant dans l'intervalle. »

Sai-Kunlun avait été sa vie durant aussi capable et impitoyable qu'un loup. Comme il était d'une nature violente et que tous le craignaient, il était sourd d'ordinaire à toute remontrance. S'entendant pour la première fois sermonner de la sorte, malgré lui il en fut pénétré, il fit retour sur lui-même, et sans qu'il fût besoin de le forcer, le désir le prit d'abandonner le mal pour se vouer à la voie droite. Alors, il dit à Gufeng :

« Certes, le métier que j'ai exercé n'est pas celui d'un honnête homme. Seulement, voilà, ceux qui possèdent les richesses ne consentent pas d'eux-mêmes à s'en dessaisir ; c'est pourquoi il est nécessaire que des gens aillent en prélever une partie pour faire le bien à leur place. Ce faisant je pensais aux autres, non à la dégradation que je m'infligeais à moi-même. Vos explications m'ont ouvert les yeux : il est parfaitement clair que je suis présentement dans le péché, et que je n'éviterai ni le châtiment des hommes, ni la rétribution céleste. Seulement, il est bien tard pour emprunter la voie du repentir. » Gufeng montrant Pierre-dure, dit : « Ses péchés étaient bien plus graves que les tiens ; mais depuis qu'il s'est converti, il a infléchi même la volonté première du Ciel à son égard, puisque ses filles, qui premièrement étaient destinées à payer pour les fautes de leur père, sont retournées avant l'heure dans le giron du créateur : tu l'as entendu de tes propres oreilles, ce n'est pas pieux mensonge de ma part. Tu peux en déduire ce que peut le repentir, et s'il est jamais trop tard pour bien faire. »

Pierre-dure voyant que son ami était sur le point d'être gagné aux raisons de Gufeng, fut envahi d'une joie sans bornes. Il prit la parole et conta comment, trois ans auparavant, il avait fait la sourde oreille aux exhortations du maître, pour s'obstiner dans ses égarements ; comment, en ayant reçu le châtiment, il avait pu toucher du doigt la vérité des enseignements de Gufeng. Il conclut sur ces mots : « Faites votre profit de mon exemple ! » Son éloquence acheva d'emporter l'adhésion de Sai-Kunlun ; il s'inclina devant Gufeng et le choisit pour son maître. S'étant rasé la tête, il fit vœu de se réformer et de faire pénitence pendant vingt années, et étant parvenu à l'illumination, d'accéder au nirvâna ensemble avec Pierre-dure et Gufeng.

On peut voir par là qu'il n'est pas un homme qui ne puisse accéder à l'Eveil. Mais, parce qu'ils sont ligotés par les désirs profanes, avant tout les richesses et le sexe, les hommes ne sont pas capables de se tirer du fleuve de l'égarement pour aborder à l'autre rive. C'est la raison pour laquelle, dans le paradis, l'espace est vaste et les hommes rares, tandis qu'en enfer, les hommes sont entassés et l'espace étroit. Le Seigneur du Ciel est éternellement désœuvré, tandis que l'empereur d'En-Bas ne sait où donner de la tête. Les grands ancêtres qui ont créé le monde en ont un peu trop fait ; ils n'auraient pas dû inventer la femme, ni donner à l'argent le statut qu'il a parmi les hommes, car ce sont ces deux choses qui les asservissent. Deux sentences, tirées des *Quatre Livres*, les ont depuis longtemps décrétés coupables :

« Celui qui le premier a fait des idoles
En vérité, n'est-il autre que le Saint de l'origine ![48] »

---

45. Pierre-dure : allusion à un ermite du temps des Jin (265-420), qui s'étant retiré sur une montagne sauvage, prêcha aux rochers les Ecritures bouddhiques et notamment le « Soûtra du tourbillon de boue ». Ensuite, leur ayant demandé si elles étaient d'accord avec ce qui leur avait été expliqué, les pierres hochèrent la tête. Cette expression évoque une doctrine enseignée de façon lumineuse, capable d'émouvoir et de persuader quiconque.

46. Pas même une salutation : si Gufeng retourne à son visiteur les marques de déférence que celui-ci lui adresse, cela signifie à peu près qu'il ne les accepte pas et donc qu'il rejette *a priori* toute démarche de leur auteur, jugé « irrécupérable ». La susceptibilité de Sai-Kunlun y voit aussitôt un préjugé social.

47. Un voleur revêtu du manteau et de la coiffe : un mandarin.

48. Il s'agit de deux phrases distinctes tirées l'une et l'autre des *Quatre Livres* (la substance du confucianisme orthodoxe) et mises arbitrairement bout à bout par l'auteur pour donner une belle chute à son ouvrage. La première est une phrase du *Livre de Mengzi*, chapitre I, A, alinéa 4 : c'est le début d'une parole attribuée par la tradition à Confucius : « Celui qui le premier a fait des statuettes (destinées à accompagner le mort dans la tombe), mérite de rester sans descendance ». Quant à la deuxième phrase, nous n'avons pas réussi à la localiser.

TABLE DES MATIÈRES

Introduction 5

Première partie : *Printemps*

Chapitre 1
Pour freiner la licence des mœurs, s'appuyer sur la leçon des faits ; pour discourir sur le sexe, partir du désir sexuel 25

Chapitre 2
Le vieil ermite déploie en vain sa besace de sagesse ; le disciple pressenti lui préfère la "natte de prière en chair" 33

Chapitre 3
Un vieux lettré donne sa fille par erreur à un gendre libertin ; la vertu de l'épouse se dissipe au contact d'un mari léger 47

Chapitre 4

Dans une auberge de campagne, le voyageur écoute le voleur narrer ses aventures 67

Chapitre 5

L'amateur de beauté constitue un répertoire de fleurs sélectionnées ; prévoyant, il fait choix d'une belle aux tempes grises 79

Deuxième partie : *Eté*

Chapitre 6

Dissimuler un faible talent sous des flots d'éloquence ; ayant montré un minuscule trésor, donner à rire aux connaisseurs 89

Chapitre 7

Accusant le ciel de ses malheurs, il pleure sur la déficience de sa nature ; songeant à rectifier son organe, il s'adresse à un homme de l'art 101

Chapitre 8

Trois mois de souffrances pour éblouir son ami ; négociation serrée pour faire pencher la balance en sa faveur 113

Chapitre 9

Pour posséder la quintessence du plaisir, miser avant tout sur la dimension de l'organe ; partager l'excédent tout en conservant un privilège d'antériorité 123

Chapitre 10

L'oreille collée au sol, se mettre au fait de la puissance de l'ennemi ; lui laisser assez d'espace pour déployer un vrai talent 133

Troisième partie : *Automne*

Chapitre 11
Le héros passe-muraille prodigue ses fonds ; les amants contractent union conjugale 147

Chapitre 12
Faire amende honorable avant de goûter aux bonnes choses ; comment la jalousie mène à la complaisance 157

Chapitre 13
Jouer son va-tout pour tirer vengeance d'un grief caché ; dormir sur du bois sec pour rendre à l'adultère la monnaie de sa pièce 175

Chapitre 14
Les plaisirs conjugaux se goûtent à portes fermées ; mais les murs ont des oreilles. Ici celui qui épie la femme au bain reçoit des encouragements 185

Chapitre 15
Ainsi que l'exige la fraternité, les sœurs se partagent équitablement une nuit de plaisir 195

Quatrième partie : *Hiver*

Chapitre 16
Un lutin surgit pour interrompre la partie ; une image du plaisir, en chair et en os, trouve refuge dans le coffre 211

Chapitre 17
Se laisser aisément aveugler sur son propre compte ; des inconvénients de l'arrogance 223

Chapitre 18

La déchéance de l'épouse efface les dettes accumulées ; en se disputant les faveurs d'une courtisane, les frères recouvrent leur dû sans le savoir 241

Chapitre 19

La chaîne des péchés est complète ; les deux épouses finissent dans la boue. L'éveil est proche : vanité des plaisirs de l'amour 249

Chapitre 20

Ample est la besace : le séducteur et l'assassin s'y retrouvent. Large est la chaussée : le mari trompé et le galant s'y rencontrent... 261

Déjà parus

JAPON

LES NOIX, LA MOUCHE, LE CITRON
Nouvelles japonaises (1910-1926). Tome 1. Traduites par le groupe Kirin

LES AILES, LA GRENADE, LES CHEVEUX BLANCS
Nouvelles japonaises (1945-1955). Tome 2. Traduites par le groupe Kirin

LES PAONS, LA GRENOUILLE, LE MOINE-CIGALE
Nouvelles japonaises (1955-1970). Tome 3. Traduites par le groupe Kirin

SÔSEKI
LA PORTE
Roman traduit du japonais par R. Martinie

SANSHIRÔ
Roman traduit du japonais par Jean-Pierre Liogier

Jun TAKAMI
HAUT LE CŒUR
Roman traduit du japonais par Marc Mécréant. Préface de Kawabata Yasunari
Collection Unesco d'œuvres représentatives

Akiyuki NOSAKA
LA TOMBE DES LUCIOLES
Récits traduits par Patrick De Vos et Anne Gossot
Collection Unesco d'œuvres représentatives

KAFÛ
DU CÔTÉ DES SAULES ET DES FLEURS
Roman traduit du japonais par Catherine Cadou

Kôbô ABE
LES MURS
Récits traduits du japonais par Marc Mécréant
Collection Unesco d'œuvres représentatives

Naoya SHIGA
A KINOSAKI
Récits traduits du japonais par Marc Mécréant
Collection Unesco d'œuvres représentatives

Ango SAKAGUCHI
L'IDIOTE
Récits traduits du japonais par Edwige de Chavanes

Jun ISHIKAWA
LE FAUCON
Récits traduits du japonais par Edwige de Chavanes

Yasushi INOUE
LE LOUP BLEU
Le Roman de Gengis Khan
Roman traduit du japonais par Dominique Palmé et Kyoko Sato

Ogai MORI
L'INTENDANT SANSHÔ
Récits traduits du japonais par Corinne Atlan

Junnosuke YOSHIYUKI
LA CHAMBRE NOIRE
Roman traduit du japonais par Yuko Brunet et Sylvie H. Brunet

Masuji IBUSE
LA SALAMANDRE
Récits traduits du japonais par Martine Jullien

Ihara SAIKAKU
VIE DE WANKYU
Roman traduit du japonais par Christine Lévy

Yoshikichi FURUI
YÔKÔ
Récits traduits du japonais par Véronique Perrin

Seichô MATSUMOTO
LE VASE DE SABLE
Roman policier traduit du japonais par Rose-Marie Fayolle

TOKYO EXPRESS
Roman policier traduit du japonais par Rose-Marie Fayolle
Collection Unesco d'œuvres représentatives

Seishi YOKOMIZO
LA RITOURNELLE DU DÉMON
Roman policier traduit du japonais par Rose-Marie Fayolle

Ranpo EDOGAWA
LA PROIE ET L'OMBRE
Roman policier traduit du japonais par Jean-Christian Bouvier

LA CHAMBRE ROUGE
Récits policiers traduits du japonais par Jean-Christian Bouvier

L'ÎLE PANORAMA
Roman policier traduit du japonais par Rose-Marie Fayolle

Alec KAPLAN et David DUBRO
YAKUZA
LA MAFIA JAPONAISE
Traduit de l'américain par Françoise Deschodt

LITTÉRATURE JAPONAISE CONTEMPORAINE
Essais
Coédition Labor/Europalia. Illustré

Ruth BENEDICT
LE CHRYSANTHÈME ET LE SABRE
Essai traduit de l'américain par Lise Mécréant

NEUF NOUVELLES JAPONAISES
Traduites du japonais par Serge Elisseev

Akira YOSHIMURA
LES DRAPEAUX DE PORTSMOUTH
Traduit du japonais par Minoru Fukuyama

Shôhei ÔOKA
L'OMBRE DES FLEURS
Roman traduit du japonais par Anne Bayard-Sakai

Takehiro IROKAWA
LE JOURNAL D'UN FOU
Roman traduit du japonais par Rose-Marie Fayolle

Teru MIYAMOTO
LA RIVIÈRE AUX LUCIOLES
Roman traduit du japonais par Philippe Deniau

CHINE

Jacques PIMPANEAU
CHINE
Culture et traditions

HISTOIRE DE LA LITTÉRATURE CHINOISE

LETTRE A UNE JEUNE FILLE QUI VOUDRAIT PARTIR EN CHINE

BIOGRAPHIE DES REGRETS ÉTERNELS
Biographies de Chinois illustres traduites par Jacques Pimpaneau

P'OU SONG LING
CONTES ÉTRANGES DU CABINET LEAO
Traduits du chinois par Louis Laloy

LE CHEVAL DE JADE
Quatre récits chinois du XVIIe siècle
Récits traduits du chinois préfacés et annotés par Rainier Lanselle

DU ROUGE AU GYNECEE
Roman érotique de la dynastie Ming
traduit du chinois par Martin Maurey

NUAGES ET PLUIE AU PALAIS DES HAN
Roman érotique de la dynastie Ming
traduit du chinois par Christine Kontler. Illustré

BELLE DE CANDEUR
Roman érotique chinois du XVIIe *siècle*
traduit par Christine Kontler

WANG Zengqi
LES TROIS AMIS DE L'HIVER
Récits traduits du chinois par Annie Curien

HAN Shaogong
SÉDUCTION
Récits traduits du chinois par Annie Curien

FEMME, FEMME, FEMME
Roman traduit du chinois par Annie Curien

LU Wenfu
VIE ET PASSION D'UN GASTRONOME CHINOIS
Roman traduit du chinois par Feng Chen et Annie Curien
Avant-goût de Françoise Sabban
Collection Unesco d'œuvres représentatives

LAO She
LE POUSSE-POUSSE
Roman traduit du chinois par François Cheng et Anne Cheng

LI YU
A MARI JALOUX, FEMME FIDÈLE
Récits traduits du chinois par Pierre Kaser

DE LA CHAIR A L'EXTASE
Roman érotique traduit du chinois par Christine Corniot

TREIZE RÉCITS CHINOIS
(1918-1949)
Traduits et présentés par Martine Vallette-Hémery

GU LONG
LES QUATRE BRIGANDS DU HUABEI
Roman d'aventures traduit du chinois par Christine Corniot

LIN Yutang
L'IMPÉRATRICE DE CHINE
Le roman de Wou Tsô t'ien
Traduit du chinois par Christine Kontler

CHINE : ART ET CIVILISATION
LES FÊTES
LE THÉATRE
L'ARCHITECTURE
L'ESTAMPE
L'ART DU THÉ

LE VENDEUR D'HUILE QUI CONQUIERT REINE DE BEAUTÉ
Récit traduit du chinois sous la direction de Jacques Reclus
Préface de Pierre Kaser

Fenton BRESLER
LA MAFIA CHINOISE
Traduit de l'anglais par Lise Mécréant

Achevé d'imprimer
sur les presses de
l'imprimerie Robert - Marseille
Composition par
Atelier Relations - Arles

Dépôt légal : février 1991